BIENVENUE AU CAFÉ-CHAT

Titre original : *Katzencafé*

Traduit de l'allemand par Sabine Wyckaert-Fetick

Ce roman a été publié précédemment sous le titre Caféchat en 2021 aux Éditions Héloïse d'Ormesson.

76, boulevard Pasteur
75015 Paris – France

ISBN : 978-2-493816-36-8
Maquette : Patrick Leleux PAO

Charlie Jonas

BIENVENUE AU CAFÉ-CHAT

Roman

Traduit de l'allemand par Sabine Wyckaert-Fetick

Éditions Héloïse d'Ormesson

1

Il pleuvait depuis des heures. Debout près de la fenêtre, Susann Siebenschön fixait le feuillage vert des hauts arbres de la rue d'Eichendorffstraße, qui, par cette maussade journée d'avril, ne lui procuraient aucun réconfort. Mimi se tenait à ses côtés. Assise sur l'appui de fenêtre – droite comme un sphinx et blanche comme la neige –, elle observait, le regard fixe elle aussi, le rideau gris argent que formaient les innombrables petites gouttes.

— Quel temps affreux, fit Susann.

Mimi ne répondit rien. C'était un chat et les chats ne sont pas de grands bavards, tout le monde le sait.

— Il se peut que Cologne soit la plus belle ville du monde, reprit Susann. Mais franchement, il y pleut trop. Bertold le pensait également. Il disait souvent que Cologne était faite pour les grenouilles.

Elle soupira. La météo seule n'expliquait pas son humeur chagrine… Son entretien du matin même avec le docteur Kugelmann, chaleureux orthopédiste au visage rougeaud et à la poignée de main ferme, la préoccupait.

— Ma foi, madame Siebenschön ! s'était-il exclamé en déposant les radios sur l'écran lumineux, avant de se laisser tomber lourdement dans son fauteuil. Il vous faudra une nouvelle hanche tôt ou tard. Si les douleurs s'aggravent, je vous conseille de ne pas trop attendre. Bien entendu, ça aide toujours de bouger… Moins on a de poids sur les hanches, mieux c'est, vous me suivez ?

Sans cesser de la regarder, il avait tapoté brièvement, le sourire complice, son ventre qui tendait la blouse blanche. Susann, parfaitement consciente des dix kilos superflus qu'elle trimballait depuis quelques années, s'était soudain sentie un peu coupable. Elle avait resserré autour de ses épaules son foulard au délicat motif fleuri, et s'était promis de manger moins de gâteau à l'avenir.

Se renversant en arrière dans son siège, le docteur Kugelmann avait croisé les mains.

— Je vous l'accorde, le climat dans la baie de Cologne n'est pas vraiment idéal pour nos pauvres os. Vous seriez clairement mieux lotie sous de plus chaudes latitudes mais on n'a pas toujours le choix, n'est-ce pas ? avait-il fait remarquer, bienveillant, et elle avait secoué la tête avec regret.

— Voyons, quel âge avez-vous ? avait-il demandé tout en consultant son ordinateur. Soixante-treize ?

Oh, vous avez encore toute la vie devant vous – à peu de chose près!

Il avait éclaté d'un rire qui se voulait réconfortant, mais Susann avait continué à s'affaisser sur sa chaise.

— Ah, madame Siebenschön, ne vous montrez pas aussi abattue! Une opération de la hanche de ce type, c'est une simple formalité de nos jours. Au bout de quelques mois seulement, vous vous remettrez à gambader comme un petit cabri.

Et tandis que le docteur Kugelmann lui vantait, les yeux brillants, les avantages d'une articulation en titane – un orthopédiste reste un orthopédiste –, un profond découragement avait envahi Susann.

— On pourrait même envisager de s'occuper tout de suite des deux hanches: l'arthrose fait rarement les choses à moitié, poursuivait le docteur Kugelmann. Nous obtenons de très bons résultats avec cette méthode. Attendez…

Il s'était mis à taper gaiement sur son clavier, avant de faire pivoter l'écran vers Susann.

— Regardez cette vidéo de trois minutes, vous n'en reviendrez pas!

Susann, qui se sentait blêmir, avait refusé d'un geste. Elle trouvait que la discussion prenait mauvaise tournure.

— Peut-être que je pourrais prendre un second avis… avait-elle murmuré.

— Faites donc… faites donc! avait lancé le docteur Kugelmann qui affichait une expression joviale, tout en lui tendant une brochure d'information qu'elle avait fait disparaître dans son sac à main.

Après l'avoir raccompagnée jusqu'à la porte, il avait conclu en lui écrabouillant la main :

— Prenez le temps de la réflexion, on n'est pas obligés de s'y mettre la semaine prochaine. En ce qui me concerne, je reste à votre entière disposition !

Ses yeux bleus étincelaient derrière ses lunettes, pleins d'entrain. Remarquant son hésitation, il avait ajouté :

— Autant vous faire à l'idée, c'est inévitable.

Susann Siebenschön avait littéralement fui le cabinet. Dédaigné l'ascenseur par bravade, et pris l'escalier. *Ça va encore*, s'était-elle dit, réalisant qu'elle n'avait aucune envie de se faire à l'idée qu'on lui visse une tige en titane dans le fémur. Puis elle avait décidé de passer s'acheter une grosse part de gâteau au beurre à la boulangerie Schneider.

Une fois rentrée chez elle, après avoir enlevé son imperméable trempé et laissé son parapluie ouvert dans le vestibule pour qu'il sèche, elle avait failli obéir au réflexe de prendre le téléphone pour appeler sa meilleure amie, Lo. Celle-ci aurait sûrement affirmé que les orthopédistes voulaient toujours opérer tout de suite – « Ce sont des bouchers, c'est bien connu! » –, avant de lui citer comme par magie l'exemple de l'ami d'un ami qui, quelques années plus tôt, après un diagnostic analogue, s'était joint à un groupe de marcheurs... Et, aujourd'hui encore, prenait plaisir à arpenter la forêt avec sa hanche d'origine. « Ne jamais se laisser aller, répétait régulièrement Lo en agitant l'index de gauche à droite avec malice. Se sentir malheureux n'a jamais rendu personne heureux. »

Elle avait tout à fait raison. Ça ne servait à rien, et surtout pas à soi-même, de faire du malheur son compagnon. Perdue dans ses pensées, Susann se mit à caresser Mimi avec un sourire absent. Et tandis que le bruit de la pluie se mêlait au léger ronronnement de la chatte, elle songea que sa Lo avait le don rare de faire rire les gens. De rendre la vie légère. C'était aussi Lo, toujours elle, qui l'avait soutenue après la mort soudaine de Bertold, cinq ans plus tôt.

Susann Siebenschön poussa un profond soupir en repensant à cette année fatidique où son mari et elle s'étaient rendus à Ischia, au mois de mai comme tous les ans, pour profiter du spectacle offert par l'explosion des fleurs sur l'île volcanique nichée dans la mer Tyrrhénienne. Sans oublier la gastronomie italienne, et les vertus thérapeutiques des sources thermales d'eau chaude.

Un voyage dont elle allait revenir seule... Car c'est pendant ces vacances, au sommet du mont

Epomeo, que Bertold, qui avait huit ans de plus que sa femme et aimait tant randonner, rendit l'âme très paisiblement – près d'un verre de vin rouge et de savoureuses bruschettas.

Susann se rappelait très bien le moment où Bertold, repoussant son assiette vide, s'était étiré avec un soupir de bien-être et avait lâché :

— Nulle part au monde on ne trouve des *pomodori* comme ça !

Il avait contemplé la vue, promené son regard sur le paysage serein et verdoyant qui s'étendait jusqu'à la mer, bien en contrebas.

— Vois comme tout est beau, ma Susie. On se croirait au paradis, non ?

Il avait fermé les yeux sur ces mots pour faire une petite sieste au soleil. Pensait-elle… Un quart d'heure après seulement, Susann avait réalisé que c'étaient là ses toutes dernières paroles. Quelques affreux jours plus tard, après leur retour en Allemagne via la compagnie Alitalia – Bertold dans un cercueil en zinc –, elle se jurait de ne plus jamais remettre les pieds sur l'île où elle avait vécu tant de merveilleuses vacances avec son mari. Quant à Bertold, qui avait travaillé de longues années comme agent d'assurances, il s'était montré assez prévoyant pour contracter une assurance voyage incluant le rapatriement en cas de décès – un véritable soulagement dans cette situation difficile. Et malgré sa douleur, Susann avait été profondément impressionnée par la compétence et la gentillesse avec lesquelles l'équipage s'était occupé d'elle et de la dépouille de Bertold.

— Bonté divine, une crise cardiaque sur le mont Epomeo, mais quel cauchemar ! s'étaient écriées les amies de Susann, accourues pour la réconforter en apprenant la terrible nouvelle. D'un autre côté, s'en aller au milieu d'un moment si heureux… quelle belle mort ! Tout le monde espère ça, au fond.

Par la suite, Susann les avait aussi entendues dire, encore et encore :

— Les choses vont s'arranger avec le temps, tu verras. La vie continue…

Effectivement, la vie continuait – ou plutôt, *ça* continuait. Les jours, les semaines et les mois que passait Susann sans son fidèle époux, toujours à ses côtés contre vents et marées, demeuraient assez tristes et souvent solitaires. Parfois, il lui arrivait même d'éprouver de la colère envers celui qui avait tiré sa révérence, la laissant seule. Ils n'avaient pas eu d'enfant car Susann, jeune femme, commettait l'imprudence de rester en petite robe légère les soirs d'été, même en début de saison quand les températures restaient fraîches, ce qui lui avait valu de graves inflammations pelviennes. Pour autant, le fait qu'elle ne puisse pas lui donner d'enfant n'avait jamais amoindri l'amour de Bertold pour sa femme. « Je t'ai et toi tu m'as, voilà le principal », avait-il coutume de dire. C'était bien le problème, désormais – il n'y avait plus de « nous », il n'y avait plus de Bertold. Plus personne ne l'appelait « ma Susie », plus personne ne lui lisait le matin un article amusant ou intéressant du *Kölner Stadt-Anzeiger*.

Durant son deuil, Lo l'avait beaucoup aidée. Lo savait y faire et Susann avait la ferme conviction que, là encore, elle aurait eu un bon conseil pour son amie souffrant de la hanche.

Seulement, il n'y avait plus de Lo non plus. Elle était « partie », pour reprendre la formule pudique qu'employaient les gens de plus de soixante ans lorsque quelqu'un mourait. Comme si la personne en question avait simplement déménagé.

Bien entendu, Susann avait d'autres amies et connaissances. C'était forcé quand on habitait une ville telle que Cologne avec ses *Veedel*, ces quartiers à l'atmosphère conviviale. Où la boulangère prenait de vos nouvelles le matin et s'intéressait sincèrement à la réponse.

Mais Lo, avec son rire contagieux, avait toujours été la préférée de Susann. « Demain est un autre jour », disait-elle quand de sombres nuages s'annonçaient à l'horizon et que la vie se compliquait. *Demain est un autre jour* – la formule magique de Lo, empruntée à Scarlett O'Hara, l'intrépide héroïne d'*Autant en emporte le vent*. Et en effet, d'un point de vue purement théorique, chaque jour vécu sur cette terre, il pouvait se passer un événement surprenant et beau.

À l'image de ce fameux soir, quelques semaines après la mort de Lo, où Susann avait soudain aperçu sur son toit-terrasse une petite chatte blanche aux yeux d'un vert chatoyant ; comme tombée du ciel, elle miaulait et tambourinait des pattes sur la porte-fenêtre. Puisqu'elle semblait n'appartenir à personne, Susann avait laissé l'invitée surprise entrer dans son salon, puis dans son cœur. Ce jour-là avait été une bonne journée.

Cela faisait près d'un an maintenant que Mimi lui tenait compagnie, qu'elle était couchée la nuit au bout de ce lit à deux places qui continuait à lui paraître beaucoup trop grand. Bien sûr, un chat n'était pas un mari, et ne pouvait pas non plus remplacer une meilleure amie… Il n'empêche, Mimi remplissait son appartement de vie, et Susann soupçonnait parfois la chatte blanche de ne pas avoir atterri chez elle tout à fait par hasard, mais d'avoir été envoyée par une bonne fée – une bonne fée au rire très contagieux.

Tandis qu'elle se tenait là, dans son grand et bel appartement ancien, fixant les trombes d'eau et méditant sur l'existence, Susann se demanda quand, au juste, elle s'était mise à classer les jours en bonnes et mauvaises journées. Quelques années plus tôt, jamais il ne lui serait venu à l'idée – au moment de reposer son livre, d'éteindre sa lampe de chevet puis de donner un baiser à Bertold – de prononcer une phrase telle que

« C'était une bonne journée ». Ou au contraire, « C'était une mauvaise journée ». Le devait-on à l'âge, qui vous poussait à penser ainsi ? À tous les êtres à qui il fallait dire adieu, toujours plus nombreux ? Au fait qu'on dormait moins bien la nuit et que, de plus en plus souvent, nos os nous faisaient souffrir dès le réveil ? Susann sentit que les larmes lui montaient aux yeux. Elle avait de nouveau mal à la hanche, le pronostic du docteur Kugelmann l'inquiétait. Et quand on se faisait du souci, on commençait à se persuader que les choses allaient forcément tourner mal… Aussi, Susann s'éloigna du rideau de pluie et se redressa, le dos bien droit.

Tournant la tête, Mimi lui adressa un regard interrogateur.

— Tu sais quoi, Mimi ? On va d'abord se préparer un café, et puis on va chercher une idée pour que ça devienne une bonne journée malgré tout.

La chatte poussa un miaulement et sauta en bas de l'appui de fenêtre.

— Ne jamais se laisser aller, hein ? murmura Susann alors que la cafetière gargouillait et que le breuvage emplissait la cuisine de ses arômes puissants et réconfortants. D'accord Lo, mais concrètement, qu'est-ce que je fais maintenant ?

Elle emporta son café et le gâteau au beurre dans le salon, posa le plateau sur la table basse et s'installa sur son canapé fleuri. Mimi vint se placer à côté d'elle et leva la tête dans sa direction, le regard plein d'espoir. Il pleuvait toujours et tandis que Susann sirotait prudemment le café brûlant, ses yeux s'arrêtèrent sur la photo qui, posée sur le buffet dans son cadre argenté, les montrait Bertold et elle devant un petit restaurant du pittoresque port d'Ischia Porto. Elle se perdit dans le paysage des coquets immeubles colorés, blottis au bord de l'anse semi-circulaire ; dans les bougainvilliers fraise et les clématites bleu velours, qui grimpaient avec exubérance le long des murs et baignaient d'ombre les tables joliment dressées. Il lui sembla même sentir le parfum très particulier, mélange de fleurs, d'iode et de cuisine au charbon de bois, qui vous accueillait là-bas.

Et brusquement, l'envie de partir l'envahit. Pas celle de partir les pieds devant, non : l'envie de partir *en voyage*. Aller une fois encore sur l'île d'Ischia. Séjourner une fois encore à l'Hotel Paradiso, où Bertold et elle avaient toujours été reçus avec une telle hospitalité lorsqu'ils débarquaient après avoir traversé le golfe de Naples. Parcourir une fois encore les chemins familiers, déguster un Aperol Sour dans le port de Forio, quitter Ischia Porto pour Ischia Ponte en empruntant la magnifique Via Roma, flâner le long des glaciers et des charmantes boutiques, gagner le Castello Aragonese – ce château auquel on accédait par un étroit pont en pierre, pour y boire un cappuccino sur une terrasse à l'ombre des oliviers et savourer la vue fabuleuse sur la mer, se déployant jusqu'au Vésuve…

Pour la troisième fois ce jour-là, Susann poussa un profond soupir, mais c'était la beauté du souvenir qui avait fait naître celui-ci, un sentiment auquel se mêlaient un soupçon de mélancolie et une énorme nostalgie. Et plus elle s'absorbait dans les images du passé, plus elle était séduite par l'idée de rompre son serment solennel pour se rendre une toute dernière fois sur Ischia. Son île préférée. Cet endroit au climat doux et sec, où le soleil vous réchauffait agréablement au printemps.

— C'est peut-être la dernière fois que je vais pouvoir voyager, murmura-t-elle alors. *Carpe diem*, Susann. Tant que c'est encore possible…

Puis elle regarda la chatte, paisiblement roulée en boule près d'elle.

Très bien… Mais que faire de Mimi ?

Susann Siebenschön, songeuse, piqua de sa fourchette le dernier morceau de gâteau au beurre. Pas évident de savoir à qui confier son chat… Quand on avait un chien, on pouvait le faire garder dans une pension, ou tout simplement l'emmener avec soi. Mais à sa connaissance, il n'existait pas de pension pour chat, et pas question de laisser Mimi à n'importe quel service de *cat-sitting* trouvé sur Internet ! Il fallait une personne de confiance, quelqu'un qu'elle connaisse.

Susann Siebenschön passa mentalement en revue les différentes possibilités, les rejetant l'une après l'autre, et soudain, s'imposa le visage d'une jeune femme brune qui portait le béret avec une touche d'espièglerie. Pourquoi ne pas avoir pensé à elle tout de suite ? Léonie Beaumarchais, une enseignante qui habitait depuis un moment dans la rue d'Ottostraße, quelques immeubles plus loin, lui paraissait être la candidate idéale. Bien sûr, Susann ne pouvait pas véritablement parler d'« amitié », la différence d'âge était un peu trop importante pour cela, mais Léonie lui avait été sympathique dès le départ, et il y avait même eu quelques moments où elles s'étaient rapprochées l'une de l'autre, où Susann avait senti qu'elles partageaient certaines choses. Au début, elles s'étaient juste croisées deux ou trois fois dans la rue, chez le fleuriste ou le boucher de la rue de Landmannstraße, et Susann avait immédiatement remarqué la jeune femme aux tenues toujours originales. Cette nouvelle voisine avait un petit je-ne-sais-quoi, elle était charmante et avait un sourire plus doux que la plupart des habitants de la ville. Les deux femmes avaient commencé à se saluer aimablement, à échanger des propos sans importance comme on le fait entre voisins… Jusqu'au jour où, se rencontrant dans la petite épicerie fine au bout de la rue d'Eichendorffstraße (elles aimaient y faire leurs courses, appréciant toutes deux les bons fromages et le vin rouge de qualité), elles s'étaient mises à discuter en se demandant s'il valait mieux accompagner un pain à l'ail des ours fait maison avec un comté affiné vingt-quatre mois ou un brie de Meaux.

— Beaumarchais ? C'est un nom français ? avait demandé Susann avec intérêt lorsque Léonie s'était présentée, tandis qu'elles s'attardaient devant la boutique.

Il s'était avéré que la jeune femme au béret était à moitié française et qu'elle avait passé son enfance à Paris. Son père, originaire de Lyon, travaillait au ministère des Affaires étrangères, mais grâce à sa mère allemande, Léonie se sentait à l'aise dans les deux langues. Elle parlait allemand sans le moindre accent et, depuis près de deux ans, enseignait les langues allemande et française dans une école du quartier de Neuehrenfeld. À l'âge de dix-huit ans, Léonie avait suivi sa mère à Düsseldorf, où elle avait passé son baccalauréat puis fait ses études. Quant à ce qu'était devenu son père, elle n'en avait pas dit un mot ce samedi matin ensoleillé. Elle avait marqué un petit temps d'arrêt et Susann, en dame pleine de tact, n'avait naturellement pas posé de question.

— Bon, eh bien bonne journée !

— Merci, à vous aussi.

Elles avaient repris leurs sacs, pour constater qu'elles allaient dans la même direction.

— Et vous n'avez pas eu trop de mal à quitter Paris pour… Düsseldorf ?

Pardon mais, Düsseldorf! Comme la plupart des Colonais, Susann nourrissait des préjugés profondément enracinés envers la capitale du Land de Rhénanie-du-Nord-Westphalie et ses habitants.

Elles venaient de traverser la voie d'Ehrenfeldgürtel, longeaient la partie plus tranquille de la rue d'Eichendorffstraße.

— Oh, non! Pour ce qui est du changement de ville, je ne peux vraiment pas me plaindre, avait assuré Léonie Beaumarchais. D'ailleurs, vous savez comment on surnomme Düsseldorf? Le petit Paris.

Elle avait prononcé ces mots en arquant les sourcils, et Susann avait soupçonné cette Mlle Beaumarchais et son petit nez retroussé de se flatter quelque peu de venir de « l'élégante » Düsseldorf.

— Et vous, vous savez ce qu'on dit de Cologne?

Léonie Beaumarchais l'avait regardée d'un air interrogateur, en inclinant la tête sur le côté.

— Non. Qu'est-ce qu'on dit de Cologne? avait-elle demandé avec innocence.

De toute évidence, elle n'avait pas connaissance de la rivalité ancrée entre les deux cités traversées par le Rhin.

— Cologne, ce n'est pas qu'une ville, c'est un *sentiment*, avait alors déclaré Susann, incapable de dissimuler la fierté qui faisait vibrer sa voix.

— Oh! s'était exclamée Léonie, avant de lâcher un petit rire argentin. Oui, j'ai pu m'en apercevoir. Vous voyez, madame Siebenschön, aujourd'hui je me réjouis d'avoir obtenu un poste à Cologne plutôt qu'à Düsseldorf. Mais ne le répétez surtout pas à ma mère…

Elle avait adressé un clin d'œil complice à Susann, et poursuivi :

— Cologne est tellement… vivante, et je trouve les gens ouverts et tolérants. En plus il y a de véritables quartiers – exactement comme à Paris. Le nôtre me rappelle parfois le Quartier latin, où j'aimais me balader petite fille et adolescente. Toutes ces petites boutiques, les rues animées… J'apprécie l'atmosphère, très détendue. Et même si tous les endroits de la ville ne sont pas aussi beaux, Cologne a son charme bien à elle.

Susann Siebenschön avait opiné du chef avec enthousiasme. Voilà qui était agréable à entendre. Cette Mlle Beaumarchais lui plaisait de plus en plus, et tandis qu'elles marchaient côte à côte, la gracile jeune femme aux yeux sombres, vêtue d'une robe d'été légère et chaussée de chaussures à brides, lui fit soudain l'impression d'être une sorte de double d'elle-même. Quant à Cologne et Paris, davantage de choses les liaient qu'on ne le pensait de prime abord. Qui d'autre, à part les Colonais, savait faire preuve du fameux savoir-vivre tant vanté ? Et puis, sérieusement, quelle différence y avait-il entre les expressions « C'est la vie » et « *Et is, wie et is* », ou encore « Chacun ses goûts » et « *Jede Jeck es anders* » ? Et le Kölner Dom, parlons-en ! La cathédrale de Cologne était aussi magnifique, sinon plus, que Notre-Dame de Paris – cette dernière ayant récemment été ravagée en partie par un incendie, hélas ; le Dom, lui, se dressait au bord du Rhin, inébranlable, et veillait sur la ville.

Susann se laissait aller depuis un moment à ces pensées, lorsqu'elle avait entendu Léonie Beaumarchais lui demander :

— Et vous ? Vous habitez à Cologne depuis longtemps ?

— Je suis née ici. *Home is where my Dome is*, avait-elle répondu avec humour.

Quelque temps plus tard, un soir, le hasard avait fait se retrouver les deux femmes chez Pane e Cioccolata, un petit restaurant italien, situé rue d'Ottostraße, qui proposait des plats simples et savoureux.

— Mais quelle surprise ! s'était écriée Susann, enchantée, en voyant Léonie Beaumarchais entrer. Qu'est-ce qui vous amène chez mon italien préféré ?

— Figurez-vous que Pane e Cioccolata est aussi mon italien préféré, avait déclaré Léonie. Ma cantine en quelque sorte : j'habite juste en face.

Elle avait indiqué du doigt un immeuble ancien, de l'autre côté de la rue.

D'un geste large de la main, Susann avait invité à sa table sa nouvelle connaissance.

— Vous ne voulez pas vous joindre à moi ? Enfin, vous attendez peut-être quelqu'un ?

— Non, avait répondu Léonie en glissant une mèche de cheveux derrière son oreille. Je suis toute seule.

Elle s'était installée près de Susann avec un sourire un peu embarrassé.

— Je n'aime pas trop cuisiner, vous savez... Par contre j'apprécie de bien manger.

— Exactement comme moi ! s'était exclamée la vieille dame, rayonnante. Nous allons trinquer à ça !

Elle avait fait signe au serveur d'apporter un second verre et de servir du vin à Léonie.

— Au bon voisinage et à la bonne chère, avait dit Susann.

— À votre santé, avait répondu Léonie.

Cela remontait à la fin de l'été. Au cours de la soirée, qui s'était prolongée bien après minuit et dont elle avait conservé un excellent souvenir, Susann Siebenschön avait raconté à la jeune femme qu'elle était veuve depuis quelques années, ce qui avait beaucoup amoindri son plaisir de cuisiner. Quant à la jolie Léonie, elle lui avait confié qu'elle préférait lire plutôt que de passer des heures aux fourneaux, mais aussi qu'après deux ou trois relations amoureuses qui s'étaient mal terminées, elle en avait assez de la gent masculine – des hommes en général, et des Français en particulier.

— Les Français sont tellement menteurs, vous n'avez pas idée ! Ils vous embobinent, ils vous susurrent à l'oreille des « ma chérie » alors qu'ils ont déjà mis la suivante dans leur lit, avait-elle expliqué avec indignation au moment du dessert, un tiramisu. Je préfère encore rester seule !

Raclant énergiquement le reste de mascarpone sur son assiette, elle avait poursuivi :

— Bref, plus aucun homme ne mettra les pieds chez moi en tout cas.

— Mais enfin, ma chère, comment pouvez-vous dire une chose pareille ? avait réagi Susann en prenant spontanément la main de Léonie. Bien sûr que vous finirez par laisser un homme entrer dans votre vie. Vous êtes encore si jeune... Et tous les hommes n'ont pas un caractère aussi sournois, certains représentants du genre sont des chics types, croyez-moi.

Repensant à Bertold, elle avait poussé un soupir de nostalgie.

— Sauf que je n'ai pas droit aux chics types, visiblement, avait répliqué Léonie avant de soupirer à son tour.

Elles s'étaient tues un moment, chacune suivant le cours de ses propres pensées.

— Bon, j'ai quand même Mimi... Une petite chatte blanche... Avec elle je me sens moins seule dans mon appartement, avait finalement repris Susann, et Léonie avait eu un hochement de tête compréhensif.

— Tant mieux. Les chats, c'est tellement mignon !

— Vous devriez peut-être prendre un animal de compagnie, vous aussi.

— Oui… Peut-être bien.

— Mais pas un chien, ça donne trop de travail.

— Oh non, surtout pas ! s'était écriée Léonie avant de rire. J'ai une tête à sortir un chien trois fois par jour pour qu'il aille se soulager dans le caniveau ? Je suis bien trop contente de pouvoir faire la grasse matinée le week-end.

Voilà toutes les choses auxquelles Susann repensait ce jour-là, assise sur son canapé fleuri, avec Mimi qui ronronnait doucement à côté d'elle. La pluie avait cessé et son cœur, de joie, se mit à battre plus vite car brusquement, tout lui apparaissait lumineux d'évidence. Elle allait inviter la jeune enseignante chez Pane e Cioccolata, et lui demanderait de bien vouloir prendre soin de Mimi, deux… non, plutôt trois semaines. Pour ses vacances sur Ischia. Peut-être la toute dernière escapade de sa vie. En cas de besoin, elle se plaindrait un peu et elle emploierait son « regard émouvant » – ce regard dont Bertold disait toujours qu'on ne pouvait lui résister.

Léonie Beaumarchais ne lui refuserait sûrement pas ce service. C'était la personne idéale : elle habitait à deux pas, elle vivait seule et appréciait les chats.

Sans compter que c'était quelqu'un d'absolument charmant.

Mimi ne pouvait que l'aimer.

2

À cet instant précis, la jeune femme absolument charmante, qui poussait son vélo dans la rue de Subbelrather Straße, bouillait de colère.

— Je n'y crois pas! cria-t-elle soudain dans le téléphone portable plaqué contre son oreille, tout en retenant le cartable qui menaçait de glisser de son épaule.

De l'autre main, elle faisait avancer son vélo qui zigzaguait dangereusement sur le trottoir.

— Tu oses m'appeler pour me demander une chose pareille?! Après tout ce qui s'est passé? Mais quel culot! Sors de ma vie une bonne fois pour toutes, espèce de... de...

Plusieurs qualificatifs très déplaisants se mirent à pleuvoir sur son interlocuteur, « connard » et « salaud » étant les plus innocents, et le fait que Léonie Beaumarchais donne libre cours à sa fureur en français n'arrangeait pas la situation.

C'est alors qu'un jeune homme brun en survêtement sortit d'un restaurant kebab; il croisa les bras sur sa poitrine et détailla avec curiosité la jeune femme au béret bleu.

— *Wallah*, t'es drôlement en colère, *habibi* ! lui lança-t-il. Il s'en prend plein la tronche, hein ? Quand t'auras fini avec lui, viens me voir…

Il eut un sourire suffisant et Léonie le terrassa du regard. Les hommes pouvaient se montrer d'un prétentieux, par moments !

— Ma chérie ? Allô ?! Tu es toujours là ? vociféra une voix qui sortait du téléphone.

— Oui, je suis toujours là mais je vais raccrocher. Ça suffit comme ça.

— Si tu raccroches, je prends le premier train pour Cologne.

Léonie inspira profondément avant de répondre. Cet idiot était tout à fait capable de débarquer chez elle.

— Essaie un peu pour voir ! lâcha-t-elle en s'efforçant de rester calme.

— Léonie… fit-il d'un ton caressant. Ne sois pas si dure avec moi. Je sais que j'ai déconné à l'époque, mais tu étais partie tellement loin, et Élodie… Eh bien elle se trouvait à Paris, elle, et moi j'étais un pauvre gars seul.

Manifestement, à l'entendre, il croyait aux sornettes qu'il débitait !

— Jean-Philippe, tu m'as trompée pendant plus d'un an avec cette fille, et si je ne l'avais pas découvert par hasard, tu ne m'aurais jamais rien dit. Et j'étais seule, moi aussi. Seule dans mon petit studio de Düsseldorf. Sauf que, contrairement à toi, j'étudiais jour et nuit. Je préparais mes épreuves pratiques pour devenir enseignante et je donnais des cours de grammaire française à domicile.

Léonie gardait un souvenir cuisant du moment le plus gênant de sa vie... Elle était rentrée à Paris un jour plus tôt que prévu, folle de joie à l'idée de ce week-end prolongé avec Jean-Philippe. Elle voulait lui faire une surprise. Son petit ami travaillait alors comme pigiste pour un hebdomadaire et avait des horaires très réguliers, qui avaient toutefois tendance à déborder largement sur la soirée. Ce qui aurait dû mettre la puce à l'oreille de Léonie. En arrivant chez lui le soir fatidique, elle avait trouvé une blonde dans son lit, une certaine Élodie qui l'avait fixée avec des yeux comme des soucoupes.

— Qu'est-ce que vous faites dans le lit de mon petit ami ? avait demandé Léonie d'une voix cinglante.

— Qu'est-ce que vous faites dans l'appartement de mon petit ami ? avait répliqué Élodie.

Pour que la catastrophe soit parfaite, il ne manquait plus que Jean-Philippe qui, au même instant, engageait sa clé dans la serrure. Une bouteille de vin rouge à la main, il était entré en criant gaiement :

— J'arrive ma chérie, prépare-toi à accueillir la merveille des merveilles !

Ce qui avait très rapidement mis un terme à la relation unissant Léonie à Jean-Philippe.

Élodie était restée, elle, pendant un moment en tout cas, ce qui avait beaucoup énervé Léonie.

— Mais enfin, ma chérie ! Tu ne peux pas continuer à m'en vouloir, franchement. Ça fait si longtemps… lui susurrait maintenant à l'oreille Jean-Philippe.

— Oui, huit cent vingt-quatre jours pour être précise.

— C'est bien ce que je dis.

— Et arrête de m'appeler ma chérie !

— Tout ce que tu voudras, ma princesse. Alors, je peux venir passer ces trois jours chez toi, hein ? Plus moyen de trouver une chambre d'hôtel à Cologne, la faute à cette foire à la noix. Plus une seule ! Et je ne connais personne d'autre qui vive là, c'est un reportage important pour moi tu sais. Je me ferai tout petit, tu verras…

Léonie poussa un grognement révolté, réalisant aussitôt après que, tel qu'elle le connaissait, Jean-Philippe allait sans doute y voir le signe qu'il avait réussi à la convaincre.

— Dis donc, attaqua-t-elle, où as-tu dégoté mon nouveau numéro de portable ?

— Ton père me l'a donné.

C'est typique de papa, songea Léonie qui reprit :

— Cette histoire commence à devenir ridicule.

— Ben pourquoi ? On s'est toujours bien entendus, ton père et moi.

— Tu m'étonnes…

Léonie pinça les lèvres. Son père était lui aussi un charmeur, qui avait trompé plus d'une fois son épouse parce qu'il ne savait pas résister à une paire de beaux yeux. Léonie ne comprenait pas que sa mère lui ait pardonné à chaque fois. Même après qu'il l'eut quittée définitivement, pour fonder une nouvelle famille avec cette autre femme, elle avait continué à lui parler au téléphone – en souvenir du bon vieux temps. Expliquant à sa fille : « Tout n'était pas si mauvais que ça dans notre vie, Léonie, et puis ton père a toujours eu un cœur énorme. »

— Allez, en souvenir du bon vieux temps ! déclara justement Jean-Philippe, et Léonie sentit une légère nausée monter. Et, qui sait ? Peut-être qu'on pourrait renouer avec ce bon vieux temps. Je pense à toi très souvent, et parfois je rêve même de toi. Ta jolie bouche, ta peau douce comme la soie… Ça ne s'oublie pas facilement.

Il poussa un soupir ravi, comme grisé par ses propres paroles, et reprit :

— Tu auras toujours une place dans mon cœur, ma chérie. Dans mon lit aussi bien entendu, si tu veux…

— Pour que ça arrive, il faudrait que ce soit dans mon lit. Mais ça n'arrivera pas. Parce que mon lit est *déjà* occupé par quelqu'un d'autre.

— Ah bon ? fit Jean-Philippe.

Il paraissait ébranlé, et Léonie jubila : il ne s'y attendait pas !

— Et qui est l'heureux élu ? demanda son interlocuteur.

— Un avocat de Cologne, mentit Léonie avec détermination. On se marie bientôt.

— Comment ça, bientôt ?! Mais ton père m'a dit que…

— Mon père ne sait absolument rien de ma vie, rétorqua Léonie qui cette fois ne mentait pas. J'ai peur que tu doives te chercher un autre endroit où dormir, Jean-Philippe… Mais ça ne devrait pas être un gros problème pour toi. Sinon, tu veux bien me faire plaisir ?

— Je ferais n'importe quoi pour toi, ma chérie, assura-t-il d'un ton plein d'espoir.

— Ne m'appelle plus jamais.

Elle raccrocha, rangea son téléphone. Et tout en attachant son vélo à la clôture en fer qui entourait le petit jardin bordant son immeuble – elle habitait un deux-pièces sans balcon et ne pouvait pas s'offrir plus tant les prix avaient grimpé à Cologne, comme dans toutes les grandes villes –, elle se demanda pourquoi il n'y avait pas effectivement un sympathique avocat dans son lit. Un mec droit dans ses bottes, qui ne mentirait pas chaque fois qu'il ouvrirait la bouche. Pourquoi diable ne rencontrait-elle que des types qui finissaient invariablement par la tromper ? Était-ce la faute de son père ? Avait-elle été conditionnée à aimer les hommes gentils mais infidèles, un schéma affectif auquel elle obéirait, de même qu'un somnambule est attiré par le clair de lune ? Les baratineurs avec une belle gueule, à l'image de Jean-Philippe. Ou de Marcel, qui vivait séparé de son épouse et l'avait séduite alors que, jeune étudiante, elle avait accepté, sur l'insistance de sa mère, d'aller à la fête des cinquante ans de son père. Inutile de préciser que ledit Marcel avait conservé les faveurs de sa femme, qu'il était tout bonnement incapable de se décider et que, lorsque Léonie lui avait finalement posé un ultimatum, il avait bien entendu choisi son ex. Même l'adorable Maximilien au visage d'ange, son premier grand amour, l'avait odieusement trahie ; le soir où elle l'avait aperçu avec une autre fille de la classe, sur un banc du parc qu'enveloppait le crépuscule, occupé à remonter sa jupe tout en l'embrassant avec passion, son cœur de seize ans s'était brisé pour la première fois, réduit en cendres.

Mais bon, les mecs allemands n'ont rien à leur envier en la matière ! songea Léonie avec mauvaise humeur. *À part peut-être qu'ils ont le mensonge un peu moins habile…* En tout cas, elle avait assez vite vu clair dans le jeu de Leonard, un étudiant aux boucles blondes et au sourire renversant qui distribuait son numéro de portable à tour de bras.

— J'ignorais complètement que tu prenais les choses autant au sérieux, avait-il marmonné lors de leur séparation. Je pensais que c'était juste physique.

Léonie eut un sourire amer. Manifestement, elle avait pour destin d'être quittée. Abandonnée. Une expérience qu'elle avait faite très tôt, en se perdant petite fille dans un Monoprix parisien. Elle avait erré en sanglotant dans les allées du rayon alimentation, pendant une éternité lui semblait-il ; jusqu'à ce qu'une caissière lui adresse gentiment la parole et fasse appeler son père par haut-parleur. Ce quart d'heure solitaire entre les immenses étagères du supermarché avait traumatisé Léonie. Peut-être cela expliquait-il en partie pourquoi, aujourd'hui encore, elle éprouvait une profonde aversion pour les supermarchés, préférant les petits magasins. Mais si l'on en croyait son père, elle le devait plutôt à son héritage français (aucun Français digne de ce nom n'aime faire ses courses au supermarché !) – tout comme son goût pour les plaisirs de la vie et sa passion pour les jolies chaussures.

— Il y a une vraie Française en toi, tu me vois ravi ! avait déclaré son père un jour que Léonie était venue lui rendre visite à Paris.

Il s'était un peu écarté pour mieux la détailler, enchanté.

— Tu me ressembles plus que tu ne crois.

— J'espère bien que non, avait répliqué Léonie avec mordant.

Elle nourrissait envers son père des sentiments ambivalents, pour les raisons déjà évoquées. Seulement, quand elle se regardait dans le miroir, elle reconnaissait ses yeux d'un brun velouté, et les minuscules fossettes qui se creusaient quand elle riait.

Son cartable à l'épaule, Léonie entra dans le hall de l'immeuble.

Une grande fatigue l'envahit soudain. Même en faisant abstraction des exigences inouïes de Jean-Philippe, elle avait eu une journée stressante. Les élèves de CM1 se ruaient sur elle dès qu'elle pénétrait dans la salle de classe, et il fallait qu'ils lui racontent tout ce qui leur passait par la tête. C'était toujours pire après la coupure du week-end. Ce jour-là, dans la cour de récréation, deux garçons qui jouaient au foot s'étaient heurtés, crâne contre crâne. Résultat : une commotion cérébrale et une plaie ouverte qu'il avait fallu soigner aux urgences – sans compter les parents à prévenir. Il fallait vraiment des nerfs solides pour faire régner l'ordre et le calme quand on travaillait dans le primaire.

Aussi, lorsque le téléphone portable dans la poche de son imperméable se remit à vibrer, Léonie sentit une nouvelle décharge d'adrénaline la traverser. Ce Jean-Philippe était encore plus pénible qu'une centaine d'élèves de CM2 réunis !

— Quoi encore ? gronda-t-elle. J'ai dit que je ne voulais plus recevoir d'appels !

S'ensuivit un silence lourd de surprise à l'autre bout du fil. Puis la voix hésitante de Susann Siebenschön :

— Léonie ? C'est bien vous ? Je dérange, peut-être…

— Oh, c'est vous madame Siebenschön ! Non, non, vous ne me dérangez pas du tout, affirma Léonie en se ressaisissant.

— Oh, tant mieux, ma chère, chère Léonie… Parce que j'ai une petite proposition malhonnête, déclara Mme Siebenschön avant de lâcher un rire embarrassé. Seriez-vous libre à dîner demain soir ? J'aimerais vous inviter chez Pane e Cioccolata. Vers… Dix-neuf heures trente, disons ?

— Mais oui… Pourquoi pas ! répondit Léonie, souriant de la formule décalée qu'avait employée Susann Siebenschön.

Comment aurait-elle pu se douter que la « proposition malhonnête » de sa vieille voisine ne se résumait pas à une invitation au restaurant ?

— C'est gentil, je viendrai avec plaisir ! ajouta-t-elle, sans savoir qu'en acceptant, elle venait d'inaugurer une ère nouvelle dans sa vie.

3

Susann Siebenschön reposa le combiné, les mains tremblantes. Elle l'avait fait, elle l'avait vraiment fait ! Ce coup de fil à Léonie Beaumarchais l'avait remplie d'un tel entrain qu'aussitôt elle consulta son vieux carnet d'adresses avant de composer le numéro de l'Hotel Paradiso. Pour la première fois depuis cinq ans.

— *Hotel Paradiso, buongiorno*, annonça une voix masculine sonore qu'elle reconnut presque instantanément.

— Allô, bonjour… C'est Susann Siebenschön à l'appareil. De Cologne, précisa-t-elle pour plus de sûreté.

Les réceptionnistes parlaient allemand, ce qu'elle avait toujours trouvé très agréable.

— Est-ce que… vous vous souvenez de moi ?

Petite pause en réponse, puis son interlocuteur – Massimo, car c'était bien lui – s'extasia :

— Nooooon ! *La signora* Siebenschön ! Mais bien sûr, bien sûr qu'on se souvient de vous.

Comment allez-vous, *signora* ? Ça fait si longtemps qu'on n'a pas eu de vos nouvelles ! Depuis… depuis que votre pauvre mari… *Mamma mia*, mais quelle tragédie !

Et Massimo baissa respectueusement la voix pour s'enquérir :

— Ça remonte à combien de temps, maintenant ?

— Cinq ans, répondit Susann, repensant aux vœux envoyés par l'hôtel à chaque nouvelle année.

— Mon Dieu, cinq ans déjà ! On se demandait souvent ce que vous deveniez, comment vous alliez là-bas, en Allemagne où il fait si froid…

Il s'écarta ensuite du combiné, mit le haut-parleur et lança à la cantonade, enthousiaste :

— C'est la *signora* Siebenschön !

Susann, très touchée, entendit en fond sonore des voix amicales s'exclamer : « Oh ! Comment allez-vous, *signora* ? »

— Eh bien… Nettement mieux depuis que je vous parle, déclara-t-elle avec sincérité. Ma hanche me cause un peu de souci et je me demande si je ne devrais pas retourner à Ischia, finalement. Même si, sans Bertold…

— *Sì*, le pauvre Bertoldo… commenta un Massimo compatissant. Mais oui, venez *signora*, venez, ce serait une telle joie ! Et on fera une bonne cure de *fango* pour cette méchante hanche, tous les jours un peu de nage dans nos bassins, le soir un petit verre de vin rouge, *tutto bene*, tout s'arrangera ! Vous verrez.

Voilà qui était très tentant, trouvait Susann.

— Seulement, il vous resterait de la place ?

— Quand aimeriez-vous venir, *signora* Siebenschön ?

Oui, quand ?

— À la fin mai ? Pour… trois semaines ?

— *Maggio*… Laissez-moi regarder, laissez-moi regarder…

Massimo, qui avait l'habitude de répéter chaque phrase deux fois quand il était très gai, se tut et Susann entendit les légers clics d'une souris.

— Hmmm… hmmm… fit Massimo d'un ton soucieux. Je crains que ce soit mal parti…

Nouveau silence. Puis :

— *Ecco !* On a de la chance, je peux vous proposer une chambre à partir du 3 mai, pour une durée de trois semaines. Plus tard ça devient compliqué, et après ça repousserait malheureusement votre séjour à septembre… Mais si vous venez au tout début du mois de mai, il nous reste encore de la place. Notre dernière chambre double. La 225. Une chambre d'angle très agréable, au premier étage, avec vue sur la mer.

Susann pensait connaître la chambre en question, depuis laquelle on voyait non seulement la mer, mais aussi la belle piscine et son roi des palmiers.

— Dois-je vous la réserver, *signora*? Et m'occuper des vols? Avec le transfert de l'aéroport de Naples jusqu'au port, la traversée en ferry et la prise en charge par notre chauffeur à Ischia Porto, comme d'habitude?

Susann Siebenschön sentit sa gorge se nouer. C'était deux semaines plus tard seulement, et elle n'avait pas encore demandé à Léonie de s'occuper de Mimi. Mais après tout, elle devait le faire le lendemain soir même! Au mois de septembre, il faudrait peut-être déjà qu'elle passe sur la table d'opération, allez savoir… Il s'agissait donc d'une urgence, d'une certaine manière, et Léonie le comprendrait bien. De plus, en tant qu'enseignante, elle restait forcément sur place: pas de vacances scolaires en mai. Ça ne réclamait pas énormément d'efforts, au final – venir dans son appartement deux fois par jour, donner à manger à une chatte adorable et jouer un peu avec elle. Et bien entendu, elle dédommagerait Léonie pour son aide.

« Dès qu'on considère les choses comme accomplies, elles se mettent à avancer », avait coutume de dire Bertold. Alors, après une profonde inspiration, Susann décida de trancher.

— Comme d'habitude! répondit-elle résolument à Massimo. Je prends la chambre.

Durant toute la journée du lendemain, Susann Siebenschön éprouva une étrange excitation.

Après son petit déjeuner, consistant comme chaque matin en un pain aux raisins avec du beurre et une tartine au fromage frais, elle sortit de l'armoire de sa chambre quelques robes pas trop chaudes qu'elle essaya devant la glace. Elle était allée la veille chez le coiffeur pour se faire colorer les racines, et ses cheveux qu'elle avait gardés bruns retombaient de nouveau en cascades soyeuses sur ses épaules. Susann avait toujours été fière de son épaisse chevelure. Contrairement à bien des femmes de son âge, elle n'avait pas décidé de se teindre les cheveux en roux ou de passer à une coupe courte. D'ailleurs, elle n'arrivait pas à comprendre que beaucoup de ses connaissances et amies jugent ce type de coiffure si pratique, heureuses de gagner du temps. Une fois à la retraite, on disposait d'assez de temps libre pour s'occuper de soi, non ? Plus qu'avant, en tout cas. Évidemment, avec l'âge on devenait plus lent, certes… Il était étonnant de constater qu'on continuait malgré tout à remplir ses journées avec le peu qu'il fallait faire. Susann avait pris l'habitude elle aussi de s'accorder une petite sieste sur le canapé, après le déjeuner. Dès qu'elle s'y allongeait, Mimi accourait pour lui grimper dessus. Et après avoir passé un moment à lui pétrir le torse avec les pattes – de préférence la zone souple située juste sous la cage thoracique –, elle s'étirait avec satisfaction. Ensuite, son petit corps se mettait à se soulever et à s'abaisser au rythme de la respiration de Susann, comme sur un bateau. Elles s'endormaient ainsi ensemble régulièrement, et lorsque Susann se réveillait, il était déjà l'heure de prendre une autre tasse de café, souvent accompagnée d'une part de gâteau. Quant à Mimi, elle avait droit à une friandise pour chat.

Toutefois, Susann n'avait pas envie de faire la sieste ce jour-là.

Elle décida d'employer son après-midi à passer quelques coups de fil. Il y avait une poignée de proches avec qui elle discutait régulièrement. Certains avaient encore la bougeotte, d'autres plutôt tendance à se plaindre de la météo ou de leurs maladies. Susann apprit ainsi que la semaine passée, Marlene Kürten s'était cassé le bras en tombant de son vélo électrique. Et le mari de Petra s'était roulé sur le pied avec sa tondeuse à gazon. Mais quelle histoire! Susann se félicitait de n'avoir ni vélo électrique, ni jardin. Heureusement, il y avait aussi de bonnes nouvelles: la fille de Marianne Freimann avait accouché de son second enfant. Il avait fallu pratiquer une césarienne en urgence, mais l'opération s'était déroulée sans difficulté; la petite fille et sa mère se portaient bien.

Susann écouta tout cela patiemment. Mais, pour être honnête, elle se contentait en réalité de tuer le temps jusqu'au soir. Vers dix-huit heures, elle se changea et mit ensuite du rouge à lèvres et du fard à joues. Au moment de jeter un dernier coup d'œil dans le miroir de l'entrée, elle se passa encore une fois la main dans les cheveux et arrangea son foulard fleuri autour de son cou. Puis elle s'adressa un hochement de tête satisfait : elle pouvait sortir. En quittant l'ascenseur, elle tomba sur un de ses voisins, M. Franzen, un homme très âgé qui vivait seul au rez-de-chaussée. La mine sombre, il examinait une affiche placée près de la cage d'escalier.

— Bonsoir, monsieur Franzen ! fit Susann avec bonne humeur et d'une voix forte, car le vieillard n'entendait plus très bien.

— Et voilà, ils veulent ravaler la façade et donner un coup de neuf aux fenêtres en mai, le mois prochain ! grogna-t-il en guise de réponse. Je pensais que ça ne serait pas avant août. On va en avoir, du boucan et des saletés ! Je déteste les ouvriers.

— Comment ça la façade ? s'étonna Susann qui s'approcha et lut l'avis placardé par la gérance de l'immeuble.

Elle sentit monter un léger sentiment de malaise. Elle se rappelait vaguement que, lors de la dernière assemblée générale de copropriété, il avait été décidé de s'occuper de la façade, qui avait un peu vécu. Mais pourquoi justement maintenant ?

— Non, pas ça ! s'exclama-t-elle, voyant son beau rêve d'Ischia éclater comme une bulle de savon.

Impossible que Mimi reste dans l'appartement pendant que des ouvriers entraient, sortaient et montaient devant l'immeuble un échafaudage sur lequel ils feraient des allers-retours incessants, du matin jusqu'au soir, pour donner des coups de burin et jouer de la truelle – sans compter qu'il fallait ouvrir les fenêtres pour les repeindre.

— Mais enfin… C'est horrible ! murmura Susann Siebenschön, au bord de la syncope.

Et M. Franzen, qui, étonnamment, l'avait entendue, hocha la tête avec un rictus furibond devant cette confirmation inattendue de ses propos.

— C'est bien ce que je disais : la gérance fait ce qui lui chante.

4

— Figure-toi que j'aurai une colocataire à partir de la semaine prochaine, déclara Léonie.

Assise sur son lit, le portable coincé contre l'oreille, elle était en train de se vernir les ongles des pieds avec le Rouge Noir n° 18 de Chanel, son préféré – un classique dont elle ne se lassait pas.

— Ah bon ? Tu te mets à sous-louer pour financer ta collection de chaussures ? se moqua Maxie.

Léonie sourit. Maxie, ou plutôt Maximiliane Sommer, était sa meilleure amie. Une amie pragmatique, nature, un brin soupe au lait ; très différente d'elle. Pas compliquée, sportive, avec une langue bien pendue et un rire chaleureux – bref, le type de fille qu'on suivrait jusqu'au bout du monde. Maxie était originaire de Cologne mais avec ses cheveux très clairs, d'un blond tirant sur le blanc, qu'elle relevait la plupart du temps en un chignon désinvolte, elle aurait parfaitement pu sortir d'un roman d'Astrid Lindgren. Si les deux jeunes femmes n'avaient pas pris trois ans plus tôt le même train, un Thalys reliant Cologne à Paris, leurs chemins ne se seraient sans doute jamais croisés, alors qu'elles habitaient dans le même quartier. Et ç'aurait été bien dommage ! Car malgré tout ce qui les différenciait, Léonie se réjouissait tous les jours d'avoir une amie comme Maxie, avec un cœur d'or. Et tant pis si celle-ci ne voyait pas l'intérêt du Rouge Noir n° 18... Elle ne se préoccupait pas de ce genre de chose : trop impatiente pour cela ! Quant à la sacro-sainte collection de petits flacons de vernis Chanel dans la minuscule salle de bains de Léonie, au mieux, Maxie la trouvait bizarre. Le jour où elle avait découvert l'appartement de Léonie, elle était restée un long moment dans l'entrée, plantée devant le placard à chaussures qui montait jusqu'au plafond.

— Mon Dieu ! s'était-elle écriée, stupéfaite. Mais qu'est-ce que tu veux faire de toutes ces chaussures ? Tu as seulement deux pieds !

— Peut-être, mais j'aime avoir le choix, avait répondu Léonie.

De son côté, elle ne comprenait pas comment on pouvait se contenter de cinq paires de chaussures en tout et pour tout sans éprouver un manque. Léonie ressentait encore de l'étonnement quand elle revoyait la scène : Maxie avait jeté son sac à dos ridiculement petit sur le porte-bagages, au-dessus de son siège – alors que, comme le révélerait leur discussion durant le trajet, elle allait tout de même passer quatorze jours à explorer en long et en large la métropole que baignait la Seine. De son côté, Léonie, qui devait passer le week-end chez son père, avait emporté son énorme valise en aluminium bleu foncé qu'elle avait fait rouler jusqu'à l'espace bagages, à l'extrémité du wagon.

— Mais enfin, comment est-ce qu'on peut se déplacer avec un bagage aussi lourd ? C'est un truc à se casser les reins en deux ! avait pesté Maxie, tout en aidant sa nouvelle amie à descendre l'encombrante valise sur le quai de la Gare du Nord.

— C'est vrai, j'ai presque toujours mal au dos quand je voyage, avait commenté Léonie.

— Tu ne crois pas que le moment serait venu de changer ça ? avait demandé Maxie, essoufflée.

— Oh, mais j'ai déjà commencé ! avait assuré Léonie en rajustant son béret. Je suis des cours de Pilates depuis six mois. Ça permet de renforcer le centre de son corps. Le truc, c'est qu'il faut toujours rentrer le ventre quand on soulève quelque chose.

— Aha, avait fait Maxie en examinant la silhouette menue de Léonie. Quel ventre au juste ?

Ce trajet Cologne-Paris avait marqué le début de leur amitié. Au moment de se dire au revoir, elles avaient échangé adresses et numéros de téléphone, et Léonie qui venait d'emménager à Cologne s'était rendu compte avec joie que la jeune femme au sac à dos ne logeait pas loin du tout de chez elle – dans la rue de Chamissostraße.

Léonie trouvait un peu injuste que Maxie, qui ne s'intéressait pas beaucoup aux livres – après différents cursus assez vite interrompus, elle travaillait à l'époque comme intérimaire dans une boulangerie –, habite dans une rue portant le nom d'un poète, alors qu'elle-même devait se contenter de la rue d'Ottostraße. Mais au cours d'une de ses toutes premières balades dans les rues de son quartier, elle avait été grandement consolée de découvrir le Bagatelle – charmant restaurant aux petites tables en bois foncé, qui servait des plats français présentés en portions très raisonnables, à la manière des tapas – ainsi que Pane e Cioccolata naturellement, l'italien juste en face de son immeuble.

Ce même restaurant italien dans lequel Susann Siebenschön l'avait invitée à dîner quelques jours plus tôt pour lui soumettre, les joues cramoisies, une demande inattendue.

Au début, Léonie n'avait pas du tout saisi de quoi il était question. La gentille veuve qui vivait rue d'Eichendorffstraße lui avait paru légèrement à côté de la plaque. Elle avait parlé de sa hanche qu'il faudrait le cas échéant opérer bientôt, d'un orthopédiste jovial et du sombre pronostic qu'il avait établi. Et précisé avec un certain désespoir dans la voix que l'idée qu'elle puisse, un jour prochain, ne plus jamais partir en voyage lui faisait l'effet d'une épée de Damoclès au-dessus de la tête et l'avait secouée, réveillée. Elle n'avait plus voyagé depuis la mort de son mari, ce qu'elle regrettait. Alors elle voulait encore une fois, juste une fois, se rendre à Ischia, son île préférée – un désir légitime, n'est-ce pas ? Puis elle avait ajouté qu'il était bien malheureux que les travaux de rénovation de son immeuble tombent précisément là, en mai. Elle l'ignorait bien sûr, sinon elle n'aurait pas réservé, et le fait qu'on ne puisse pas envisager que la petite Mimi reste dans l'appartement, avec tous ces ouvriers qui allaient faire du bruit, complexifiait encore la situation.

— Remarquez, ça vous ferait peut-être aussi du bien d'avoir un peu de compagnie, non ? Vous qui vivez toute seule… Je suis persuadée que vous allez parfaitement vous entendre, Mimi et vous ! J'espère que vous ne direz pas non…

Léonie n'avait pas compris un traître mot du discours de Mme Siebenschön. Mais elle avait remarqué, désemparée, que la vieille dame au long foulard en soie fleuri avait les larmes qui lui montaient aux yeux. Aussi, elle s'était penchée vers elle et l'avait fixée sans détour.

— Madame Siebenschön, vous espérez que je ne dirai pas non à quoi ?

— Oh ! Je ne l'ai pas mentionné ? Mon Dieu, pardonnez-moi chère Léonie, comme vous le voyez je suis dans tous mes états. Cette affaire me retourne, avait alors expliqué Mme Siebenschön en lui adressant un regard à faire fondre les pierres. Je voulais vous demander si vous accepteriez d'accueillir chez vous ma petite Mimi quand je serai à Ischia.

Fixant sa voisine de table avec étonnement, Léonie avait gardé le silence quelques instants.

— Léonie ? Tu es toujours là ? C'est quoi cette histoire de colocataire ? s'impatientait Maxie à l'autre bout du fil.

Léonie referma le petit flacon de vernis et contempla avec plaisir ses ongles de pied, qui brillaient maintenant d'un rouge cerise foncé.

— Tu ne devineras jamais… répondit-elle. Elle s'appelle Mimi, c'est un chat. J'ai une voisine qui part en voyage et elle me refile le bébé pour trois semaines.

Maxie poussa un cri de ravissement.

— Oh, un chat… Mais c'est trop mignon !

Maxie avait elle-même eu un chat pendant des années. Hélas, sa petite Lula qui aimait tant sortir était passée sous les roues d'un camion de déménagement – un événement lointain.

— Peut-être bien, seulement je n'y connais rien, soupira Léonie. Tu comprends, je n'ai eu aucun animal de compagnie, enfant. J'apprenais à jouer de la flûte traversière.

Honnêtement, quand Mme Siebenschön avait enfin réussi à cracher le morceau, Léonie n'avait pas été emballée par sa proposition. Mais la vieille dame l'avait embobinée avec ses yeux suppliants et ses déclarations dramatiques, selon lesquelles ce serait son ultime voyage… Avant que la fatalité ne la rattrape sous la forme d'une horrible articulation en titane. Au bout du compte, Léonie n'avait tout bonnement pas eu le cœur de refuser ce service à sa voisine dont le bonheur, manifestement, dépendait de ce voyage et pas un autre. Au moment de se séparer, Mme Siebenschön, qui avait bu un peu trop de vin, avait serré Léonie contre elle, transportée de joie, en l'assurant de sa reconnaissance éternelle.

— Je vous trouve tellement charmante, Léonie, avait-elle déclaré d'une voix pâteuse. Ma petite Mimi aussi est vraiment charmante ! Vous allez bien vous entendre, toutes les deux.

Léonie, qui remuait maintenant les orteils pour faire sécher son vernis, espérait que Mme Siebenschön aurait raison. Elle n'aimait pas trop qu'on l'arrache à ses habitudes. Fût-ce pour un chat… Si bien qu'elle se disait qu'elle était peut-être en train de devenir bizarre.

— Mais enfin, Léonie… Que veux-tu qu'il y ait à savoir ? lâcha Maxie au bout du fil avant d'éclater de rire, chassant l'inquiétude de son amie. Arrête de jouer tout le temps les petites natures ! C'est juste un chat, d'accord ? Pas un cobra. Tu vas passer trois semaines fantastiques, tu verras. Les animaux, ça enrichit toujours la vie. Et si tu as besoin d'un conseil, demande-moi !

— Entendu. Je demanderai à la fille qui comprend les chats, fit Léonie.

— Exactement.

C'était juste un chat… Pourtant, ce premier dimanche de mai, en voyant le taxi remonter la rue d'Ottostraße, Léonie sentit une désagréable sensation l'envahir. Dans quoi s'était-elle embarquée ? Les paroles de sa mère, chez qui elle avait déjeuné le week-end passé, résonnaient encore à ses oreilles.

— Un chat dans ton petit appartement ?! Tu es sûre d'avoir bien réfléchi ? avait réagi celle-ci en lui servant généreusement de son civet de lapin au vin rouge.

Contrairement à sa fille, c'était un véritable cordon-bleu.

— Eh bien, le chat est plutôt petit lui aussi, avait répondu Léonie.

— Il va tout griffer chez toi !

En plus d'une tendance à toujours noircir le tableau, elle aimait fourrer son grain de sel dans la vie de sa fille unique.

— Tes beaux meubles… Et puis d'abord, c'est qui cette voisine ? Pourquoi ça serait à toi de garder son chat ? s'était enquise Marie Beaumarchais avant de secouer la tête, l'air réprobateur. Moi, je n'aurais pas accepté.

— Je ferai attention, maman. De toute façon c'est ma décision. Dis donc, vraiment délicieux ton civet…

Et voilà que Léonie se retrouvait sur le trottoir devant chez elle, un peu oppressée, à regarder Susann Siebenschön descendre du taxi pour en sortir sac de transport pour chat, croquettes premium et bac à litière. Quelques jours plus tôt, elle s'était rendue au domicile de celle-ci pour faire la connaissance de Mimi. La chatte blanche aux yeux d'un vert chatoyant était paisiblement couchée sur un fauteuil ; elle avait regardé Léonie en clignant des yeux, somnolente. Puis elle s'était laissé caresser avant de se redresser soudain, de sauter en bas du siège et de se diriger en paradant vers le toit-terrasse luxuriant, à pas distingués. Tandis que Mimi s'aiguisait longuement les griffes sur le tronc noueux de l'olivier, et disparaissait ensuite dans les buissons de mimosa, Susann Siebenschön avait donné des instructions à sa jeune voisine, ainsi que l'adresse du vétérinaire – pour le cas où. Mais que pouvait-il arriver de grave ? Léonie avait trouvé les explications de la vieille dame très claires. Cette dernière avait ensuite ouvert une petite bouteille de champagne, avant d'évoquer les charmes d'Ischia puis sa grande amie Lo, malheureusement morte deux ans plus tôt. Quant à l'enveloppe d'argent que Mme Siebenschön avait voulu lui glisser dans la main lorsqu'elle allait partir, elle l'avait refusée.

— Non, je m'en charge avec plaisir, je vous assure !

— Bon, alors je vous rapporterai un joli cadeau, avait conclu Susann Siebenschön.

La journée promettait d'être radieuse, la lumière du soleil dansait entre les feuilles vertes des arbres, l'air était frais. Léonie vit sa voisine se diriger vers elle, la démarche légère, son foulard flottant au vent. Susann Siebenschön avait mis du rouge à lèvres et la joie que lui inspirait la grande escapade à venir la faisait paraître dix ans plus jeune tout à coup.

— Oh là là, je suis tout excitée ! s'exclama-t-elle. J'espère ne rien avoir oublié.

Elle posa le sac de transport sur le trottoir. Dedans, Mimi miaulait doucement.

— Tout va bien, Mimounette… Tout va bien, fit Mme Siebenschön avant de se tourner vers Léonie. Elle se rend compte qu'il se passe quelque chose. Les chats le sentent.

Léonie hocha la tête.

— Eh bien, ma chère Léonie, encore mille mercis à vous ! Vous allez très bien vous débrouiller, j'en suis sûre. Trois petites semaines, et je serai de retour. On se téléphone ce soir. Et n'oubliez pas de m'envoyer de temps en temps une photo de mon trésor, d'accord? Bon, il faut que j'y aille, l'avion ne m'attendra pas! *Ciao*, Mimi, sois bien sage!

Susann Siebenschön remonta dans le taxi qui l'attendait, baissa sa vitre et fit un signe d'adieu à Léonie.

— *Et hät noch immer jot jejange**! lança-t-elle avec enthousiasme.

— *Et hät noch immer quoi?!* demanda Léonie, mais le taxi s'éloignait déjà.

Mme Siebenschön continua d'agiter la main et la voiture tourna au coin de la rue.

Mimi se mit à miauler plus fort.

Léonie souleva le sac de transport; un petit crâne dur cherchait à forcer la fenêtre en maille.

— Tout doux, Mimi, du calme! lui dit-elle, tout en essayant de se donner du courage. Allez, c'est parti!

Un quart d'heure plus tard, Léonie avait monté et installé tout l'équipement de Mimi dans son appartement au deuxième étage. Elle avait mis le bac à litière dans sa salle de bains, rempli de nourriture et d'eau deux écuelles placées dans l'espace kitchenette. Elle emporta le sac de transport dans le salon, le posa sur le tapis et ouvrit la fermeture éclair avec précaution. Mimi ne mouftait plus… Manifestement, elle avait décidé

---

* Tout est bien qui finit bien.

qu'il valait mieux commencer par faire la morte. Mais au bout de quelques minutes, la curiosité l'emporta et l'on vit apparaître une petite tête aux oreilles pointues. Mimi quitta prudemment son sac, puis étudia avec soin son environnement. Elle renifla le canapé et le guéridon, rejoignit la table du coin salle à manger et se frotta aux chaises. Peu de temps après, elle se mettait à explorer avec plus d'assurance le lieu inconnu. Elle disparut un moment sous le lit de Léonie, en ressortit avec quelques peluches de poussière et prit le chemin de la cuisine. Elle nota la présence des deux écuelles, ne mangea rien mais but un peu d'eau, avant de sauter sur l'évier pour examiner avec curiosité le robinet qui gouttait.

C'est vrai qu'elle était bien mignonne cette petite Mimi ! Avec sa fourrure blanche comme neige et ses yeux d'un vert saisissant. Léonie observa en souriant la chatte qui essayait d'attraper les gouttes d'eau avec sa patte. Trop chou ! Puis Mimi se fatigua du jeu, abandonna l'évier d'un bond gracieux et retourna dans le salon de son pas de velours.

Léonie la suivit, s'installa sur le canapé.

— Alors, Mimi, murmura-t-elle lorsque la chatte vint s'asseoir sur le tapis et la fixer, à distance respectueuse. Il te plaît mon appart ?

Mimi s'étira en fermant les yeux puis s'approcha pour venir frotter sa tête contre les jambes de Léonie, gainées de soie. La jeune femme se pencha, caressa délicatement la fourrure si douce. Mimi se mit à ronronner gentiment et Léonie s'imagina un avenir ô combien agréable : avec un chat qui lui tiendrait compagnie au petit déjeuner, l'accueillerait chaleureusement à son retour du travail et se blottirait contre elle le soir, sur le canapé, pour regarder un film.

— Votre Mimi est vraiment adorable, elle est couchée sur le canapé à côté de moi et elle ronronne, déclara-t-elle lorsque Susann Siebenschön l'appela vers dix-huit heures, pour lui annoncer qu'elle était arrivée sans encombre à Ischia.

La voix de sa vieille voisine lui parut assez stridente et métallique, ce qui s'expliquait sans doute par le téléphone qu'elle utilisait, un portable à touches obsolète.

— Ne vous inquiétez pas, madame Siebenschön, tout va pour le mieux ici. Et de votre côté ?

— Ça ressemble au paradis ! cria Mme Siebenschön.

Visiblement, elle faisait partie de ces gens qui pensaient qu'une fois à l'étranger, il fallait élever le ton pour se faire entendre et couvrir la distance.

— Je suis tellement heureuse d'être partie !

— Bon, alors profitez de vos vacances.

— J'y compte bien, chère Léonie. Je vous rappelle vite…

Il y eut des craquements et des grésillements sur la ligne, et la communication s'interrompit quelques instants.

— Oh, et surtout pensez à m'envoyer de temps en temps un SMS et une photo de Mimi, ça me rassurera. Je dois aller dîner, les serveurs m'attendent. *Ciao, ciao !*

Léonie reposa son téléphone en souriant et se consacra un moment à sa ronronnante invitée. Puis elle se servit un verre de vin rouge, grignota une poignée de biscuits apéritifs au fromage et prit un livre.

Alors qu'elle savourait cette parenthèse heureuse, profitant de la paisible compagnie de la chatte, elle ne se doutait pas qu'une période mouvementée l'attendait. Bien loin de l'intermède enchanteur attendu, chaque journée allait lui réserver une affreuse surprise… Quant à Mme Siebenschön, elle ne reviendrait pas d'Ischia de sitôt.

Ce soir-là, lorsque Susann Siebenschön se glissa avec bonheur dans ses draps, elle vit défiler dans sa tête les images de cette journée excitante. C'était étrange de partir en voyage sans Bertold, qui préparait toujours tout soigneusement et s'occupait des valises. À l'aéroport de Cologne-Bonn, lors du passage au contrôle de sécurité, elle avait oublié sa carte d'embarquement dans un des bacs en plastique gris où l'on devait déposer toutes ses affaires – quelle stupéfaction d'entendre peu après son nom retentir dans toute la salle !

— Ah, mes aïeux! s'était-elle exclamée lorsqu'un agent de sécurité lui avait rendu sa carte d'embarquement. Vous savez, c'est la première fois depuis cinq ans que je voyage… seule. Par chance, on vient me chercher à l'aéroport de Naples.

Le vol avait été calme. Susann avait demandé comme toujours un jus de tomate salé et poivré, une boisson qui la rafraîchissait et l'apaisait, avant d'essayer d'entrer en conversation avec son voisin qui regardait par le hublot, l'air morne (Susann avait la place côté couloir, celle du milieu était restée libre, par chance). Mais le jeune homme, qui n'allait pas quitter de tout le trajet son énorme casque audio, s'était contenté d'un bref signe de tête dans sa direction. Il n'avait pas l'air de s'intéresser à Susann, ni même d'avoir envie de discuter.

— Après ça, je poursuis jusqu'à Ischia avec le ferry, avait-elle lancé, faisant une nouvelle tentative. Et vous?

— Moi pas, avait rétorqué le jeune homme, qui avait monté le volume de sa musique et fermé les yeux.

Qu'est-ce que c'étaient que ces manières? Susann avait décidé de traiter par le mépris son voisin mal élevé, et de se focaliser plutôt sur l'hôtesse avenante qui lui avait apporté un autre jus de tomate, puis des Ray-Ban (elle n'avait pas réussi à remettre la main sur ses vieilles lunettes de soleil), et enfin l'eau de toilette Diorella, qui figurait dans le magazine de bord et qu'elle avait immédiatement vaporisée sur ses vêtements. Chaque fois qu'elle prenait l'avion avec Bertold, il lui offrait un parfum – tous leurs voyages avaient débuté ainsi et, bien que veuve, elle ne voulait pas rompre avec cette jolie tradition.

Trois heures plus tard, Susann quittait l'aéroport de Naples-Capodichino avec son chariot à bagages ; elle exhalait une odeur de jasmin et portait ses nouvelles lunettes de soleil au chic très italien, trouvait-elle. Elle avait regardé autour d'elle, cherché un écriteau avec son nom et remarqué aussitôt une jeune femme aux cheveux longs, qui, brandissant une pancarte en carton portant l'inscription *Siebenschön*, lui avait souri gentiment – on pouvait vraiment compter sur l'Hotel Paradiso ! La spacieuse berline noire entièrement climatisée qui l'attendait devant l'aéroport l'avait conduite au ferry. Pendant la traversée, elle avait siroté un Orangina jusqu'à apercevoir Procida, la petite île précédant Ischia. Peu après, tandis que le monospace de l'hôtel, dans lequel elle avait grimpé à Ischia Porto, passait devant de petites localités et des buissons en fleurs, aux couleurs éclatantes, empruntant à une allure vertigineuse les lacets étroits qui montaient vers Forio – à gauche les contreforts de l'Epomeo, à droite la mer scintillante –, Susann, vitre baissée, respirait à grandes goulées l'air gorgé de parfums, à la tiédeur printanière.

Mais le plus beau là-dedans, c'était encore le chaleureux accueil à la réception de l'hôtel… Massimo et sa femme s'étaient précipités vers elle pour lui serrer très longuement la main.

— *Signora* Siebenschön ! s'était écrié Massimo. Quelle joie, quelle joie immense de vous revoir ! Votre venue nous enchante !

Et son épouse, l'élégante Cristina dont la chevelure brune était coupée façon Jeanne d'Arc, avait tout de suite pris note de ses désirs.

— Enveloppement de *fango* le matin, massage avant le dîner et eau minérale fraîche dans la chambre, comme d'habitude ?

— Comme d'habitude, avait confirmé Susann, bienheureuse.

Des choses avaient changé, naturellement, mais qu'il était agréable d'être reçue ainsi.

Luigi, son serveur préféré, était toujours fidèle au poste. Il l'avait servie au dîner le soir même et gratifiée de ses plaisanteries, puis il avait cherché à la persuader de prendre une part de tarte aux amandes.

— Oh, Luigi, je ne sais pas, je devrais peut-être me contenter de fruits pour le dessert… Il faut que je surveille ma ligne ! avait-elle ri.

— Mais non, *signora*, vous êtes splendide, comme toujours. Allez, goûtez un minuscule morceau de notre pâtisserie maison… Vous êtes en vacances, non ?

C'est vrai, je suis en vacances, avait songé Susann en éteignant sa lampe de chevet. Elle ne tarda pas à glisser dans un sommeil profond et paisible, comblée par tant d'aimables attentions et par les deux verres du vin rouge d'Ischia qu'avait choisi Luigi pour elle.

Plus au nord, à mille cinq cent quatre-vingt-dix-sept kilomètres de là, l'atmosphère était moins détendue…

5

Pas moyen de dormir ! Voilà une heure que Mimi, l'adorable petite Mimi se déchaînait de l'autre côté de la porte. Léonie se couvrit la tête avec l'oreiller en gémissant, mais bien entendu elle continuait à entendre les miaulements et les grattements furieux. Mimi voulait qu'elle la laisse entrer dans la chambre, ça ne faisait aucun doute.

Pourtant, Léonie lui avait installé une superbe corbeille dans l'entrée, juste devant son précieux placard à chaussures, et elle y avait placé un plaid moelleux et une souris en fourrure.

Seulement, Mimi ne paraissait s'intéresser ni à l'une, ni à l'autre.

— Écoute ! Toi tu dors ici, dans ta corbeille, avait répété Léonie maintes fois en ramenant la chatte dans le salon, avant de retourner dans sa chambre et de refermer la porte avec énergie.

Elle n'allait quand même pas laisser une si petite créature lui dicter sa conduite ! Grâce à son métier, elle savait qu'il était essentiel d'établir des règles claires. Des règles claires! Ce qui valait pour les enfants valait sûrement pour les chats. Il fallait les éduquer, aussi simple que ça. Léonie avait malheureusement oublié de demander où Mimi passait la nuit chez Mme Siebenschön, ou si elle n'aurait pas, par hasard, un rapport psychotique aux portes fermées. Enfin, disons plutôt qu'aucune considération de ce genre ne lui avait traversé la tête…

Léonie tendit l'oreille: plus de grattements. Elle eut un sourire satisfait et se pelotonna sous sa couette en duvet. Mimi avait enfin pigé. La tranquillité était revenue!

Léonie était sur le point de s'endormir lorsqu'un bruit violent la tira brutalement de sa somnolence. La porte venait de s'ouvrir d'un coup sec et Mimi pénétra dans la chambre avec un miaulement de triomphe. Pas croyable, elle avait réussi à abaisser la poignée en sautant dessus! Léonie décida de boucler sa porte… sauf qu'elle ne possédait pas de clé. Cette porte n'en avait jamais eu.

Mimi s'approcha en ronronnant de contentement. Elle se mit à aller et venir devant le lit et Léonie se rappela soudain avoir entendu dire que les chats étaient des animaux nocturnes. Sans compter qu'ils voyaient très bien dans le noir. Si ça se trouvait, Mimi ne dormait jamais à cette heure-là mais se baladait au clair de lune sur le vaste toit-terrasse de sa maîtresse.

Léonie sentit qu'elle allait fléchir. Bon, très bien, la porte resterait ouverte : la chatte pourrait faire tranquillement ses petits tours dans l'appartement. Quant à elle, elle allait dormir. Il fallait qu'elle se repose maintenant. Le lendemain, c'était lundi, et la classe commençait à huit heures précises.

Léonie tapota son oreiller pour le remettre en forme et se tourna vers le mur. Quelques instants plus tard, Mimi bondissait et atterrissait de tout son poids sur le matelas, au pied du lit.

Léonie se redressa en sursaut et s'écria :

— Mais qu'est-ce que tu peux être pénible ! Descends !

Elle la poussa par terre avec son pied, puis se recoucha. Trois secondes plus tard, Mimi qui devait avoir des gènes de puma sautait de nouveau sur son lit avec une belle détente.

— On va voir ce qu'on va voir ! grogna Léonie en repoussant la chatte avec détermination.

Manifestement, Mimi crut que c'était le début d'un jeu : elle se mit à miauler avec excitation et bondit une fois de plus sur le matelas. Elle se dirigea ensuite vers la tête du lit, avançant sur la couette rembourrée d'une démarche mesurée – on aurait dit un petit tigre blanc évoluant avec assurance sur un nuage. Ronronnant doucement, elle rejoignit Léonie qu'elle renifla brièvement avant de se laisser tomber sur l'oreiller.

— Nooon, j'y crois pas !

Mimi se rapprocha encore du visage de Léonie et pressa son petit crâne contre le cou de la jeune femme.

— Mais enfin, je ne peux pas dormir comme ça ! s'exclama Léonie, désespérée.

Elle jeta Mimi en bas du lit, mais l'instant d'après celle-ci trônait dessus.

Léonie avait l'impression de se retrouver piégée dans ce conte des frères Grimm, le prince-grenouille. Sauf que la chatte n'allait certainement pas se transformer en prince si elle la projetait contre le mur… Son obstination farouche avait de quoi impressionner, mais Léonie voulait juste dormir. Une heure plus tard, elle dut admettre qu'elle s'était engagée dans un combat qu'elle ne pouvait pas gagner. Pas cette nuit-là, en tout cas… Mimi finirait bien par s'habituer à l'appartement. C'est à coup sûr le changement brutal, se rassura Léonie. Mimi se sentait probablement seule sans Mme Siebenschön, il ne fallait pas qu'elle se montre trop sévère. Les premiers oiseaux gazouillaient déjà lorsque Léonie s'endormit enfin, épuisée – avec Mimi, qui avait conquis sa place au pied du lit.

Le lendemain matin, avant même que son réveil réglé sur six heures trente ne sonne, Léonie sentit sur sa joue de délicats effleurements. Elle marmonna quelques mots, tout ensommeillée, et se demanda avec étonnement qui était l'homme dans son lit qui la caressait si tendrement. Puis elle ouvrit les yeux… sur des yeux de chat vert clair qui la transperçaient.

— Mimi… souffla Léonie.

— Miaou, fit Mimi.

Elle donna un petit coup de tête à Léonie, sauta en bas du lit et se retourna dans sa direction, l'invitant à la suivre. Se remit à miauler.

— Qu'est-ce qu'il y a, petite enquiquineuse? lâcha Léonie qui se redressa en bâillant et emboîta le pas à la chatte qui se dirigeait vers la cuisine, pressée.

Les deux écuelles étaient vides, apparemment Mimi faisait ramadan et ne s'alimentait que la nuit. Léonie les garnit, sous le regard satisfait de Mimi qui, pour autant, n'y toucha pas. Alors l'espace d'un instant, Léonie s'interrogea: qui éduquait qui au juste? Mimi se rendit ensuite dans l'entrée pour se coucher dans sa corbeille, et Léonie se prépara un mug de café au lait. Lessivée, elle pensa avec effroi aux élèves de CM2 si débordants d'énergie qu'elle avait en tout début de matinée. Deux heures d'allemand! Elle allait peut-être leur faire faire une dictée puis leur donner un travail de groupe… Elle ne se sentait pas capable d'autre chose.

— À plus tard, Mimi! Et pas de bêtises, d'accord? lança-t-elle en refermant derrière elle la porte de l'appartement.

Mimi ne répondit pas. Enroulée sur elle-même comme un escargot dans sa corbeille, elle se reposait.

Léonie se tenait sous le vieux châtaignier, au bord de la cour de l'école. Les deux premières heures ne s'étaient pas révélées aussi compliquées qu'elle le craignait, malgré son mal de crâne. Évidemment, les enfants avaient râlé à cause de la dictée…

— Mais c'est pas juste, madame Beaumarchais ! On a déjà eu une dictée la semaine dernière !

Léonie s'était contentée de hausser les sourcils en disant :

— En effet, et comme vous continuez à faire les mêmes fautes, on est obligés de répéter les mêmes exercices.

Puis elle avait distribué des feuilles blanches, la mine impassible.

Ce jour-là, Léonie était chargée de surveiller la récréation. Elle venait de croquer dans sa pomme, balayant vaguement la cour du regard, lorsqu'une voix stridente la fit sursauter.

Léonie porta la main à son front, derrière lequel rôdait la migraine.

— Madame Beaumarchais, madame Beaumarchais, venez vite !

Maja, une fillette rousse pétillante qui était en CM2, une meneuse aux allures de Fifi Brindacier, s'approchait d'elle en courant.

— Madame Beaumarchais ! Max a bousculé Emma, alors Emma l'a poussé, mais vraiment fort, et maintenant le portable de Max est cassé. Venez vite !

— C'est bon, j'arrive, mais par pitié, ne hurle pas comme ça, Maja !

Léonie jeta le reste de sa pomme dans les buissons de sureau luxuriants qui poussaient derrière la cour de l'école, et rejoignit le groupe d'élèves rassemblé autour des bagarreurs. Max lui tendit en sanglotant son smartphone dont l'écran était cassé ; quant à Emma, elle pleurait aussi, assise par terre.

Un garçon commença à expliquer la situation et ses camarades se mirent aussitôt à parler en criant, tous en même temps.

Léonie Beaumarchais soupira. Elle aimait son métier qui avait des côtés incroyablement gratifiants… Mais certains jours, des jours comme celui-ci où elle ne se sentait pas dans son assiette, elle rêvait d'un poste de contrôleur des finances, d'un bureau calme où le chuintement occasionnel d'une machine espresso constitue la seule nuisance sonore tolérée.

Elle adressa un regard sévère aux enfants, puis prononça la phrase que tous les enseignants prononcent un nombre incalculable de fois dans leur vie :

— Max, Emma, que s'est-il passé ?

Une demi-heure plus tard, tout était réglé, et Léonie se félicita in petto pour ses dons de pacificatrice. Max et Emma s'étaient mutuellement demandé pardon, puis serré la main. Léonie y tenait beaucoup. La formation consacrée à la gestion des conflits qu'elle avait suivie le mois précédent en compagnie de quatre collègues avait porté ses fruits. (Même si les choses n'avaient pas aussi bien fonctionné lors de son coup de fil avec Jean-Philippe, mais lui était définitivement hors catégorie !)

Arrivée dans la salle des profs, Léonie vida son casier et rangea ses affaires dans son cartable. Max était un petit frimeur, ses parents lui achetaient toujours le dernier cri de la technologie et il aimait bien se moquer de ses camarades. Pour être honnête, cette histoire ne faisait ni chaud ni froid à Léonie. D'autant que les portables étaient de toute façon interdits en primaire, si bien que Léonie avait empoché le smartphone en indiquant au garçon qu'il n'aurait pas dû le prendre avec lui.

— C'est interdit pendant la classe, seulement pendant la classe ! s'était indigné Max.

— Non c'est interdit dans l'enceinte de l'établissement, avait rétorqué Léonie.

— C'est une atteinte à ma liberté, protesta Max, répétant ce qu'il entendait chez lui.

— Bien sûr, bien sûr, avait répondu Léonie sans se démonter. Et d'abord, pourquoi avoir poussé Emma ?

— Cette pétasse a dit que mon nouveau smartphone ne me rendait pas plus intelligent.

— Mais avant ça tu l'avais traitée d'abrutie ! était intervenue Maja.

Léonie avait réprimé un sourire : Max n'était pas une lumière, tandis que la discrète Emma comptait parmi les bons élèves.

— Écoute Max, ici on ne dit pas des mots comme « pétasse » ! Tu vas tout de suite présenter des excuses à Emma.

— Quoi ?! C'est à moi de m'excuser ? Cette idiote a pété mon portable.

— Ouais ! s'étaient exclamés quelques camarades en se plantant derrière Max.

— Je n'ai pas fait exprès, avait hoqueté Emma.

Toujours assise par terre, elle se cachait le visage dans les mains.

— Bon. On va commencer par tous se calmer, avait repris Léonie pour éviter l'escalade. Quant à vous deux, vous me suivez au secrétariat.

Léonie referma son cartable et quitta la salle des profs.

Il faudrait bien entendu payer la réparation du smartphone, un coût sans doute pris en charge par l'assurance responsabilité civile. Léonie comptait appeler les parents d'Emma – ou plutôt, le père d'Emma. Il n'empêche, ce n'était pas le portable cassé qui posait problème à ses yeux. Léonie se faisait du souci pour la petite fille. Pas à cause de ses résultats scolaires, non, mais parce qu'elle lui semblait renfermée sur elle-même. Pendant la récréation, Emma restait en général seule dans un coin de la cour, à regarder ses camarades jouer. Léonie avait très souvent essayé d'encourager l'enfant timide à aller s'amuser avec les autres.

— Oh non, ça va, je préfère dessiner, déclarait chaque fois Emma qui s'asseyait alors en tailleur contre le mur et sortait de sa poche un bloc de papier.

Léonie savait par une collègue que les parents d'Emma étaient séparés depuis un moment. Emma vivait chez son père. Sa mère, qui travaillait pour une organisation humanitaire et partait plusieurs mois dans l'année, était, paraît-il, tombée amoureuse d'un médecin qu'elle accompagnait en mission au Kenya. Léonie s'était prise d'affection pour Emma, persuadée qu'elle avait beaucoup à offrir derrière son caractère renfermé.

Cette journée lui avait par ailleurs réservé un stress supplémentaire : après la récréation houleuse, au moment de rentrer en classe, Emma manquait à l'appel.

— Quelqu'un sait où est Emma ?

Léonie avait finalement appris, de la bouche d'une camarade, qu'il arrivait à la fillette de se cacher dans la cabane en piteux état du vieux châtaignier pour être tranquille. En s'approchant de l'arbre, elle avait effectivement aperçu Emma en train de dessiner sur son bloc, perdue dans ses pensées.

— Emma ? Tu veux bien descendre, il faut revenir en classe, tout le monde t'attend, avait lancé Léonie.

— Personne ne m'attend et puis les autres pensent que je suis bête, alors… avait commenté la jeune élève avant de se remettre à dessiner, ses longs cheveux blonds lui tombant dans la figure.

— Mais non, enfin ! Personne ne te trouve bête.

— Si, tout le monde était du côté de Max, avait expliqué Emma en la regardant avec une expression malheureuse.

— Montre-moi ton dessin, avait alors demandé Léonie, le cœur serré.

Emma avait tendu son bloc, hésitante. Elle avait représenté une sorte de Fifi Brindacier juchée sur un cheval blanc, sauf que la fillette en question, pourvue d'une chevelure rousse qui lui descendait presque jusqu'à la taille, ressemblait furieusement à Maja.

— Mais c'est génial ! l'avait félicitée Léonie. C'est Fifi Brindacier ? Ou bien Maja ?

Un sourire avait éclairé fugitivement le visage d'Emma.

— Les deux… Enfin je crois.

Elle avait haussé les épaules et ajouté, d'un air d'envie :

— J'aimerais bien être comme Maja.

Ce qui avait donné une idée à Léonie…

— Tu sais quoi, Emma? On va retourner toutes les deux en classe, et à la fin de la journée, tu offriras ton dessin à Maja. Je parie qu'elle sera super contente. Parce que… figure-toi que Maja aimerait bien être comme Fifi Brindacier.

Elle avait adressé un clin d'œil à la petite fille, et précisé :

— Tu vois : chacun de nous voudrait ressembler un peu à quelqu'un d'autre, c'est tout à fait normal.

En fin de compte, Emma avait bien voulu quitter la cabane. Et Maja avait accepté son dessin en s'extasiant : « Cool ! Je ne savais pas que tu avais autant de talent. »

Voilà qui consacrait une petite victoire. Mais Léonie n'allait pas cesser pour autant de veiller sur Emma.

6

Cet après-midi-là, en ouvrant la porte de son appartement, Léonie eut le pressentiment qu'il s'était passé quelque chose. Une légère odeur d'ammoniaque flottait dans l'air. Elle ôta ses chaussures dans l'entrée et pénétra dans le salon, où l'attendait une scène de dévastation. Le store au tissu délicat, normalement fixé au-dessus de la fenêtre en encorbellement éclairant le coin salle à manger, était déchiré; il pendait, arraché à une de ses fixations. Le vase sur la table en bois avait roulé et se trouvait dangereusement près du bord du plateau. Sur le parquet, le jaune s'accordant harmonieusement avec le bleu profond, jonquilles et jacinthes baignaient dans une petite mare d'eau.

Soudain, un miaulement énervé se fit entendre dans la chambre. Léonie, abasourdie, posa son cartable par terre avant de rejoindre d'un pas décidé l'auteure des dégâts.

Mimi, qui se balançait en hauteur, griffes plantées dans un rideau, lui adressa un regard de reproche. *Comment as-tu osé m'abandonner ici toute la journée ?* semblaient dire ses yeux verts.

Léonie se laissa tomber sur son lit, pour en bondir aussitôt à la vue de ses coquettes chaussures à brides rouges ; égarées au milieu de la pièce, elles avaient une drôle de couleur, plus foncée que d'habitude. Elle s'empara d'un des souliers, l'approcha prudemment de son nez... et un fumet âcre lui monta aux narines.

— Pouah, c'est dégoûtant ! Tu as ta litière, non ? Je croyais que tu étais propre !

Léonie souleva de nouveau sa chaussure en la tenant du bout des doigts et renifla le cuir. L'odeur d'urine de chat ne partirait jamais, c'était évident.

— Mais enfin Mimi, qu'est-ce qui t'a pris ? Mes préférées, en plus !

Ladite Mimi, se désintéressant des rideaux, sauta d'un bond sur le bureau installé devant la fenêtre. Un tas de feuilles avait manifestement suscité son intérêt et elle entreprit de déchirer celle du dessus en petits morceaux.

— Hé ! T'es dingue ? Ah non, pas les devoirs des CM1 ! cria Léonie, effarée, en chassant la chatte.

Celle-ci se mit à se rouler comme une folle sur le tapis devant le lit, se dévissant la tête pour la regarder comme si elle l'invitait à jouer.

Léonie leva les yeux au ciel, mais ne put s'empêcher de rire devant un spectacle aussi comique.

Mimi était déchaînée. Visiblement, il lui manquait l'espace qu'offrait le vaste toit-terrasse de Mme Siebenschön pour se dépenser.

Léonie fit sortir Mimi de la chambre. Il lui fallut une heure pour venir à bout du chaos qui régnait dans l'appartement. Elle jeta à regret ses jolies chaussures rouges dans la poubelle. Elle emporta le vase dans la cuisine, ramassa les fleurs éparpillées sur le sol puis épongea la flaque d'eau. Elle grimpa ensuite sur la table pour raccrocher le store. Assise à l'autre bout du salon, bien droite, Mimi l'observait d'un air concentré.

Lorsque Léonie revint enfin de la cuisine avec une tasse de café et s'installa sur le canapé pour souffler, près de Mimi, celle-ci commença à fouetter les coussins de sa queue.

Léonie comprit malheureusement le message de travers.

— Espèce de petite furie, va… fit-elle d'une voix conciliante. Oui, oui… Voilà, maintenant j'ai du temps pour toi !

Elle tendit le bras pour caresser Mimi, qui lui griffa la main d'un coup de patte.

— Mais dis donc ! Ça ne va pas la tête ?

En guise de réponse, Mimi lui mordit avec vivacité le poignet et sauta en bas du canapé. La queue fièrement dressée, elle se dirigea lentement vers le coin salle à manger pour se retirer sous la table, tandis que Léonie examinait le dos de sa main qui saignait.

— Ce n'est pas gentil de ta part ! s'offusqua Léonie. Tu sais que tu as des griffes drôlement pointues ?

Mimi se mit à se lécher consciencieusement les pattes, comme si tout cela ne la concernait pas.

— Bon, comme tu voudras, conclut Léonie qui prit le *Kölner Stadt-Anzeiger*, qu'elle n'avait même pas réussi à lire ce matin-là.

Elle s'allongea sur le canapé, posa la tête sur l'accoudoir et se rendit directement aux pages culture du quotidien. Quelques minutes plus tard, plongée dans la critique d'un livre, elle ne remarqua pas que Mimi s'approchait discrètement et, curieuse, considérait les feuilles de papier dépliées.

La chatte grimpa sur le ventre de Léonie. Elle se mit ensuite à ramper vers le haut, avant de glisser son petit crâne sous le journal et de poser sur Léonie de grands yeux interrogateurs.

— Ne me dis pas que tu lis le *Stadt-Anzeiger*, toi aussi ! s'amusa celle-ci.

Mimi frotta sa tête contre le papier, fit quelques tours sur elle-même puis se laissa tomber lourdement sur Léonie. Bientôt, un léger ronronnement s'éleva, et Léonie se rendit compte qu'elle avait sommeil elle aussi. La première journée avec sa féline compagne n'avait pas été de tout repos…

Alors elle repoussa le journal et décida de fermer les yeux un moment.

Lorsqu'elle se réveilla, il faisait déjà sombre dehors. Mimi était toujours couchée sur elle, et le *pling* de son portable venait de signaler l'arrivée d'un texto.

Léonie se redressa précautionneusement, Mimi cramponnée à son buste de toutes ses griffes ; elle réussit à attraper le téléphone sur la table basse et ouvrit le message : « Chère Léonie, quelles nouvelles de Cologne ? Tout va bien avec Mimi ? J'ai passé une merveilleuse journée. Chaleureuses salutations d'Ischia ! Votre Susann Siebenschön. P.-S. : J'y pense, pourriez-vous je vous prie acheter de l'herbe à chat pour Mimi ? *Mille grazie* ! »

Léonie se demanda un certain temps comment répondre à cela… Finalement, après avoir gentiment fait lâcher prise à Mimi, elle tapa : « Tout se passe pour le mieux. Mimi va bien, elle a déjà exploré l'appartement en long et en large. Cet après-midi on a lu ensemble le journal et fait une petite sieste. Photo jointe. Pas de problème pour l'herbe à chat. Amusez-vous bien à Ischia, amitiés, Léonie. »

Elle se leva ensuite et prit une photo de Mimi paisiblement allongée sur le canapé rayé, à côté du journal. On lui aurait donné le bon Dieu sans confession… Puis elle appela son amie Maxie.

— La chatte a mis le souk partout dans mon appart !

— Oh là là… fit Maxie avant de rire. Bon, ta piaule respire un peu. Pas grave, de toute façon c'est toujours trop bien rangé chez toi.

Léonie émit un grognement mécontent.

— Trop bien rangé ? Qu'est-ce que ça veut dire ?

— Relax, Léonie ! Cette petite bête doit prendre ses repères, voyons.

— Et moi je n'ai pas fermé l'œil de la nuit. Mimi refusait de dormir dans sa corbeille.

— Ben oui, un chat n'est pas un chien. C'est elle qui décide où elle dort.

— Quand elle veut bien dormir, soupira Léonie. En plus, elle m'a griffée.

— Peut-être parce que tu l'as touchée au mauvais moment…

— Mais elle remuait la queue !

— Purée, Léonie… T'y connais vraiment que dalle. Les chats ne remuent pas la queue. Et quand ils le font, ça n'annonce rien de bon en général.

— J'avais remarqué, je te remercie ! répliqua Léonie. Dis-moi, où est-ce que je peux trouver de l'herbe à chat ?

Ce soir-là, Mimi partit à la recherche d'un nouvel endroit où dormir. Et finit par découvrir le sac en tissu rempli de vêtements d'hiver que Léonie stockait au-dessus de son armoire. Après avoir bondi sur le bureau, puis du bureau sur l'armoire, elle s'y installa, trônant en haut du meuble à la manière d'une gardienne, sans quitter des yeux Léonie qui, en contrebas, était déjà dans son lit et bien trop fatiguée pour lire. Elle bâilla, régla son réveil et regarda en l'air avec méfiance.

— Bonne nuit, Mimi ! Et tu me laisses dormir cette fois, d'ac ?

La nuit prit fin vers trois heures du matin. Au moment précis où Mimi – ayant sauté de l'armoire à vêtements et effectué un vol libre de deux mètres environ – atterrit brutalement au beau milieu du lit, réveillant en sursaut Léonie qui poussa un cri d'effroi. Et c'est en sentant des pas prudents sur la couverture, de petites pattes qui s'approchaient, que cette dernière comprit ce qui s'était passé.

— Mimi ! Tu m'as filé une de ces frousses ! cria Léonie, et la chatte effrayée à son tour s'enfuit du lit et se rua hors de la chambre.

Le cœur de Léonie battait à tout rompre.

— Génial ! Maintenant, plus réveillée que moi, y'a pas.

Mimi poussa un miaulement de reproche.

— Ça ne peut vraiment pas continuer comme ça, râla Léonie. Comment veux-tu que je fasse cours aux enfants si je n'ai pas mes heures de sommeil ?

Elle resta encore allongée un moment sans réussir à se rendormir. Mimi était de retour sur le lit, petite masse chaude couchée sur ses pieds. Puis, vers cinq heures du matin, Léonie sombra dans un rêve agité ; des chats blancs gigantesques s'y balançaient, accrochés aux rideaux, dans un appartement envahi par de l'herbe à chat d'un mètre de haut.

7

Léonie Beaumarchais était désormais à bout de nerfs. Son espoir que Mimi finisse par s'acclimater à son nouveau foyer, son rêve d'une coexistence pacifique faiblissaient d'heure en heure. Elle avait absolument tout essayé, mais Mimi paraissait toujours révoltée qu'on la tienne captive dans un deux-pièces sans balcon. Les rares moments harmonieux qu'elles passaient ensemble n'y changeaient rien : la chatte était très mécontente de son hôtesse.

Le deuxième jour, Léonie avait acheté de l'herbe à chat, comme demandé par Mme Siebenschön, ainsi que des friandises pour tenter d'attirer Mimi qui campait sous la table à manger. Mimi avait feulé et s'était contentée de renifler le sachet avec méfiance. Plus tard en revanche, elle avait fauché le demi-poulet rôti que Léonie avait laissé sur le plan de travail. C'est sur le sol de la cuisine qu'elle avait retrouvé les restes de ce qui aurait dû être son dîner à elle. À côté de la carcasse, Mimi se léchait les babines avec satisfaction. Léonie, morose, s'était rabattue sur du pain et du fromage. Cette nuit-là, la chatte avait continué à se défouler dans la cuisine et réussi à éventrer les sachets de friandises. En entrant dans la pièce le lendemain matin, pieds nus, Léonie avait écrasé une poignée de ces Dreamies dont les chats étaient « complètement dingues », à en croire l'employé de l'animalerie.

Le troisième jour, Mimi avait englouti une quantité énorme d'herbe à chat ; peu de temps après, elle produisait des bruits effrayants puis expulsait sur le tapis berbère une boule pâteuse de croquettes et de poils. Prise de panique, Léonie avait composé le numéro du vétérinaire.

— Je peux venir en urgence ? Je crois que mon chat s'est empoisonné ! avait-elle débité à toute allure, avant de décrire la situation.

Mais l'homme au bout du fil lui avait expliqué aimablement qu'il était tout à fait normal que les chats vomissent sur les tapis. Et que l'herbe à chat leur permettait justement de se purger de tous les poils qu'ils avalaient en faisant leur toilette.

— Ah… avait répondu Léonie, un peu honteuse de sa bêtise.

En rentrant chez elle le quatrième jour, elle avait trouvé, renversée sur la table basse du salon, la bouteille de vin rouge entamée la veille. Ses magnifiques livres d'art, son *Cézanne* et son *Sorolla*, avaient bu le liquide pourpre et leurs pages étaient gondolées, collées entre elles pour toujours.

La cinquième journée avait visiblement été consacrée à la pratique d'un nouveau hobby : la chatte s'était prise de passion pour le coûteux canapé français offert par la mère de Léonie lors de son emménagement.

— Oh non ! s'était écriée Léonie en surprenant Mimi qui griffait frénétiquement le tissu en lin.

— Je te l'avais bien dit ! avait commenté sa mère mise au courant de sa mésaventure. Un chat n'a pas sa place dans un petit appartement en ville.

— Tu devrais lui prendre un arbre à chat, avait, quant à elle, conseillé Maxie.

Léonie n'avait vraiment pas imaginé que vivre avec un petit félin serait aussi mouvementé et chronophage. Après l'épisode du canapé, elle était retournée à l'animalerie à reculons pour y acheter un immense arbre à chat ; elle l'avait transporté en équilibre sur son vélo, au péril de sa vie, jusqu'à la rue d'Ottostraße. Il se dressait maintenant dans son salon, enlaidissant son intérieur. Léonie détestait l'énorme chose beige, hideuse, en sisal et fourrure synthétique. Mimi, elle, l'adorait – surtout en tant que terrain de jeux et plate-forme panoramique, car elle préférait malgré tout se faire les griffes sur les meubles rembourrés.

Le surlendemain – soit le sixième jour de cette nouvelle ère –, Mimi était introuvable lorsque Léonie rentra chez elle. Si bien qu'au lieu de corriger des devoirs, elle la chercha. Pendant des heures. Elle regarda sous sa commode style Directoire, déplaça le canapé, rampa sous son lit puis retourna toute son armoire, des pulls jusqu'aux robes. Le tout sans cesser d'appeler Mimi et d'agiter le sac de croquettes. Peine perdue.

La panique commençant à la gagner, elle décida d'appeler son amie, la fille qui comprenait les chats.

— Mimi a disparu ! fit-elle d'une voix suraiguë.

— Mouais, lâcha Maxie. Les chats aiment bien se cacher… Reste cool ! Elle est forcément quelque part.

— Mais où ? J'ai cherché partout, gémit Léonie, dans tous ses états. Je deviens dingue ! Qu'est-ce que je vais bien pouvoir dire à madame Siebenschön ?

— Rien du tout. Elle finira par réapparaître, crois-moi. En attendant, calme-toi.

Plus facile à dire qu'à faire… Une deuxième puis une troisième fois, Léonie inspecta le moindre recoin de son petit appartement. Elle souleva le couvercle du bac à litière, se mit à plat ventre devant la niche en bas de l'arbre à chat pour regarder dedans et retira un à un tous les livres de sa bibliothèque pour s'assurer que Mimi ne s'était pas cachée derrière. Et, en désespoir de cause, elle monta sur la chaise de bureau dans sa chambre pour vérifier qu'il n'y avait pas dans le sac au-dessus de l'armoire, entre ses vêtements d'hiver, une chatte blanche qui se payait sa tête. Seulement Mimi ne s'y dissimulait pas non plus… Elle n'était nulle part.

— Cette bête aura ma peau ! s'exclama Léonie, plantée au milieu de sa chambre.

Elle tendit l'oreille, concentrée. Silence d'église dans l'appartement. Mimi ne s'était quand même pas évaporée comme le chat au large sourire d'*Alice au pays des merveilles* !

Épuisée, Léonie se laissa tomber sur son lit ; comme chaque jour, elle y avait étendu le boutis au délicat motif de roses. Léonie détestait les lits défaits. Un lit défait, c'était le début de la fin, ça vous menait inévitablement au chaos. Et Léonie redoutait le chaos. Un appartement bien rangé, avec chaque chose à sa place, lui procurait la rassurante sensation de pouvoir venir à bout de toutes les difficultés. Et voilà qu'une modeste créature totalement imprévisible avait pris les commandes et semé la pagaille dans son monde ordonné à merveille !

Léonie se mit à regarder par la fenêtre, démoralisée. Que faire, maintenant ? Se pouvait-il que Mimi ait réussi à s'échapper ? Ces derniers jours, elle avait bien remarqué que la chatte la guettait derrière la porte de l'appartement quand elle rentrait de l'école. Par bonheur, Mimi n'était pas en mesure d'ouvrir la lourde porte, pourvue d'un bouton et non d'une poignée classique. Il n'empêche qu'elle s'intéressait bigrement à ce qui se passait de l'autre côté.

— Mais enfin, où est passée cette petite sournoise ? se demanda Léonie à haute voix, dépassée par la situation.

Le matin, Mimi était encore paisiblement couchée sur la plus haute plate-forme de l'arbre à chat. Léonie en avait même la preuve puisqu'elle avait pris une photo pour l'envoyer à Mme Siebenschön. Et un chat ne pouvait techniquement pas s'évader en passant par le vasistas de la chambre – à moins d'avoir des ailes.

Léonie se pencha en arrière, pensive, s'appuyant sur le dessus-de-lit. L'instant d'après, ses doigts rencontraient quelque chose de chaud et de moelleux. Quelque chose qui remuait lentement… Léonie poussa un cri strident.

— Mimi !

Elle repoussa le boutis et découvrit la chatte, qui s'était installée douillettement dans son lit et la fixait avec irritation, l'air de dire : C'est quoi tout ce boucan ?

Ce soir-là, Léonie reçut un texto de Mme Siebenschön : « Mais quelle adorable photo ! Quand avez-vous acheté l'arbre à chat ?

C'est très touchant de votre part. Je vous rembourserai, naturellement. Merci de vous occuper aussi bien de Mimi, chère Léonie. Je suis heureuse de voir que vous vous entendez à la perfection ! Il faut dire que Mimi est très facile à vivre. Je profite de mes vacances à Ischia. Le fango soulage mes os douloureux, et aujourd'hui j'ai fait une longue promenade de Forio à Lacco Ameno. On y trouve le fameux Champignon, un gros rocher en tuf, vous connaissez ? Je vais vous envoyer une carte postale. *Cari saluti !* Susann Siebenschön. »

Et Léonie répondit : « Non, jamais entendu parler du Champignon. Mais je ne suis jamais allée à Ischia non plus. Ravie que votre séjour soit si agréable, chère madame Siebenschön. Mimi s'amuse beaucoup ici elle aussi. Aujourd'hui on a – ici, Léonie hésita un moment – fait une petite partie de cache-cache. Vous ne devinerez jamais où je l'ai retrouvée. Photo jointe ! Amitiés, Léonie »

Le septième jour, Mimi se prit d'intérêt pour le vernis à ongles. Lorsque Léonie ouvrit la porte de son appartement, la chatte vint gentiment s'enrouler autour de ses jambes, ronronnante. Son petit museau s'ornait d'une tache rouge cerise qui brillait. Léonie se figea, puis se précipita dans la salle de bains… Tous les petits flacons de vernis étaient éparpillés par terre, certains avaient survécu à leur chute de l'étagère, d'autres s'étaient brisés sur le carrelage ancien.

Léonie balaya les débris de verre en pestant. Une conclusion s'imposait : Mimi et elle ne formaient pas une équipe qui gagne.

Chaque journée réservait son lot de surprises. Les nuits étaient courtes, peu réparatrices. Mimi avait tout de l'électron libre et il aurait fallu être aveugle et sourd pour ne pas s'apercevoir qu'elle ne raffolait ni de son hôtesse, ni de son nouveau foyer. Léonie, elle, avait le moral dans les chaussettes. Mme Siebenschön était bien la seule gagnante dans cette histoire. Elle s'extasiait de ses « vacances de rêve », ivre de bonheur. Décidant de faire contre mauvaise fortune bon cœur, Léonie continua de lui envoyer des SMS gais et des clichés amusants de Mimi pour ne pas gâcher ses vacances. Elle se mit pourtant à compter les jours jusqu'à son retour. Il était grand temps que la vieille dame rentre !

C'est alors qu'arriva un texto assez ambigu, rédigé par Susann Siebenschön sur son téléphone pour senior à grosses touches. Et il ne présageait rien de bon : « Il s'est produit une chose totalement inimaginable, cela relève du miracle ! J'envisage de prolonger un peu mes vacances, si cela ne vous dérange pas bien entendu, chère Léonie. Mais je sais qu'avec vous, Mimi est entre les meilleures mains qui soient ! »

8

Susann Siebenschön se sentait divinement bien. Elle flottait, comme une montgolfière qui aurait largué les amarres dans le ciel bleu d'Ischia ; chacune de ses journées avait sa beauté, chacune recelait un nouvel enchantement.

Le premier jour de ses vacances, elle avait quitté l'hôtel pour descendre tranquillement à Forio. Midi avait sonné depuis longtemps et, installée sur la place devant l'église blanche, elle avait commandé une salade caprese qu'elle avait accompagnée d'un verre de vin blanc. Boire de l'alcool au déjeuner, voilà pour elle le signe incontestable qu'elle était en vacances. Jamais elle ne faisait ce genre de chose chez elle. Elle s'était attardée sur la place, jambes allongées devant elle, observant les gens – il n'y avait pas encore beaucoup de touristes. Puis les premiers magasins avaient ouvert et Susann s'était acheté, dans une boutique de souvenirs, ces gros bonbons ronds au citron qu'on suçait et qui finissaient par se casser en petits morceaux dans la bouche. Elle avait pris en main les mélanges d'aromates présentés dans de grands paniers en osier – les petits sachets transparents portaient des noms aussi prometteurs que *Spaghetti Epomeo* ou *Pomodoro piccante* – et avait respiré le parfum des savons jaunes en forme de citrons, si exquis qu'on était tenté de croquer dedans. Plus tard dans l'après-midi, elle avait craqué pour une glace, s'était baladée dans la rue principale de Forio puis assise à une des petites tables de son café préféré pour y boire un cappuccino. Le soleil brillait, il faisait un temps très agréable ; Susann avait sorti son téléphone et appelé Marianne.

— Devine où je suis ? avait-elle demandé d'un ton triomphant lorsque celle-ci avait décroché.

En arrière-plan, on entendait des vagissements. Marianne, qui gardait ce jour-là le bébé de sa fille, lui avait paru quelque peu débordée… Et la réaction de surprise de son amie avait fait du bien à Susann.

— Je t'envie… avait avoué Marianne.

Susann avait trouvé agréable d'être, pour une fois, celle qui avait quelque chose de beau à raconter. Elle avait ensuite envoyé un SMS à Léonie. Tout se passait bien avec Mimi et la jeune enseignante raffolait de sa petite colocataire, visiblement. Sinon, il pleuvait à Cologne.

Susann avait réglé sa boisson et gagné le port en flânant. Il lui restait du temps avant que le van de l'hôtel ne vienne la chercher devant la Villa Margherita. Dans une jolie boutique, elle s'était offert une longue robe fleurie et un grand chapeau de paille qui lui avaient valu des compliments du vendeur, et s'était finalement posée avec ses sacs dans le bar du port, pour y boire un Aperol Sour. Le ciel se teintait de rose et de rouge, quelques voitures passaient le long de la promenade maritime ourlée de palmiers et, plus loin, des bateaux blancs se balançaient paisiblement près du quai. Susann avait porté à ses lèvres le verre à cocktail qui contenait l'*aperitivo* si rafraîchissant, et adressé une pensée à Bertold avec qui elle avait souvent trinqué ici. Une simple gorgée, et déjà, elle songeait que la vie était injuste. Alors, elle avait reposé sa boisson en s'exhortant à ne pas sombrer dans la mélancolie. *Was fott es, es fott*, voilà ce qu'on disait à Cologne pour accepter l'inéluctable. Il s'était produit un événement affreux sur cette île, mais les lieux n'y étaient pour rien. Et Forio avait conservé toute sa magie… Susann avait laissé son regard vagabonder sur le petit port, maintenant baigné de rose, et elle avait décidé de se réjouir du spectacle. C'était agréable d'être assise ici. Très agréable, même. Et tout en piochant régulièrement dans la coupelle de cacahuètes, elle avait senti une paix mêlée d'une certaine joie la gagner.

Susann Siebenschön avait rapidement trouvé son rythme. Un jour sur deux, elle demeurait à l'hôtel pour se reposer. Après sa séance de soins et un copieux petit déjeuner, elle s'installait alors sur la terrasse avec un livre, dans une des chaises longues bleues, nageait dans la piscine encore fraîche ou se prélassait avec quelques autres clients dans l'eau verdâtre des bassins d'eau thermale chaude. Le midi, Luigi, de service au bar extérieur, lui apportait un en-cas et, selon la position du soleil, elle contemplait la mer qui scintillait au loin, en contrebas, ou l'Epomeo. Dans son manteau de velours vert, ce dernier paraissait se dresser juste derrière les magnifiques jardins de l'établissement et sa force majestueuse l'apaisait étrangement.

Le lendemain de ce jour de repos, elle partait en excursion. Elle s'était longuement promenée de Forio à Lacco Ameno ; l'itinéraire, traversant collines boisées et pinèdes, vous faisait passer devant le petit sanctuaire de Notre-Dame de Zaro, où les habitants de l'île déposaient des fleurs et des lettres. Et après avoir atteint le vieux porche en pierre qu'elle connaissait bien, elle était descendue dans le village en empruntant la voie sinueuse. Sur la promenade, elle avait mangé une glace et admiré comme chaque fois l'énorme champignon de pierre qui émergeait de la mer. Elle s'était aussi rendue en bus jusqu'à Sant'Angelo l'élégante, puis avait rejoint la plage des Maronti en bateau-taxi. Sur Ischia, même prendre le bus lui plaisait tant c'était simple : il n'y avait que deux lignes. La première faisait le tour de l'île par la droite, la seconde par la gauche – de ce point de vue, il était aussi facile de se déplacer à Ischia que sur la minuscule île de Lummerland imaginée par Michael Ende –, ce qui rassurait Susann qui n'avait pas le sens de l'orientation. Dans la boutique chic des Jardins d'Apollon et d'Aphrodite – un immense parc thermal avec accès privé à la plage, situé à l'extrémité de la baie de Forio –, elle avait même acheté, cédant à une audace subite, un maillot de bain motif léopard. Deux jours plus tard, elle l'étrennait dans sa crique préférée. La plage de Cava Cabana était un endroit si discret que très peu de touristes y mettaient les pieds. La grande majorité des hôtes de l'île jetaient plutôt leur dévolu sur les nombreux bassins et piscines d'eau thermale. Susann, elle, adorait cette petite anse, quasiment déserte en semaine. On pouvait encore y nager au mois de novembre ! Lors d'une discussion dans le hall du Paradiso, Cristina lui avait expliqué que le climat sur Ischia était très différent de celui du continent. Au début du mois de novembre, lorsque leur établissement fermait comme la plupart des autres hôtels, les habitants de l'île profitaient de leur été indien. Il y avait un petit restaurant de plage qui « flottait quelques marches au-dessus de la mer, lui avait-elle raconté, et quand on y mangeait, on avait le droit d'emprunter des chaises longues ». Et on y mangeait volontiers, car les *spaghetti alle vongole* ou les *spaghetti pomodori* étaient tout simplement délicieuses : elles avaient « le goût de l'été ».

Une fois de plus, Susann constatait que l'Italie était un pays d'une merveilleuse sensualité. Elle-même d'ailleurs sentait tous ses sens en éveil. Et puis, à la fin de la première semaine, il arriva une chose à laquelle jamais elle ne se serait attendue. Susann Siebenschön tomba amoureuse.

Susann avait décidé de prendre le bus pour la petite ville d'Ischia Porto, chef-lieu de l'île. Quelques jours plus tôt, elle y débarquait avec le ferry, mais il lui semblait à présent que cela remontait à des semaines. Ischia Porto se situait à l'autre extrémité de l'étendue insulaire et Susann s'était mise en route juste après le petit déjeuner pour arriver avant que les commerces et magasins ne ferment pour la pause de midi – qui, on le savait, durait bien plus longtemps dans les pays méridionaux que sur le territoire allemand.

Une fois sur place, l'humeur au beau fixe dans sa longue robe fleurie, coiffée de sa capeline de paille, elle entreprit de remonter la large Via Roma où les voitures n'avaient pas droit de cité. Elle flâna devant les jolies vitrines des boutiques, admirant sacs et chaussures, essaya deux ou trois paires de sandales argentées puis poursuivit en direction d'Ischia Ponte. Elle avait pour objectif le Castello Aragonese, cette citadelle sarrasine qui se dressait au bout d'un étroit pont qui paraissait couper la mer en deux. On y marchait effectivement au-dessus de l'eau, mais la construction en pierre était si basse que les jours de vent, l'écume jaillissait par-dessus le parapet et trempait les touristes. C'est vers ce pont que Susann se dirigeait.

Il lui faudrait ensuite partir à l'assaut du Castello, qui abrite un musée de peinture et, tout en haut, un couvent. Le visiteur empruntait pour cela des escaliers de pierre sinueux et des sentiers flanqués de murets, pouvant ainsi profiter encore et encore du spectacle de la mer d'un bleu profond. Un ascenseur avait récemment été installé, qui vous catapultait en quelques secondes au sommet du château où vous attendaient deux cafés et de vastes terrasses offrant un panorama splendide. On pouvait y passer des heures. Et bien que sa hanche ne lui fasse presque plus mal – sans doute grâce aux joies que lui procurait son séjour, à la sérotonine qui inondait son corps –, Susann se réjouissait qu'il y ait un moyen d'accéder confortablement au Castello. Elle avait acheté quelques cartes postales qu'elle comptait rédiger là-haut, dans le café à l'ombre des oliviers.

Mais les choses ne se déroulèrent pas comme prévu.

La Via Roma était longue, cela faisait un bon moment que Susann marchait ; le soleil était déjà haut dans le ciel, il commençait à cogner et les premiers magasins fermaient pour la sieste. Susann ralentit un peu l'allure et, alors qu'elle longeait tranquillement un magasin d'antiquités, elle découvrit dans la devanture une minuscule peinture à l'huile du Castello Aragonese. Elle s'arrêta et sut qu'elle allait succomber au tableau, niché dans un somptueux cadre doré.

Susann poussa la porte de la boutique et entra, précédée par le tintement clair de plusieurs clochettes. Elle venait de pénétrer dans une pièce agréablement fraîche à la lumière tamisée, une sorte de caverne d'Ali Baba… Les antiquités s'y bousculaient dans un espace très restreint où la couleur or dominait. Tableaux anciens, lustres, vitrines en verre abritant des bagues et des bracelets à breloques jetant mille éclats, petits guéridons accueillant sur leur plateau en marbre toutes sortes de coupes, de bols et de flacons, statuettes de corps enlacés et bustes de déesses romaines du printemps aux visages gracieux… Susann était sous le charme. Elle avança, passant prudemment à côté des bibelots précieux, avant de remarquer le maître des lieux qui quittait son comptoir en bois pour la saluer d'un doux « *Buongiorno* ».

Giorgio Pasini était un homme assez âgé, pas très grand, avec des traits bien dessinés et d'épais cheveux blancs. Il y avait dans son regard, sous les sourcils en broussaille, plus de gentillesse que Susann n'en avait jamais vu chez quiconque. Il semblait émaner de lui une lumière chaude, et quand il souriait – comme à cet instant précis –, il se formait au coin de ses paupières des petites rides témoignant d'un caractère enjoué.

L'antiquaire s'enquit de ce que désirait Susann, qui se rendit soudain compte qu'elle avait plongé un peu trop longtemps dans ces yeux bienveillants. Elle se racla la gorge et demanda à voir le tableau qui avait attiré son attention.

Heureusement pour elle, Giorgio Pasini parlait un allemand relativement compréhensible. Après avoir traversé sa boutique débordant d'objets avec la souplesse d'une panthère, il prit la petite toile, posée dans la vitrine sur une pièce de velours bleu foncé, et revint avec. Puis il lui expliqua que c'était une huile de l'école napolitaine, qu'elle avait plus de cent ans, et la complimenta pour son bon goût. Il indiqua finalement un prix qui ne parut pas trop élevé à Susann pour une peinture aussi exquise, sans compter qu'elle représentait ce Castello Aragonese qu'elle aimait tant.

— C'est une œuvre superbe! Je la prends.

Le *signor* Pasini eut de nouveau ce sourire à faire fondre une banquise, et Susann sentit ses jambes flageoler. Elle était comme envoûtée – par ce sourire, ce petit magasin d'antiquités et, naturellement, le tableau qu'elle avait saisi, le cœur battant.

— Est-ce… un cadeau? fit Giorgio Pasini de retour derrière son comptoir, où il enveloppait avec précaution la toile dans du papier de soie.

Susann opina du chef sans cesser de regarder ses mains, admirablement soignées.

— Oui… Non. Enfin… C'est-à-dire… un cadeau pour moi-même, déclara-t-elle, rougissant comme une jeune fille et espérant que cela ne se verrait pas dans la pénombre de la boutique.

Après un léger signe de tête, le *signor* Pasini emballa la peinture dans une feuille de papier cadeau lie-de-vin, qu'il plia avec adresse. Il y colla une étiquette dorée et joignit une carte de visite, avant de glisser le tout dans un sac en papier qu'il tendit à Susann.

— Est-ce la première fois que vous venez à Ischia, *bella signora* ? demanda-t-il alors, et la « *bella signora* », flattée, répondit qu'elle avait déjà fait de très nombreux séjours sur l'île et eu, instantanément, un coup de foudre pour le Castello Aragonese.

— Quand je rentrerai à la maison, j'accrocherai le tableau au-dessus de mon lit, précisa-t-elle. En souvenir. Comme ça, j'aurai toujours un morceau d'Ischia avec moi…

Giorgio Pasini hocha la tête, souriant, puis se renseigna :

— Et… Quelqu'un vous attend chez vous ?

— Ah oui ! lâcha Susann qui remarqua aussitôt qu'il s'assombrissait.

Ou s'imaginait-elle des choses ?

— Mon chat, ajouta-t-elle.

Ils rirent tous les deux, et Susann s'aperçut avec surprise qu'elle était en train de flirter avec cet inconnu. *Susann, cesse tes enfantillages!* se gronda-t-elle. Seulement c'était si agréable… Elle avait l'impression de se retrouver dans une de ces comédies de l'âge d'or d'Hollywood, *Vacances romaines* par exemple. Et même si, bien entendu, elle était moins jeune que la ravissante Audrey Hepburn et ne se ferait jamais couper les cheveux aussi court, elle éprouva soudain un sentiment d'insouciance – cette insouciance qu'on ressentait sans doute quand on partait faire une virée en Vespa, assise derrière Gregory Peck, visage au vent. Envolés, les soucis! On était totalement dans l'instant.

Elle régla le montant dû, et le propriétaire de la petite caverne aux merveilles, jugeant peut-être qu'il avait gagné assez d'argent pour la journée, décida qu'il était l'heure de fermer pour la pause de midi. Dehors, il demanda si la *bella signora* lui ferait l'honneur d'aller boire avec lui un verre de vin, « juste à quelques pas d'ici ». Ajoutant que, depuis ce restaurant de plage, on bénéficiait d'une vue magnifique sur le Castello.

Susann gloussa intérieurement. *Lui faire l'honneur!* Voilà bien longtemps qu'elle n'avait pas entendu cette expression, qui faisait vraiment très fifties. Elle eut un hochement de tête ravi et peu après, assis sous une véranda donnant sur la mer, au soleil, ils levaient leurs verres pour trinquer.

— Au beau tableau et à sa propriétaire, plus belle encore! déclara Giorgio, galant. Qu'il vous procure beaucoup de joie et vous rappelle toujours cette journée.

Leurs verres s'entrechoquèrent avec un tintement clair, qui évoqua à Susann le carillon à clochettes accroché au-dessus de la porte du magasin. Contemplant l'ancienne forteresse sarrasine qui se dressait non loin, elle songea qu'elle n'irait sans doute pas écrire ses cartes postales sur la terrasse du Castello, finalement… ce qu'elle ne regretta pas un seul instant. Giorgio était divertissant, et pas seulement à cause de son accent italien. Le verre de vin fut suivi d'un autre, puis l'antiquaire commanda pour eux deux une dorade au basilic, expliquant avec humour qu'après tout, il venait de faire « l'affaire de sa vie ».

— C'est tranquille à ce point dans votre boutique ?! fit Susann qui rit en se renversant dans son siège.

Il y avait belle lurette qu'elle ne s'était pas sentie aussi pleine d'entrain. La dorade était excellente, le vin blanc étincelait dans les verres. Conquise par l'Italien aux yeux noisette et au sourire si sympathique, Susann perdit toute notion du temps. L'après-midi descendit paisiblement sur la mer, les ombres du Castello s'allongèrent peu à peu. Et lorsque Giorgio, qui avait insisté après le repas pour la raccompagner à Forio avec sa Fiat Cinquecento rouge, lui baisa la main devant l'entrée de l'Hotel Paradiso et demanda : « Puis-je vous convier samedi à un *concerto* aux *Giardini la Mortella*, Susana, *mia bella* ? », elle ne dit pas non.

9

La journée débuta comme toutes les autres depuis quelque temps, c'est-à-dire qu'elle succédait à une nuit en aucun cas réparatrice. Léonie tapa sur le réveil dont la sonnerie lui vrillait les oreilles, se rendit en titubant dans la cuisine où elle se fit un café puis remplit d'eau et de nourriture les écuelles de Mimi. Elle avait corrigé jusque tard les devoirs des élèves de seconde – une dissertation sur *Monsieur Ibrahim et les fleurs du Coran* d'Éric-Emmanuel Schmitt. Les notes ne volaient pas très haut dans l'ensemble, pourtant elle avait largement préparé la classe aux questions que posait le texte. Ces adolescents n'écoutaient pas, voilà tout. Poster des photos sur Instagram et ingérer des séries Netflix nuisaient manifestement à la concentration et à l'attention. Lors des contrôles, certains, se croyant malins, débitaient des âneries dans des phrases grandiloquentes ; ils tiraient à la ligne façon « Plus y'en a, mieux c'est ».

Léonie enviait parfois ses collègues profs de sport ou de musique. Enseigner deux matières qui exigeaient de longues heures de correction n'était pas l'idée du siècle finalement, même si elle connaissait de temps à autre des moments de bonheur – comme récemment : une jeune fille de terminale lui avait rendu une dissertation époustouflante sur le romantisme allemand et sa signification pour les jeunes d'aujourd'hui. Ces instants-là étaient marquants dans la vie d'une professeure de lycée.

Il était minuit et demi lorsque Léonie avait achevé de lire la dernière copie. Elle n'avait pas réussi à s'endormir ensuite parce que Mimi avait décidé de galoper dans tout l'appartement, comme un cheval. Difficile de croire qu'une si modeste créature puisse faire autant de bruit… Mimi avait eu un comportement de dingue et Léonie s'était demandé si les chats pouvaient, eux aussi, souffrir de TDAH. Puis la petite excitée avait essayé d'ouvrir l'armoire à vêtements, avant d'en griffer le bas frénétiquement. Elle s'imaginait peut-être que les forêts enchantées du *Royaume de Narnia* se cachaient derrière la porte. À bout de nerfs, Léonie avait fini par lui jeter un oreiller en sifflant : « Ça suffit maintenant ! ». Et elle avait bel et bien obtenu le calme. Mimi était revenue sur le lit et s'était aussitôt endormie sur ses pieds, tandis que la lumière crue de la pleine lune cherchait à envahir la chambre. Après s'être tournée et retournée sous sa couette pendant des heures, Léonie avait capitulé et avalé trois comprimés de valériane.

Maintenant assise derrière la petite table pliante de sa cuisine, cette même Léonie, à moitié endormie, remuait son café au lait. Depuis l'arrivée de Mimi, elle avait de plus en plus de mal à se lever. Elle avait pris l'habitude de rester allongée un moment après la sonnerie du réveil et ne lisait plus le journal. Léonie plongea dans son café un biscuit aux flocons d'avoine, puis un rapide coup d'œil à l'horloge lui apprit qu'il était temps de se mettre en route. Après avoir rincé sa tasse et enfilé un cardigan bleu sur sa robe rayée, elle attrapa son cartable et se dirigea vers le vestibule où l'attendait Mimi, assise devant la porte d'entrée ; en la voyant arriver, elle émit un miaulement accusateur.

Léonie aurait dû savoir ce qui allait se passer, seulement elle était lessivée.

Elle ouvrit prudemment la porte et alors qu'elle s'apprêtait à ôter sa clé de la serrure, Mimi jaillit comme une flèche et lui fila entre les jambes.

Léonie lâcha son cartable dans l'entrée et dévala l'escalier quatre à quatre, jusqu'au hall de l'immeuble.

— Non, Mimi, non ! Qu'est-ce que tu fabriques ? Viens ici tout de suite !

Mais Mimi n'avait nullement l'intention d'obéir. Elle reniflait avec intérêt un tas de prospectus déposés sous les rangées de boîtes aux lettres.

— Mimi, au pied ! ordonna Léonie.

Pas de quoi impressionner la chatte…

Lorsque Léonie s'approcha d'elle, menaçante, pour la forcer à réintégrer l'appartement, Mimi piqua un sprint et se rua dans l'escalier menant aux caves.

Léonie lâcha un juron à mi-voix et prit le même chemin.

En bas, elle alluma la lumière et aperçut quelque chose de blanc qui prenait son virage à droite pour filer dans le long couloir desservant les caves. Les portes, des grillages en bois, étaient fermées par un cadenas. Pas de quoi arrêter un chat… Mimi se faufila sous une des portes – celle où figurait la mention « 3e étage D » – et disparut entre étagères, cartons et vieux jouets.

Il s'agissait de l'appartement qu'occupaient M. et Mme Likowski. Lui travaillait comme médecin-chef dans la clinique pédiatrique rue d'Amsterdamerstraße, il quittait toujours l'immeuble aux aurores et ne rentrait que tard dans la soirée. Quant à Mme Likowski, elle était partie avec leur adolescent de fils quelques mois plus tôt – à cause des horaires de travail à rallonge de son mari qui la mettaient en colère, mais ce n'était certainement pas l'unique raison. Léonie, qui habitait dans l'appartement situé sous le leur, avait dû supporter non seulement le piano du rejeton Likowski, qu'on contraignait manifestement à jouer du Mozart tous les après-midi et qui se défoulait en martelant les touches, mais aussi les altercations nocturnes du couple, parfois très bruyantes. Elle avait applaudi lorsque l'un et l'autre avaient cessé. Là en revanche, elle se réjouissait moins et se disait que l'affaire allait être coton sans clé…

Léonie s'accroupit devant la cave et scruta la pénombre à travers les lattes. Une fois ses yeux habitués, elle découvrit Mimi qui l'observait, cachée sous un vélo cassé, les pupilles étincelantes.

— Sors de là, Mimi ! Il faut que j'y aille, moi ! s'écria Léonie en secouant le grillage en bois.

Il était huit heures moins le quart. Si ce chat daignait lui faire l'immense honneur de sortir de sa planque maintenant, elle pouvait encore, en se pressant, arriver à l'heure à l'école.

Mimi plissa les yeux mais ne remua pas. Le temps pour elle n'avait aucune importance.

Léonie décida de changer de tactique. Comme la sorcière d'*Hansel et Gretel*, elle passa la main entre les lattes et agita les doigts pour attirer la petite fugueuse.

— Allez viens Mimounette, viens ! chantonna-t-elle d'une voix haut perchée.

Effectivement, Mimi se laissa attendrir et s'approcha avec prudence, mais quand Léonie voulut l'attraper, elle lui échappa en feulant et Léonie se griffa la main au grillage.

— Aaaïe ! Purée ! s'exclama Léonie qui s'était planté une écharde dans l'index.

Elle essayait de l'enlever lorsque les lieux furent soudain plongés dans l'obscurité.

Foutue minuterie ! Léonie se redressa en pestant et longea le mur, tâtonnante. Sa main rencontra enfin l'interrupteur sur lequel elle appuya, éclairant le couloir d'une lumière aveuglante pour trois minutes.

Elle poussa un soupir de soulagement.

Sauf que Mimi avait disparu de la cave du 3e étage Droite.

Léonie, exaspérée, courut jusqu'à l'escalier qui l'avait conduite au sous-sol, et regarda de l'autre côté. Rien en vue ! Au bout du couloir partant à gauche, se trouvaient le garage à vélos, la chaufferie et le local à poubelles. La porte du local était restée ouverte, quelqu'un venait sans doute d'y descendre. Mimi s'était peut-être réfugiée dedans ? Léonie perçut un léger miaulement qui paraissait venir des bacs à ordures et se précipita dans le couloir. En général, la porte en métal au fond du local, permettant de gagner l'extérieur, était fermée. Sauf le mercredi, quand le service de la voirie passait récupérer les conteneurs pour les sortir dans la rue…

Léonie sentit son cœur faire un bond dans sa poitrine.

On était mercredi !

Elle entra dans le local à poubelles et vit Mimi près de cette fameuse porte en effet ouverte, fixant avec convoitise les marches menant à la liberté.

— Non, Mimi, non !

Léonie s'élança vers la chatte qui se déroba sans peine et monta prestement l'escalier en pierre donnant sur la rue. Léonie grimpa à sa suite, glissa sur la marche du haut et perdit l'équilibre. Ses genoux heurtèrent le sol et tandis qu'elle se relevait péniblement, elle eut encore le temps de voir Mimi filer sous une Volvo noire, garée dans la rue. Une seconde plus tard, le camion de ramassage des ordures arrivait en grondant ; les éboueurs en tenue orange descendirent l'escalier et remontèrent avec les conteneurs qu'ils firent rouler sans précaution sur le trottoir.

Une demi-heure plus tard, Léonie, à bout de nerfs, attendait le serrurier chez Mme Hase qui habitait elle aussi au deuxième étage. Elle avait le genou droit écorché et sa robe bleu ciel était maculée de saletés car elle avait dû ramper à plat ventre sur le bitume de la rue d'Ottostraße. Mimi, parfaitement immobile sous la voiture, avait renoncé à tout projet d'évasion dès la seconde où avait retenti le fracas des poubelles. Fixant Léonie d'un air de reproche, elle n'avait pas bougé d'un millimètre. Comme ce monde extérieur était bruyant et dangereux ! Léonie avait progressé petit à petit sous la Volvo. Et au bout du compte, elle était parvenue à immobiliser l'animal rétif et à le tirer hors de son abri. Elle avait ensuite serré Mimi contre elle, si fort que cette dernière avait fini par abandonner toute résistance, se contentant de grogner.

La chatte se frottait maintenant à la chaise de Mme Hase, comme s'il n'était rien arrivé du tout, et seule sa queue hérissée montrait qu'elle était encore énervée, elle aussi.

Léonie but une gorgée du verre d'eau qu'avait apporté sa voisine.

— Je suis vraiment désolée pour la porte, déclara Mme Hase pour la troisième fois, la mine contrite. Mais je ne pouvais pas savoir que vous étiez encore là !

Léonie hocha la tête. Elle se sentait un peu mal. La folle course-poursuite, la chute en haut de l'escalier, l'humiliation de devoir ramper en pleine rue sous les regards amusés des éboueurs… Lesquels avaient applaudi en riant lorsque Léonie s'était engouffrée dans l'immeuble avec Mimi.

En entamant la dernière volée de marches, elle avait aperçu sa voisine d'en face qui, plantée devant son appartement, examinait en fronçant les sourcils la porte que Léonie avait laissée entrebâillée. Une porte qu'elle fermait l'instant d'après en tirant la poignée avec détermination.

— Oh non, madame Hase, pas ça ! Ma clé est à l'intérieur ! s'était exclamée Léonie qui, Mimi dans les bras, avait senti un vertige monter. Comment je fais pour rentrer chez moi ?

— Ah, bonté divine ! avait bredouillé Mme Hase en recoiffant nerveusement ses cheveux poivre et sel. Mademoiselle Beaumarchais ! Alors vous êtes là ? Je croyais que, que…

Mais aussi, comment Roswitha Hase aurait-elle pu se douter que Léonie n'avait pas oublié de fermer derrière elle ? D'autant plus que les portes de leur immeuble, lourdes et anciennes, ne s'enclenchaient pas correctement si on n'y allait pas d'un geste énergique. Perturbée de voir que la porte de sa voisine bâillait, Mme Hase avait sonné chez Léonie puis l'avait appelée en se penchant au-dessus de la cage d'escalier. Comme elle n'obtenait pas de réponse, elle en avait conclu que la jeune enseignante était partie travailler, sans se rendre compte que son appartement offrait une cible facile aux cambrioleurs.

— Ça m'est déjà arrivé, expliquait maintenant avec candeur Mme Hase en reversant de l'eau à Léonie. La porte qui ne ferme pas bien… Depuis je donne toujours deux tours de clé, même quand je vais à la cave. Vous devriez faire pareil, mademoiselle Beaumarchais. Sinon aucune assurance ne vous remboursera, vous le saviez ?

Le regard de Léonie tomba sur l'horloge du salon qui tictaquait doucement… Les aiguilles indiquaient neuf heures vingt.

— Oh non ce n'est pas vrai ! s'exclama-t-elle, catastrophée.

— Si si, je vous assure, fit Mme Hase en hochant la tête avec vigueur.

— Il faut que j'appelle l'école, annonça Léonie. Je peux utiliser votre téléphone ?

— Mais bien entendu, c'est la moindre des choses.

Rapidement, Léonie put joindre le secrétariat. La voix de Mme Meier était lourde de reproches :

— Mademoiselle Beaumarchais ! Enfin ! Où diable étiez-vous passée ? Nous vous avons appelée trois fois sur les deux lignes.

— Ah, euh… Oui… Je me suis malheureusement enfermée dehors. Je suis chez ma voisine parce que mon chat, ou plutôt le chat de ma voisine qui se trouve actuellement en vacances à Ischia, s'est enfui, et c'est là que mon autre voisine, celle qui n'a pas de chat, a claqué ma porte en pensant que j'étais partie à l'école, sauf que mon portable est dans mon sac qui lui est dans l'entrée, l'entrée de mon appartement pas celle de l'immeuble… Mais bon, bref, j'ai réussi à récupérer le chat et donc là j'attends avec le chat de ma voisine chez mon autre voisine, celle qui habite dans le même immeuble que moi…

Léonie se tut, soudain consciente de l'aspect décousu de ses propos.

— Et… Vous attendez maintenant… une autre voisine ? demanda Mme Meier qui essayait de suivre le fil.

— Non, non. Le serrurier. Pour que je puisse entrer dans l'appartement. Enfin, mon appartement.

— Aha, fit prudemment Mme Meier. Mais… Vous allez quand même venir à l'école, n'est-ce pas ?

Une fois le serrurier reparti – les facéties de Mimi coûtaient cher, la clé étant restée dans la serrure il avait fallu tout démonter –, Léonie s'était changée et avait soigné son genou tandis que Mimi, épuisée par cette grande aventure, se reposait dans le salon sur l'arbre à chat. Et rechargeait sans doute ses batteries pour la nuit…

En sortant pour la seconde fois de la matinée dans la rue où était toujours garée la Volvo noire, Léonie, le genou douloureux et la tête prise de vertige, se sentait sur le point de craquer. Et une pensée, une seule, occupait son esprit.

Ça ne peut pas continuer comme ça, il faut que ça s'arrête !

Et le plus rapidement possible.

10

Le jour de son vingt-sixième anniversaire, Maxie Sommer avait dressé le bilan de sa vie. Et il n'était pas fameux… C'était en mars, une journée tout à fait normale. Un mercredi qui n'avait rien de sensationnel avec son lot de nuages gris dans le ciel. Ses parents l'avaient appelée le matin, quelques amis lui avaient souhaité bon anniversaire eux aussi. Le soir, Léonie l'avait invitée au Bagatelle.

À l'époque, Maxie, qui s'appelait en réalité Maximiliane, un prénom qu'elle trouvait affreux, travaillait dans une filiale de la chaîne de boulangeries Backfrisch, en plein centre-ville de Cologne. Vendre des pains et des gâteaux industriels, ce n'était pas le métier de ses rêves. Mais certaines choses avaient tourné de travers dans sa vie. Elle avait déjà démarré puis interrompu tant de parcours différents dans l'enseignement supérieur qu'elle pouvait au moins se targuer d'avoir développé une impressionnante expertise en matière de décrochage universitaire.

Après le bac, elle avait suivi sans grande conviction un cursus en sciences économiques à Bonn durant deux semestres. Avoir fait des études de gestion, c'était toujours utile et ça vous garantissait des opportunités d'embauche dans de nombreux secteurs. Si bien que ses parents, ravis, avaient jugé sa décision « très raisonnable ». Mais il s'était avéré très rapidement que Maxie, qui débordait de vitalité, n'était pas faite pour la gestion – et réciproquement, selon la façon de voir les choses. La jeune femme s'ennuyait mortellement dans l'amphithéâtre, elle trouvait les cours arides et le séminaire de comptabilité lui avait donné des cauchemars. Elle avait en revanche des camarades que cette formation enthousiasmait. Par exemple son petit ami Leo qui se précipitait sur les chiffres et les modèles marketing, comme les vieilles dames se ruant sur les crumbles qu'elle vendrait plus tard à la boulangerie. Cela avait fait réfléchir Maxie, qui avait arrêté les sciences économiques. Quant à Leo, ils avaient rompu peu de temps après.

Maxie avait alors entrepris des études d'histoire, avec un élan retrouvé – au lycée, elle avait toujours adoré cette matière passionnante –, mais dès le deuxième semestre, elle avait échoué en histoire ancienne, à l'épreuve de traduction de sources écrites, malheureusement indispensable pour espérer décrocher une licence. Maxie n'avait jamais appris le latin, et pour le test d'entrée qu'exigeait l'université, elle avait pu se débrouiller grâce à une camarade sympa qui l'avait laissée tricher. Ce qui ne lui avait naturellement été d'aucune utilité le jour où, lors du séminaire du professeur Altmann qui se tenait en petit comité, son tour était venu et qu'elle n'avait pas pu traduire un passage des *Discours* de Cicéron, malgré la meilleure volonté du monde. Maxie s'était levée, écarlate, avait présenté des excuses puis quitté la salle. Et c'en avait été fini de la « belle histoire » pour reprendre une expression qu'affectionnait Mme Raschke, sa professeure préférée au lycée, qui enseignait l'histoire et le français.

Elle avait finalement opté pour l'Université du sport, à Cologne, une orientation nettement plus dans ses goûts que la gestion. Elle s'y révéla tout aussi douée en gymnastique au sol qu'en athlétisme, bonne coureuse et dotée d'un évident sens du dribble et du shoot. Jusqu'à ce stupide accident de ski dans le Tyrol. Un des étudiants du cours, contrôlant mal sa vitesse, lui était rentré dedans alors qu'elle faisait la queue pour prendre le télésiège. Le choc avait été assez violent pour que Maxie tombe, mais pas assez pour que les fixations de ses chaussures sautent ; son genou gauche s'était tordu et en entendant l'espèce de claquement venu de l'intérieur de son articulation, le genre de bruit que ferait en se rompant le joint en caoutchouc d'un bocal à conserves, elle avait aussitôt su que c'était grave.

Verdict du médecin : « triade malheureuse », c'est-à-dire déchirure du ligament croisé antérieur, du ligament collatéral médial et du ménisque médial. Une très fâcheuse combinaison. Pendant près d'un an, Maxie s'était déplacée sur le campus en clopinant avec ses béquilles. Elle y avait suivi les cours de l'Institut de médecine sportive, portant entre autres sur la diététique et les blessures de sport – elle avait aujourd'hui encore dans ses étagères un gros livre d'anatomie –, seulement elle avait dû renoncer un bon moment à la partie pratique de son cursus. Et quand Gert Haberland (un professeur de sciences sportives qui avait un grand nombre d'années au compteur et une prédilection pour les jolies étudiantes blondes) lui avait fait des avances et s'était mis à la harceler jour et nuit, Maxie avait lâché ses études.

Après avoir vu à la télévision un documentaire passionnant sur Heinrich Schliemann et le trésor de Priam, elle avait senti l'espoir renaître. Et cru qu'elle était faite pour l'archéologie. Parcourir le monde, travailler en plein air, faire partie d'une sympathique équipe de chercheurs et mettre au jour des objets d'une importance capitale pour l'humanité… Tout cela lui paraissait brusquement très tentant ! Elle s'était donc inscrite à une nouvelle formation, mais n'avait même pas pu assister au tout premier cours magistral : sa tante préférée était tombée malade et Maxie avait voulu s'occuper d'elle. Durant des semaines, elle avait été aux petits soins pour tante Paula, qui peinait à se remettre d'une grave pneumonie.

Alors que les parents de la jeune femme, considérant avec une irritation croissante les errances de leur benjamine, avaient fini par perdre patience et arrêter de la financer – si bien que Maxie, désormais, ne pouvait plus lâcher son poste en intérim dans la boulangerie si elle voulait s'en sortir –, tante Paula, elle, n'avait jamais cessé de croire en elle.

Paula Witzel, une dame de la vieille école qui portait des broches depuis sa prime jeunesse et qui, même à un âge avancé, continuait à exiger qu'on lui donne du mademoiselle (« *Fräulein* Witzel, je vous prie ! »), avait travaillé de longues années comme secrétaire d'un éthologue étudiant les mœurs des chauves-souris. Mlle Paula n'avait jamais eu d'homme dans sa vie – en tout cas, rien n'avait jamais permis à Maxie de penser le contraire. C'est seulement après la mort de sa tante, en découvrant dans ses étagères un nombre impressionnant d'ouvrages spécialisés sur les chiroptères et les coronavirus – qui abritaient entre leurs pages quelques lettres d'amour enflammées –, qu'elle avait réalisé que la relation qu'entretenaient sa tante et le professeur n'avait pas toujours été platonique.

Paula Witzel était une femme très cultivée, qui aimait la littérature et possédait une volumineuse bibliothèque. On pouvait dire que lire et cuisiner avaient été ses grandes passions – si l'on faisait abstraction du chercheur si friand de chauves-souris, qui avait passé l'arme à gauche des années avant elle. Et Maxie avait passé beaucoup d'heures agréables dans le salon de sa tante (sa grand-tante en réalité, mais peu importe), qui la réconfortait d'une part de tarte aux mirabelles ou de gâteau marbré faits maison, avec du « bon beurre », quand elle avait une fois de plus dû jeter l'éponge.

— Ne te fais pas de mouron, mon enfant. Tu finiras par trouver ta voie. J'en suis certaine, assurait régulièrement tante Paula. Tu n'es peut-être pas faite pour les études, voilà tout. Tu as plutôt une intelligence pratique, il n'y a pas de mal à ça. Sans compter tous tes talents !

— Ah bon ? Lesquels ? s'était enquise Maxie, maussade.

— Eh bien, tu as un bon contact avec les gens et les animaux, tu es volontaire et sympathique, et tu as un sacré don pour le commerce. Sans oublier que tu aimes les gâteaux… Autant que moi !

— Ah, génial, avait fait Maxie, qui se demandait à quel métier on pouvait bien prétendre avec de telles qualifications.

Il ne lui était plus resté en fin de compte (ce qui n'avait sans doute rien de particulièrement surprenant) que son poste chez Backfrisch – et d'intérimaire, elle était devenue salariée à temps plein.

Au moment de fêter ses vingt-six ans, elle travaillait pour la chaîne de boulangeries depuis trois ans déjà.

Le jour J, qui remontait maintenant à plus d'un an, son chef, Stefan Kürten, lui avait offert une tarte de chez Backfrisch, radieux, en déclarant solennellement : « Vous faites du bon boulot, Mlle Sommer. Si vous continuez sur votre lancée, vous pourriez un jour diriger vous-même une filiale de Backfrisch ! Fantastique perspective, non ? » Ses propos avaient ouvert les yeux à Maxie. Non, ce n'était pas la vie qu'elle s'imaginait mener. Elle ne pouvait pas et ne voulait pas continuer sur sa lancée.

Seulement, que faire d'autre ? Dans quoi pouvait-on se lancer quand on avait derrière soi un bout de cursus en sciences économiques, un bout de cursus en histoire, un bout de cursus en sport et des études d'archéologie interrompues avant même d'avoir commencé ? Là encore, c'est tante Paula qui allait lui apporter la réponse – et d'une manière assez insolite.

En effet, trois mois plus tard, quelques jours après avoir soufflé ses quatre-vingt-treize bougies, Mlle Paula Witzel mourait. Sa femme de ménage, qui arrivait tôt le matin, l'avait trouvée inerte dans son fauteuil favori. Aussi impeccablement habillée que d'habitude, un camée blanc attaché à son corsage. La télévision, encore allumée, était réglée sur Arte. La vieille dame avait dû s'endormir devant *Les Vestiges du jour*, programmé la veille au soir, pour ne plus jamais se réveiller. Avait-elle pu regarder le film jusqu'au bout ? Nul ne pouvait le dire, mais puisqu'il s'agissait d'un de ses préférés, elle en connaissait de toute façon la fin.

Paula Witzel avait toujours vécu très modestement. Elle ne touchait pas une grosse retraite et au cours des dix dernières années de sa vie, elle s'était contentée d'un régime alimentaire invariable : saucisse de foie de veau, purée de pomme de terre et compote de pomme. Sans oublier bien entendu les gâteaux. Maxie avait été d'autant plus surprise d'apprendre que sa tante lui laissait, outre des livres par milliers et un vieux livre de cuisine enrichi de recettes de gâteaux notées à la main, une coquette somme – visiblement le fruit de patientes économies, année après année. Le notaire avait remis à Maxie une enveloppe contenant l'argent, et une lettre que la jeune femme avait lue et relue.

À toi de mettre ce pécule à profit ! lui écrivait tante Paula. *Je sais que tu en es capable, ma chérie.*

Et Maxie avait saisi cette chance à deux mains. Grâce à l'argent de sa tante, elle avait pu ouvrir son propre salon de thé, en louant pour cela un local sous son appartement – local en assez mauvais état et vide depuis belle lurette parce que son propriétaire, qui y avait longtemps tenu un petit restaurant, profitait de sa retraite sous le soleil du sud de la France. Maxie avait chancelé en découvrant le montant du loyer qu'il réclamait par mois, mais elle avait finalement pu négocier le bail à la baisse. Et elle s'était dit qu'une fois que les affaires commenceraient à marcher, elle aurait non seulement de quoi vivre, mais aussi un travail qui lui plaise vraiment.

Maxie s'était alors lancée dans les travaux de rénovation. Elle avait repeint les murs avec une peinture tilleul car le vert était sa couleur préférée, accroché quelques tableaux et installé dans la salle (un carré presque parfait dont un côté était encore occupé par l'ancien comptoir du bistrot) les meubles hérités de sa tante. Même ses deux services en porcelaine, ses couverts en argent et les tasses aux motifs de roses qu'elle collectionnait y avaient trouvé un emploi. Quant au reste, Maxie l'avait chiné brocante après brocante. Seule la machine espresso italienne en inox – un appareil au prix exorbitant, qui brillait à présent sur le comptoir – avait été achetée neuve, ainsi que trois parasols rayés de couleurs vives, installés dans la charmante cour intérieure sur laquelle donnait le local commercial, à son grand ravissement. Les hauts murs de brique rouge étaient mangés de lierre et de vigne vierge, un bouleau au tronc élancé poussait dans un parterre d'angle et Maxie avait disposé çà et là quelques pots accueillant hortensias et héliotropes. Bien sûr, l'ambiance assez hétéroclite, de bric et de broc, n'avait pas le côté « branché » de ces cafés ayant désormais la cote, avec leurs immenses tables en bois et leurs énormes lampes industrielles noires, mais les lieux étaient incroyablement douillets : ils donnaient l'impression d'entrer dans le salon de sa tante préférée. Et c'était exactement ce que voulait Maxie.

En hommage, elle avait baptisé son salon de thé « Fräulein Paula ». Elle était certaine que celle-ci en aurait été très heureuse. Quant à son vieux livre de recettes bleu, Maxie l'avait placé dans l'étagère au-dessus du comptoir ; à côté, elle avait accroché une photo entourée d'un cadre en bois ovale, montrant « *Fräulein* Witzel » jeune femme. Maxie avait l'intention d'utiliser les recettes de tante Paula et de présenter ses gâteaux dans la haute vitrine en verre dénichée dans un bazar.

Grâce à la bibliothèque, la nouvelle boutique de la rue de Chamissostraße pourrait même devenir une sorte de salon de thé-librairie d'occasion. Maxie, qui n'était pas une grande lectrice, avait prévu de vendre peu à peu l'immense collection de tante Paula pour un prix très raisonnable : un, deux ou trois euros.

La désinvolture avec laquelle Maxie avait trié puis rangé les ouvrages dans les étagères, en se fiant à son seul jugement, aurait indigné ou fait sourire n'importe quel libraire. On y trouvait, à en croire les étiquettes, des livres « Pour les amoureux désespérés », « Pour ceux qui ont la bougeotte », « À offrir », « Pour les grosses têtes », « Pour les mains vertes », « Avec happy end »… et naturellement, « Pour les amateurs de chauves-souris ».

Maxie avait alors contemplé son œuvre, avec fierté et enthousiasme. Le jour de son vingt-septième anniversaire, elle avait invité Léonie pour une dégustation de gâteaux dans son salon de thé ; à l'intérieur, des feuilles de papier journal étaient encore collées sur les vitres. Son amie avait fait le tour du propriétaire avec une grande bienveillance, en répétant « Charmant, charmant ». Puis, secouant la tête, elle s'était arrêtée devant la bibliothèque avant de se moquer du classement incongru.

— « Pour les amateurs de chauves-souris » ? s'était-elle étonnée. Mais qui va lire ça ?

Léonie avait finalement sorti un roman de l'étagère destinée aux « amoureux désespérés ». C'était *L'Insoutenable Légèreté de l'être*, de Milan Kundera.

— Ta tante avait bon goût – je peux le prendre ? J'ai toujours voulu le lire.

Et elle avait insisté pour payer.

— Il te portera bonheur, avait-elle déclaré en posant la pièce d'un euro sur le dessus de la vitrine abritant les tout premiers gâteaux préparés par Maxie selon les recettes de sa tante. Oh là là, c'est quoi ces bombes caloriques, tu veux tuer tes clients ?

Elle plissait son mignon petit nez, la mine réprobatrice, en détaillant le gâteau marbré, la tarte aux mirabelles et la tarte aux groseilles meringuée.

— Quand je pense « pâtisserie fine », personnellement j'imagine autre chose !

— C'est parce que je fais des gâteaux authentiques, tout simplement bons, avait répliqué Maxie. Je ne veux pas servir des bricoles pleines de chichis, comme à Paris. Les gens vont aimer ça, tu verras ! J'ai bien réfléchi et je pense qu'en plus des croissants, des toasts et des petits sandwichs, je proposerai toujours trois sortes de gâteaux.

Puis elle avait conclu, triomphante :

— Ma tante en mangeait tous les jours, ça ne l'a pas empêchée d'atteindre les quatre-vingt-treize ans !

— Étonnant, avait lâché Léonie qui s'autorisait au mieux, avec le café, une minuscule tartelette au citron ou une praline de chez Leonidas.

Elle avait considéré avec méfiance l'énorme part que lui servait Maxie, sur une délicate assiette ornée de violettes. Mais dès la première bouchée, il lui avait fallu reconnaître qu'on ne pouvait absolument rien reprocher à cette tarte aux mirabelles garnie de crème pâtissière à la vanille qu'elle avait jugée démodée. Capitulant après avoir mangé la moitié de sa part, elle avait reposé sa fourchette à gâteaux en argent avec un soupir de contentement.

— Je dois admettre que c'était délicieux, avait-elle déclaré, et Maxie avait eu un large sourire.

Six semaines après avoir ouvert Fräulein Paula, elle eut droit à une visite surprise de son amie au béret, un dimanche en fin d'après-midi, juste après l'heure de fermeture. Plantée devant le salon de thé dont la porte était fermée, celle-ci, l'air un peu perdu, la cherchait en scrutant la salle à travers la baie vitrée. Un gros sparadrap barrait son genou. Et elle tenait un sac brun dont le contenu, étrangement, semblait remuer un peu.

11

— Tu ne pourrais pas la prendre ? Ça ne sera pas long, juste le temps que ma voisine rentre… Et puis tu aimes les chats !

Léonie, dont la voix trahissait un certain désespoir, entreprit de tout raconter à Maxie. Et alors qu'elle achevait le récit dramatique de la fugue de Mimi, elle remarqua que son amie se mordait les lèvres pour ne pas exploser de rire.

— Ça n'a rien d'amusant, Maxie ! Je suis vraiment au bout du rouleau. Je ne ferme plus l'œil de la nuit, j'ai droit à une nouvelle surprise tous les jours ! Après la petite escapade de Mimi, j'ai quand même dû sortir trois cents euros pour changer de serrure, et mon genou me fait un mal de chien. Tiens, regarde, je boite en plus !

Et elle fit quelques pas en claudiquant ostensiblement.

— Tu veux un roulé à la cannelle ? proposa Maxie qui essuyait la vitrine avec une peau de chamois. Ou une part de marbré, avec du bon beurre ?

— Ni l'un ni l'autre, gémit Léonie en se laissant tomber dans un fauteuil. S'il te plaît, Maxie ! Tu es mon amie, non ? Ça ne marche pas du tout entre Mimi et moi. Il faut que tu m'aides !

— Mouais… Je ne sais pas trop…

Maxie regarda la chatte blanche qui, entretemps, était sortie du sac de transport. Après avoir fait un petit tour dans le salon de thé, elle s'était très paisiblement couchée sur le vieux canapé en velours bleu de tante Paula.

— À t'entendre, on croirait que c'est Godzilla ! Elle n'a pas l'air si méchante que ça.

— Oui, oui, répondit impatiemment Léonie. Peut-être bien. Seulement elle ne se sent pas bien chez moi, voilà ! Et elle proteste en enchaînant les bêtises.

— Mais enfin, pourquoi ?

— Je n'en ai pas la moindre idée. Peut-être qu'elle trouve mon appart trop petit. Peut-être qu'elle n'aime pas mon parfum, ma crème pour les mains à la lavande. Non, celle-là je crois qu'elle la déteste, elle s'écarte toujours d'un bond dégoûté quand je m'en mets.

Contemplant ses mains soignées, Léonie marqua une pause.

— Peut-être aussi qu'elle n'a pas l'habitude de rester seule pendant la journée, tout simplement… Elle s'ennuie, elle devient psychotique, elle veut s'en aller, je le vois bien. Si elle se barre encore, je fais une crise cardiaque, c'est sûr !

— Ça ne serait pas plus simple que tu en parles à ta voisine ?

— Madame Siebenschön ? Pas question ! Elle croit que tout est pour le mieux dans le meilleur des mondes. Je n'ai pas envie de gâcher les dernières vacances d'une vieille dame, je ne peux pas lui faire ça. Elle est tellement heureuse de son séjour ! En plus, ça serait vraiment la honte qu'elle doive l'interrompre juste parce que je ne m'en sors pas avec Mimi.

— Mais si j'ai bien compris, il ne reste plus que dix jours avant qu'elle rentre. Tu ne crois pas que tu pourrais y arriver toute seule ?

Léonie secoua la tête, la mine lugubre.

— Encore dix jours et c'est dans un hôpital psychiatrique qu'il faudra venir me rendre visite. Ce chat me rend dingue ! Tiens, hier, j'ai cherché pendant des heures la clé de mon antivol, avant de me rendre compte que je n'avais même pas attaché mon vélo. Tu comprends ? Une chance qu'on ne me l'ait pas fauché. Dis, tu n'aurais pas un petit crème pour moi ?

Et tandis que la machine espresso chuintait et libérait le breuvage dans une tasse parsemée de roses, Léonie laissa tomber sa tête entre ses mains d'un geste théâtral.

— Hé, n'en fais pas tout un drame ! On va trouver une solution, assura Maxie en posant le café au lait devant son amie, avant de s'asseoir près d'elle.

Elles se turent un moment et Mimi, sentant peut-être qu'il était question d'elle, sauta gracieusement en bas du canapé pour se diriger à pattes de velours vers la table où les deux amies étaient assises. Elle se frotta au jean bleu clair de Maxie, lui donna en guise d'invite des petits coups de tête dans la jambe puis miaula doucement.

— Ouh, tu sais que t'es mignonne, toi ! fit Maxie d'une voix réjouie.

Léonie poussa un gémissement en levant les yeux au ciel.

Mimi se mit à ronronner avant de s'installer sur les genoux de la propriétaire des lieux. Elle cherchait à mettre le nez sous les aisselles de Maxie en poussant avec son crâne, pour le plus grand étonnement de Léonie.

— Je rêve ou elle sniffe ta sueur ? Décidément, cette bête est très bizarre.

— Laisse-la faire ! Elle aime bien mon odeur, on dirait. En plus je ne transpire pas, moi. Je sens bon, c'est tout. Même sans parfum Hermès, déclara Maxie avec aplomb. Elle préfère peut-être les arômes de la vanille et du chocolat.

La chatte se blottit dans ses bras comme un bébé et la jeune femme se mit à la caresser.

Relevant la tête, Mimi lui adressa un regard tendre. Et ses pupilles se dilatèrent soudain, devinrent immenses. Le vrai coup de foudre.

— Je comprends de moins en moins le problème, je la trouve craquante ! reprit Maxie.

Elle sentait qu'il n'en faudrait pas beaucoup plus pour qu'elle tombe amoureuse de cette chatte blanche aux yeux verts.

— Je ne prétends pas le contraire, mais moi elle ne m'apprécie pas, expliqua Léonie. Mais bon, de nous deux c'est toi la fille qui comprend les chats, hein… Pitié, ne me laisse pas tomber, Maxie ! Je n'en peux plus. Ici Mimi aura de la distraction toute la journée, ça va lui plaire. En plus, elle pourrait se dégourdir les pattes autant qu'elle veut dans la cour intérieure.

Léonie fixait Maxie avec espoir. Elle reprit :

— Tu l'adores déjà ! C'est gagnant-gagnant pour tout le monde. Ou plutôt gagnant-gagnant-gagnant !

Maxie sourit largement.

— OK, je sais que tu ne lâcheras pas le morceau, alors… On n'a qu'à faire un essai.

Elle réfléchit un moment, et poursuivit :

— Le salon de thé est fermé demain, on verra bien comment Mimi se plaît ici.

— Super. Moi je vois déjà qu'elle se plaît énormément chez toi ! s'exclama Léonie euphorique à l'idée d'avoir de nouveau son lit pour elle toute seule.

— Mais qu'est-ce que tu vas dire à cette madame Siebenschön ? objecta quand même Maxie.

— Rien du tout ! répondit son amie, radieuse. Pourquoi l'inquiéter inutilement ? Mimi va s'amuser comme une folle ici, et quand ma voisine rentrera d'Ischia, je lui rendrai son petit trésor. Tout va baigner dans l'huile. Enfin, dans le bon beurre pour reprendre ton expression. C'est la solution idéale, crois-moi.

Il allait assez vite s'avérer que le plan de Léonie n'était pas aussi parfait qu'elle l'avait imaginé, mais elle avait au moins raison sur un point : Mimi, visiblement, se sentit dès le début à son aise dans le salon de thé et sa cour intérieure agrémentée de verdure. Elle était plus paisible, faisait le tour des pots d'hortensias en les frôlant, s'installait dans la petite cuisine, devant le four, pour observer avec intérêt le gâteau au fromage blanc qui montait en cuisant. Elle accompagnait Maxie jusqu'à son appartement au premier étage et redescendait l'escalier avec elle, s'allongeait sur le rebord de la fenêtre et suivait avec nonchalance le spectacle de la rue – sans éprouver le besoin, manifestement, de partir explorer le vaste monde qui s'étendait autour de la place de Lenauplatz. Sans doute avait-elle gardé un souvenir traumatisant des bruyants éboueurs de la rue d'Ottostraße.

Au bout de quelques jours seulement, le salon de thé-librairie était devenu le territoire très privé de Mimi, qui se livrait à une patrouille plusieurs fois dans la journée avant de s'octroyer une petite sieste sur le canapé bleu – son endroit préféré. Les premières nuits, elle avait dormi dans l'appartement de Maxie, mais depuis il lui arrivait parfois, le soir venu, de rester au rez-de-chaussée. Le temps se faisant plus clément, Maxie laissait ouverte pendant la nuit la petite fenêtre, près de la porte donnant sur la cour, et Mimi se glissait entre les barreaux quand elle voulait prendre l'air ou profiter du clair de lune. Elle squattait alors les buissons d'hortensias avec satisfaction ou taquinait le lierre qui grimpait sur le mur en brique. Une nuit cependant, alors que Maxie et Léonie regardaient ensemble un film dans l'appartement, des grognements, des cris et des feulements impressionnants avaient retenti dans la cour intérieure : un gros chat noir allait et venait tout en haut du mur. Mimi avait défendu son royaume mordicus, et l'intrus avait fini par se sauver.

Exception faite de cet incident, Mimi ne quittait pas Maxie d'une semelle ou presque, devenait de plus en plus câline, et Léonie ne cessait de s'étonner du caractère impénétrable des chats qui, sans doute, demeureraient une énigme pour elle.

Léonie put enfin souffler et faire des nuits complètes. Quant à Maxie (qui n'avait plus eu de chat depuis le tragique accident de sa Lula), elle était au comble du ravissement devant son adorable petite protégée. Un enthousiasme que partageaient les clients qui fréquentaient les lieux, plus nombreux ; ils aimaient jouer avec Mimi, profiter de sa compagnie en buvant leur café, en farfouillant dans les étagères pour trouver LA bonne lecture ou, bien entendu, en dégustant les « gâteaux authentiques » servis par Maxie. En un rien de temps, Mimi était devenue une véritable attraction, aussi indissociable de Fräulein Paula que la jeune femme blonde qui faisait tourner le commerce. Et, trônant telle une reine, elle attirait tous les regards.

Les jours s'écoulaient, et Léonie s'appliquait à envoyer des photos à Mme Siebenschön chaque fois que celle-ci demandait des nouvelles de sa Mimi. Prévoyante, elle avait pris toute une série de clichés dans son appartement. On y voyait Mimi regardant la télé sur le canapé, Mimi buvant l'eau des fleurs, Mimi devant son écuelle dans la cuisine, Mimi dans sa corbeille installée dans l'entrée, Mimi s'amusant avec une pelote de laine, Mimi couchée sur la table de la salle à manger, Mimi lisant le *Kölner Stadt-Anzeiger*. Léonie avait aussi réalisé quelques jolis selfies les réunissant, Mimi et elle – la séance photo lui avait fait penser à une scène de *Green Card*, quand Gérard Depardieu et Andie MacDowell doivent se faire passer pour un couple heureux en ménage devant le service d'immigration américain.

Mme Siebenschön, quant à elle, se disait enchantée de cette harmonie : « Je suis si heureuse que vous vous entendiez aussi formidablement bien ! Ça me rend les choses plus faciles. »

Et Léonie, exagérant sans doute un peu, lui répondit : « Chaque jour avec Mimi est une joie. J'apprécie tellement sa présence que je serai très triste le jour où je ne l'aurai plus à côté de moi sur le canapé. »

« Fantastique », commenta Mme Siebenschön. Interloquée, Léonie relut le message sur l'écran de son portable. Une étourderie de la vieille dame, sûrement… Enfin bon, le principal, c'était qu'elle ne soupçonne rien.

Mme Siebenschön n'avait aucune raison de se douter que Mimi avait provisoirement changé de domicile, et Léonie n'avait nullement l'intention de lui en parler. Sa voisine n'allait pas tarder à quitter Ischia, la mascarade prendrait fin dès son retour. D'ici là, concernant la chatte, tout continuerait à marcher comme sur des roulettes. Et tandis que Léonie aspirait au retour de sa voisine afin de remettre de l'ordre dans son petit monde, Maxie avait le cœur de plus en plus gros à l'idée de devoir bientôt se séparer de Mimi.

C'est alors que Léonie reçut, un soir, un SMS en provenance d'Ischia – un message moins énigmatique que les précédents, mais qui chamboulait tous les plans de la jeune femme : « J'ai de bonnes nouvelles pour vous, chère Léonie. Comme je vous l'avais déjà laissé entendre, il s'est passé quelque chose… »

Léonie fronça les sourcils. Comment ça, il s'était passé « quelque chose » ? Se rappelant vaguement que la vieille dame avait évoqué un « miracle », elle reprit sa lecture : « J'ai fait la connaissance d'un Italien… et j'en suis tombée amoureuse. À mon âge ! Qui l'aurait cru ? Mais comme le dit la belle chanson de Brel : on a vu souvent rejaillir le feu de l'ancien volcan qu'on croyait trop vieux. Et je brûle, chère Léonie, je brûle… »

Léonie secoua la tête, décontenancée. Mme Siebenschön aurait-elle perdu la raison ? Elle survola la suite : « Giorgio est un homme merveilleux. Il me fait apprécier d'autres facettes de cette île que je pensais bien connaître. Il y a encore tant à découvrir ici ! Ce week-end, nous avons prévu de prendre son bateau pour aller à Procida (je vous enverrai une carte). Il refuse de me laisser repartir ! Et j'ai décidé de prolonger mes vacances de trois semaines. Autrement dit : vous allez pouvoir garder Mimi un moment encore et profiter de sa compagnie. Alors, que dites-vous de ça ? *Mille baci*, Susann. »

Léonie en resta bouche bée. Manifestement, sa voisine avait perdu les pédales et s'était entichée d'un pêcheur italien qui l'emmenait voir le soleil embraser de rouge le ciel de Capri – ou d'Ischia, ou de Procida, peu importe. Elle alla dans la cuisine et ouvrit une bouteille de vin. Puis, se ressaisissant, elle se mit à réfléchir. Après tout, quelle différence si Mimi séjournait quelques semaines de plus chez Maxie ? La chatte se portait comme un charme là-bas. Elle y était dans son élément, se couchait sur le canapé du salon de thé ou se plantait devant le frigo de la kitchenette et laissait Maxie la gâter de friandises. Sa fourrure brillait parce qu'elle avait droit tous les matins à un petit bol de fromage blanc, et elle s'était clairement arrondie.

— Tu ne devrais pas lui donner à manger comme ça, elle va devenir énorme, avait d'ailleurs fait remarquer Léonie un jour qu'elle était passée prendre un café au lait chez Fräulein Paula.

Mais Maxie avait aussitôt pris la défense de sa petite protégée.

— Ce n'est pas parce que tu surveilles ta ligne que les autres doivent crever de faim, avait-elle rétorqué en caressant Mimi qui ronronnait comme une chaudière. Oui ma jolie, tu es le plus beau chat du monde, n'écoute pas la méchante dame !

Et elle avait tiré la langue à Léonie.

Léonie but une nouvelle gorgée de vin puis composa le numéro de Maxie en souriant. Elle savait déjà que son amie serait aux anges de passer trois semaines de plus avec Mimi.

— Hourra ! s'exclama Maxie lorsque Léonie lui annonça la nouvelle. En ce qui me concerne, ta madame Siebenschön peut très bien rester à Ischia jusqu'à la fin de ses jours.

— Ne rêve pas trop, commenta Léonie. Elle finira bien par redevenir raisonnable.

Puis elle raccrocha pour répondre à Mme Siebenschön : « Mais quelles nouvelles épatantes, chère madame Siebenschön ! Oui, qui l'aurait cru ? La vie est vraiment pleine de surprises. Et qu'y a-t-il de plus beau que l'amour ?! Vous avez raison, c'est bon de savoir que Mimi peut rester encore un peu. Elle est comme un coq en pâte ici et s'amuse beaucoup. Amitiés de Cologne, Léonie. »

12

Susann Siebenschön n'aurait jamais cru possible de retomber amoureuse. Une douce ivresse s'était emparée d'elle, et chaque fois qu'elle voyait arriver la Fiat rouge de Giorgio Pasini, son cœur faisait une cabriole de joie.

Ce soir-là, elle contemplait, songeuse, la petite huile du Castello Aragonese, qu'elle avait posée sur la commode en bois verte, en face de son lit. Elle but une gorgée de vin rouge – après le dîner, elle avait emporté dans sa chambre son verre à moitié plein – et sourit à son reflet, dans le miroir accroché au-dessus de la commode. Tant de choses avaient changé depuis sa promenade sur la Via Roma, depuis qu'elle avait découvert le tableau dans la devanture de la boutique de Giorgio Pasini… *Carpe diem* : elle avait su cueillir la fleur qui s'offrait à elle.

À la fin de sa première semaine de vacances, Susann s'était promenée avec Giorgio dans les Jardins de la Mortella. Elle avait toujours voulu s'y rendre, seulement Bertold préférait randonner en pleine nature plutôt que de musarder dans des parcs botaniques. Si bien qu'elle n'avait jamais eu l'occasion d'y aller, alors que La Mortella se trouvait non loin de l'Hotel Paradiso.

La Mortella signifiait en italien « Lieu des Myrtes », ainsi que le lui avait expliqué Giorgio ce dimanche après-midi en prenant leurs tickets à l'entrée du parc. Susann avait mal entendu et compris « Lieu des Mythes ». Un nom qui, d'ailleurs, convenait parfaitement lui aussi pour désigner ce jardin tropical enchanté surplombant la baie de Forio, œuvre d'un couple de Britanniques arrivés à Ischia juste après la Seconde Guerre mondiale. Sir William Walton était un compositeur anglais de modeste envergure, mais ce qu'il avait accompli avec son épouse Susana – une femme splendide originaire d'Argentine, dont il était tombé éperdument amoureux lors d'un voyage à Buenos Aires – relevait du miracle. Dès l'entrée de cet éden, le visiteur avait le souffle coupé par la beauté des lieux et les milliers de marches qui composaient le dédale des chemins, toujours plus haut.

Empruntant les sentiers ensorceleurs, Susann avait été subjuguée par la magnificence et la luxuriance des arbres insolites, des hauts palmiers, des plantes exotiques et des fleurs éclatantes que le couple Walton avait fait venir du monde entier, des décennies durant. Susann s'était attardée dans le Temple du Soleil, où glougloutait une fontaine et dont les murs portaient les traces pâlies de dessins évoquant la mythologie grecque. Puis elle avait passé un long moment sur un banc, aux côtés de Giorgio, près des étangs de nénuphars animés de friselis. La vue du rocher en forme de pyramide, érigé par Susana en hommage éternel à son mari, l'avait profondément touchée. Ensuite, installés dans le salon de thé ombragé, situé à mi-hauteur, ils avaient bu un Earl Grey. Une légère brise soufflait, accompagnant un concert de viole du compositeur anglais qu'on y jouait sans discontinuer. Plus tard encore, après avoir rejoint le nymphée, un pavillon de verdure abritant une fontaine plate dans laquelle se reflétait le ciel bleu, Giorgio avait indiqué à Susann l'inscription qui faisait le tour de la fontaine: *"This green arbour is dedicated to Susana, who loved tenderly, worked with passion and believed in immortality"*.

— « Ce pavillon est dédié à Susana, qui a aimé tendrement, travaillé avec passion, et qui croyait en l'immortalité », avait-il traduit.

Ses yeux souriaient… Il avait alors pris la main de Susann et ils s'étaient remis à grimper. Ils avaient évolué, en somnambules ou presque, dans ce paradis préservé du monde extérieur. Enfin, en début de soirée, avant que ne commence le fameux concert – interprété par des étudiants de l'Académie de musique de Naples, en plein air, sur une petite scène de théâtre – , Giorgio lui avait montré son endroit préféré, en haut des jardins. Il s'agissait de la Maison Thaï, où étaient installés deux fauteuils en bois sculpté ; ils y étaient restés assis longtemps main dans la main, silencieux, contemplant la mer en contrebas qui se teintait d'argent et scintillait à la manière d'un miroir immense.

C'était une bonne journée, avait songé Susann après que Giorgio l'avait déposée devant l'hôtel et tandis qu'elle montait l'escalier menant à la réception. *Une très bonne journée, même…*

Le plus beau dans cette histoire ? Quantité d'autres bonnes journées allaient suivre. Car son séduisant soupirant italien – veuf lui aussi – ne se lassait pas de l'emmener voir les sites les plus idylliques de son île. Mais surtout, sa simple présence permettait à Susann de renouer avec une joie de vivre qu'elle n'avait plus connue depuis des années.

Ainsi, ils s'étaient rendus chez un glacier de la Via Roma et, rougissant comme deux écoliers, ils avaient dégusté le contenu de leurs coupes décorées de petits parasols colorés, tout en se racontant des anecdotes de leurs vies.

Dans son magasin de brocantes, Giorgio avait aussi aidé Susann à trouver le joli bracelet à breloques doré qu'elle voulait rapporter à Léonie. Ils avaient bu un Campari, puis un autre – une chose que Susann n'avait plus faite depuis une éternité! Giorgio avait ensuite mis un disque sur son électrophone, ouvert la porte de sa boutique, et il l'avait invitée à danser le tango au son légèrement râpeux d'un morceau d'Astor Piazzola. Au beau milieu de la rue!

— Enfin, Giorgio! s'était exclamée Susann en riant, tandis qu'il la faisait tournoyer sur les pavés d'une main assurée. Tu as vraiment de drôles d'idées…

— Ah bon, pourquoi? avait demandé Giorgio qui avait au moins deux têtes de moins que ce géant de Bertold, et dont les yeux malicieux paraissaient flotter juste devant son visage. On peut tout faire, *tutto è possibile, mia bella* Susana.

Alors, Susann Siebenschön avait ôté ses sandales argentées – elles étaient neuves et la serraient un peu – et s'était laissé guider par cet homme agile pour qui rien ne paraissait impossible.

Le week-end suivant, il l'emmenait déjeuner avec des amis à Sant'Angelo, dans un petit restaurant à l'écart. À l'entrée de la localité, ils étaient montés dans un minuscule véhicule électrique qui leur avait épargné une pénible ascension. Assis à l'arrière de la voiturette, étroitement serrés l'un contre l'autre, ils tournaient le dos au conducteur qui s'était lancé à tombeau ouvert dans la montée abrupte menant à Barano d'Ischia. Dans les virages, Susann se cramponnait de toutes ses forces à Giorgio en riant et en poussant des cris stridents.

Le restaurant avait une allure féerique. La terrasse couverte, dont le sol en carreaux de céramique bleu tendre semblait vouloir rivaliser avec un ciel sans nuage, était délimitée par une vieille balustrade en bois et donnait sur le pittoresque village de pêcheurs et sur la mer, d'où surgissait l'imposant rocher de La Roia, comme jeté à l'eau par un géant ; de l'autre côté s'épanouissaient buissons de laurier-rose et somptueux bougainvilliers. La brise remuait les feuilles vert foncé des bananiers et des palmiers. Des chaises au dossier tressé et des tables revêtues de blanc attendaient qu'on s'y installe.

Susann s'était approchée de la balustrade, avait laissé son regard vagabonder dans le jardin pour s'imprégner de toute cette beauté. Puis elle avait respiré profondément et fermé les yeux un moment, avant que Giorgio ne vienne la chercher pour le repas sur la terrasse.

Ils y avaient passé des heures à discuter et à rire avec ses amis, attablés tous ensemble, buvant du vin blanc, dégustant melon et jambon de pays, puis des spaghettis aux fruits de mer, ainsi que des rigatonis accompagnant un ragoût de sanglier et, pour finir, le meilleur tiramisu que Susann ait jamais dégusté. Le jeune chef n'avait cessé d'aller et venir entre la cuisine et leur grande tablée, apportant marmites généreuses et plateaux garnis sous les applaudissements de leur assemblée exubérante. Le déjeuner s'était achevé sur un espresso bien tassé, tout à fait bienvenu après un tel festin. Les derniers convives avaient pris congé vers seize heures trente et Giorgio avait alors entraîné Susann quelques marches plus bas, jusqu'à une autre terrasse à l'abri des regards où des chaises longues, à l'ombre des arbres, invitaient à la sieste. Susann s'était allongée et avant de s'endormir, elle avait songé que, décidément, la *dolce farniente* était une merveilleuse invention.

Le soir, tandis qu'ils retournaient à Sant'Angelo en flânant, empruntant main dans la main un chemin étroit, ils avaient admiré les effets de lumière du soleil qui changeait peu à peu de couleur ; et lorsque l'astre s'était mis à baigner le ciel et la mer d'un rouge flamboyant, Giorgio l'avait serrée tendrement contre lui, et embrassée.

Ce même Giorgio voulait passer avec elle le week-end à Procida, la petite île précédant Ischia sur laquelle avait été tourné le film *Il postino* (Le Facteur). Il s'agissait de ce fameux week-end où les vacances de Susann devaient normalement s'achever, où elle était censée monter dans un avion pour retourner en Allemagne. Mais elle se sentait tiraillée… En réalité, elle n'avait aucune envie que ses vacances prennent fin. Les moments de bonheur qu'elle vivait étaient trop beaux pour cela.

— *Signora* Siebenschön, *buongiorno, buongiorno*! Vous rajeunissez de jour en jour! lui lançait Massimo tous les matins au petit-déjeuner. Je vois que vous profitez de notre excellent fango !

Le réceptionniste lui adressait alors un clin d'œil complice, et Susann faisait de même.

Elle se sentait effectivement en pleine forme. Envolées, ses douleurs de hanche ! Susann aurait été bien incapable de dire si elle devait ces bienfaits aux enveloppements de fango ou à la poudre de cynorrhodon offerte par Giorgio (« Contre l'arthrose, un vieux remède maison de la *mamma* », lui avait-il assuré), qu'elle mélangeait désormais le matin dans son yaourt, ou encore au soleil qui la réchauffait… ou à son cœur qui s'emballait chaque fois qu'elle voyait une certaine petite voiture rouge monter à vive allure les lacets menant à son hôtel.

— Tu ne pourrais pas rester encore un peu, Susana ? Pourquoi rentrer chez toi ? Il fait bien meilleur ici ! argumentait à présent Giorgio. On prendra mon bateau pour aller à Procida. J'aimerais te montrer le bar d'*Il postino* et te faire découvrir les spaghettis aux oursins, une spécialité qu'on ne trouve plus que là-bas, sur le port ! Je connais un charmant hôtel – chacun aura sa propre chambre, je suis un gentleman, ne t'inquiète pas. Il n'empêche, si tu en as envie, on pourrait quand même se rendre des petites visites…

Il eut un sourire irrésistible et le cœur de Susann, qui comptait soixante-treize printemps, se mit à battre avec ardeur à l'idée que l'antiquaire aux doux yeux noisette puisse venir frapper doucement le soir à la porte de sa chambre… Il fallait absolument qu'elle s'achète une nouvelle chemise de nuit. Avec de la belle dentelle !

— Susana ? Tu m'écoutes ? À quoi es-tu en train de penser ?

— À rien ! fit Susann, rougissante. Je… je… réfléchissais…

— S'il te plaît, dis oui. Je t'invite.

— Ah, Giorgio, tu ne peux pas m'inviter tout le temps ! répondit Susann, embarrassée.

— Bien sûr que si. Je suis italien, j'ai le cœur sur la main.

En disant cela, l'homme plaça d'un geste noble sa paume contre son torse, et Susann sut alors qu'elle ne pourrait pas résister à sa proposition.

En fin de compte, elle avait décidé de prolonger ses vacances de trois semaines… et vu un signe dans le fait que sa chambre à l'Hotel Paradiso serait finalement disponible pendant toute cette période – un couple âgé avait renoncé à son séjour pour raisons de santé.

Il faudrait bien qu'elle rentre un jour en Allemagne, naturellement, ne serait-ce que pour Mimi. Mais en attendant, elle avait devant elle trois autres semaines exaltantes et gorgées de soleil. Pour l'instant, elle ne voulait pas penser à ce qui adviendrait ensuite.

Susann s'approcha de la fenêtre de sa chambre. C'était le soir mais l'air restait très doux. Un mince croissant de lune, au-dessus des collines de Forio, éclairait la Torre Torone qui se dressait dans le lointain. Susann s'accouda au rebord de sa fenêtre et se pencha en avant pour contempler la nuit, que parfumaient les citrons et le romarin. Brusquement, elle se sentit très légère.

C'était le printemps sur Ischia… Et dans son cœur.

Tandis que Mme Siebenschön empruntait les sentiers de l'amour sous le beau soleil d'Italie, repoussant les inévitables adieux à Giorgio Pasini, il se passait également des choses étonnantes dans un certain petit salon de thé, non loin de la place de Lenauplatz.

13

Mimi avait eu des petits.

Accroupie devant la vieille armoire-penderie dans l'entrée de l'appartement de Maxie, Léonie contemplait, fascinée, les minuscules chatons que Mimi léchait avec application. Toute la troupe était installée sur une couverture à carreaux qui garnissait le bas du meuble.

— Je n'y crois pas, répéta Léonie alors qu'un chaton gris clair, tentant de grimper sur sa mère, glissait et atterrissait en douceur sur ses frères et sœurs.

Ce dimanche soir, Léonie venait de s'installer confortablement sur son canapé avec un livre lorsque le téléphone avait sonné. Au bout du fil, Maxie…

— Viens tout de suite ! s'était exclamée celle-ci avec excitation. Il y a une surprise !

— Une surprise ? avait demandé Léonie, mais Maxie avait déjà raccroché.

Son amie avait une drôle de voix, comme si on avait cambriolé son salon de thé, ou plutôt… comme si elle avait gagné au loto. Enfin, pas exactement, mais un truc dans le genre. Toujours est-il que l'affaire paraissait urgente ! Léonie avait refermé *L'Insoutenable Légèreté de l'être* à contrecœur, puis elle s'était rendue à vélo rue de Chamissostraße.

Maintenant assise en compagnie de son amie sur le sol dallé, elle observait, captivée et assez perplexe, le spectacle familial qu'offrait l'armoire à vêtements. Cinq chatons y miaulaient faiblement, faisaient maladroitement leurs premiers pas avant de retomber sur leur mère.

— Ils sont trop chou, non ? fit Maxie, émue. Tu as déjà assisté à quelque chose d'aussi mignon, Léonie ?

Léonie secoua la tête.

— Moi non plus, déclara Maxie. Je n'avais pas vu Mimi de toute la journée mais je ne me suis pas posé trop de questions au début, elle aime avoir des cachettes à droite à gauche, comme tu le sais.

— Oh que oui ! lâcha Léonie qui se rappelait parfaitement son stress énorme quand elle l'avait cherchée partout dans son propre appartement.

— Finalement je me suis mise à fouiller les armoires… Et je l'ai trouvée ici. Avec ses petits. Je ne me doutais vraiment de rien…

— J'ai passé mon temps à te dire qu'elle grossissait. Et nous voilà dans de beaux draps ! Qui peut bien être le père ?

— Pas la moindre idée, répondit Maxie qui ne paraissait pas particulièrement s'intéresser à ce détail.

Elle regardait, attendrie, Mimi qui venait d'attraper délicatement par la peau du cou un chaton tigré menaçant de dégringoler de l'armoire. Léonie, elle, repensait à cette nuit où un chat noir avait surgi dans la cour intérieure, réveillant les habitants de l'immeuble avec ses feulements et ses grognements.

— Peut-être que ce fameux chat noir dans la cour était un mâle ? supposa-t-elle tout haut.

Maxie réfléchit un moment, avant de froncer les sourcils.

— Impossible ! Même les chattes ne font pas des petits aussi vite ! expliqua-t-elle. Aucun doute, Mimi a été courtisée par un autre chat alors qu'elle se baladait encore sur le toit-terrasse de ta voisine.

Une sueur froide envahit Léonie. Bon sang, elle avait oublié Mme Siebenschön ! Les choses se compliquaient toujours plus. Elle se demandait comment elle allait expliquer ça à la vieille dame, en plus des autres cachotteries. Laissant tomber sa tête entre ses mains, elle poussa un long gémissement.

— Mais qu'est-ce que je vais lui dire ? Elle va recevoir un sacré choc quand elle reviendra.

— Possible, enfin si elle revient. On n'en est pas là, rétorqua Maxie, impassible. Ta madame Siebenschön va peut-être vouloir profiter au maximum de son soupirant italien. Laisse-la donc flotter sur son petit nuage ! De toute façon, on ne peut rien faire pour les chatons, alors quand elle sera de retour, il faudra lui en parler, voilà tout.

Léonie sentit son sang se glacer dans ses veines à cette idée.

— Et au lieu d'un chat, je lui en rends six, c'est ça ? Elle va être furieuse. Elle ne sait même pas que Mimi n'est plus chez moi. Avec toutes les photos bidon que je lui ai envoyées…

Léonie regardait le petit zoo qui s'agitait sous ses yeux en se mordillant la lèvre inférieure. Les cinq chatons, deux tigrés, un troisième blanc avec une cravate et des pattes noires, un quatrième bleu-gris et le dernier, totalement blanc, étaient en train de se chamailler pour obtenir la meilleure place près de leur maman.

— On va se débrouiller, assura Maxie que le sujet « Mais qu'est-ce qu'on va dire à madame Siebenschön ? » ne préoccupait visiblement pas beaucoup.

D'ailleurs, elle enchaîna aussitôt :

— T'as vu ? Mimi s'occupe drôlement bien de ses petits.

Elle parlait avec la même fierté que si elle était le chef de cette tribu féline.

Léonie se tut un moment et, comme elle commençait à trouver inconfortable le sol dallé, elle se releva.

— Et maintenant ? demanda-t-elle en lissant sa jupe.

— Comment ça, et maintenant ?

— Je veux dire : qu'est-ce qu'on va faire de tous ces chats ?

— Pour l'instant, on les garde ici.

— Dans ton salon de thé ?

— Ben oui, pourquoi pas ? commenta Maxie avec un sourire bienheureux. De toute façon il faut qu'ils restent avec leur mère, au début. Ces chatons ne dérangent personne. Et plus tard, il sera toujours temps de se demander si on en donne. Pas tous, bien sûr…

Ses yeux se firent rêveurs et elle poursuivit :

— Quand j'étais à Venise, je suis entrée dans une librairie où il y avait énormément de chats, partout. Couchés paisiblement dans les étagères, sur les piles de livres… J'étais sous le charme ! À ce propos, tu sais que les chats ont une relation particulière aux livres ?

— Non ? s'étonna Léonie en arquant les sourcils.

— Si, si. Figure-toi que les bouquins exercent sur les chats un effet très apaisant.

— Ah ouais ? Moi je n'ai pas du tout eu cette impression…

Léonie fit une moue plus que dubitative ; elle se rappelait très bien le jour où Mimi avait fait tomber de la bibliothèque un de ses précieux volumes de Proust, et réduit en menus lambeaux quelques-unes des fines pages de la Pléiade.

— Peut-être que je n'ai pas les bons livres dans mes étagères, reprit-elle avec ironie. Les chats trouvent sûrement les mœurs des chauves-souris plus passionnantes que l'œuvre de Marcel Proust.

— Ça se pourrait, rétorqua Maxie sans se démonter. Les chats sont très curieux. Et si je me rappelle bien, ton Proust si ennuyeux n'a pas bougé de chez lui de toute sa vie ! Qu'est-ce que ça peut donner de bon, ça ?

— De la littérature ? railla Léonie.

— Voilà. La littérature est surestimée à l'excès, expliqua Maxie en tendant la main pour repousser doucement sur la couverture un des petits chats tigrés. Sauf qu'on ne peut pas caresser la littérature... Les chatons, si.

Sur ce dernier point, Maxie avait vu juste. Les semaines qui suivirent, il devint évident que la petite tribu de chats, qui n'avait pas tardé à élire domicile chez Fräulein Paula, exerçait un attrait nettement plus grand que les livres sur les étagères. Cela ne posait aucun problème à Maxie. Elle jubilait derrière son comptoir, préparant cappuccinos, espressos, chocolats saupoudrés de cannelle et de sucre, ou encore, à la demande du client, un bon vieux café filtre. À la regarder, les joues rougies de fierté, on aurait pu croire que les cris de ravissement et les « Oh, c'est trop mignon ! » des clients s'adressaient à elle. De son écriture ronde et fluide, elle notait chaque matin les trois gâteaux du jour sur l'ardoise rectangulaire accrochée près de la fenêtre. Apparemment, le bruit s'était répandu dans le quartier que Fräulein Paula n'était pas juste un endroit où boire le café : on y trouvait aussi d'adorables chatons à caresser et admirer. Quand Léonie passait au salon de thé, il y avait du monde en général, et elle découvrait chaque fois des visages inconnus.

M. Franzen, un vieux célibataire, comptait parmi les nouveaux habitués ; il aimait s'installer à sa table préférée, près de la fenêtre, et boire une grande tasse de café filtre. Il l'accompagnait, de préférence, d'un morceau de tarte aux groseilles meringuée, tout en lisant son quotidien et en s'amusant avec les petits chats qui lui grimpaient dessus, s'accrochaient à son pull en laine dont ils tiraient des fils. M. Franzen était un peu dur de la feuille, et un après-midi où Léonie s'était excusée après avoir heurté accidentellement sa table en voulant éviter un chat, il avait levé sur elle des yeux interrogateurs, puis ôté maladroitement sa veste posée sur l'autre chaise en disant :

— Mais oui, certainement, asseyez-vous donc.

Il lui avait raconté ce jour-là qu'il cherchait à fuir les travaux de rénovation de son immeuble, rue d'Eichendorffstraße.

— Je déteste les ouvriers, avait-il déclaré d'un ton maussade, et Léonie s'était demandé un instant, inquiète, si M. Franzen n'habitait pas, par hasard, dans le même immeuble que Mme Siebenschön.

Il y avait un autre client récent que Léonie avait remarqué dès le début chez Fräulein Paula et dont la tête ne lui revenait pas, sans qu'elle sache pourquoi : un type à l'allure décontractée qui restait assis dans son coin toute la journée, son MacBook ouvert devant lui, écrivant de temps en temps quelques lignes et faisant les yeux doux à Maxie. Il nouait ses longs cheveux blonds sur le sommet de son crâne, formant deux espèces de coques qui dépassaient de chaque côté, et il faisait tenir le tout avec un crayon – on aurait dit une geisha et, à bien le regarder, on comprenait qu'il se considérait incroyablement cool et sexy.

— Dis donc, c'est qui ce mec ? finit par chuchoter Léonie un jour qu'elle se tenait derrière le comptoir, près de Maxie occupée à couper une généreuse tranche de gâteau au citron.

— Il s'appelle Florian, répondit son amie à voix basse, souriante, en déposant la part sur une assiette.

— Mais qu'est-ce qu'il fabrique toute la journée ? Enfin, à part flirter avec toi ? C'est un écrivain ou quoi ?

— Il bosse sur son mémoire de master en sciences de l'environnement, répondit Maxie en ajoutant une cuillerée de crème fraîche.

— Et il fait ça ici ?

— Et pourquoi pas, Léonie ? Tu peux vraiment être vieux jeu par moments. Il est mignon comme un cœur. Tu as vu ses yeux ?

— Oui, justement.

Léonie se tourna vers le type au chignon qui se prélassait dans son fauteuil. Sentant sans doute sur lui son regard sceptique, il releva la tête et lui adressa un sourire supérieur, puis lui fit un clin d'œil comme s'ils partageaient un secret. Léonie poussa aussitôt une exclamation étouffée, indignée.

— Il a de beaux yeux et il sait s'en servir, tu peux me croire ! avertit-elle alors son amie Maxie.

Mais celle-ci se contenta de rire, puis demanda si Léonie était jalouse.

— En tout cas, il ne vient pas pour les chats celui-là, déclara Léonie, et Maxie leva les yeux au ciel.

— Non, il vient pour mon gâteau au citron puisque tu veux tout savoir, rétorqua-t-elle en prenant l'assiette à gâteau.

La plupart des clients, cependant, venaient effectivement pour les chats, et Maxie dut bientôt engager un étudiant pour l'aider – lequel n'avait pas encore arrêté son choix d'orientation et avait besoin de se faire un peu d'argent. Anthony, originaire de Manchester, aurait pu passer pour le petit frère du prince Harry avec ses cheveux roux. Maxie, qui le payait à l'heure, l'apprécia immédiatement. Anthony avait vingt ans, il était exquis et un brin excentrique. Les couleurs vives ne lui faisaient pas peur, il portait des chaussettes rayées Paul Smith et ses tee-shirts rouges, orange ou verts affichaient des messages tels que « Sois gentil ou casse-toi » ou « Je fais semblant d'être normal ». Léonie, qui discutait souvent avec lui au comptoir, goûtait cet humour typiquement britannique, qu'on ne comprend pas tout de suite. L'étudiant anglais aimait les gâteaux et les chats, ainsi qu'il l'avait expliqué un jour en souriant : « Bien sûr, j'aime les gâteaux et les chats… Mais les gâteaux sont encore plus délicieux. » Il aimait aussi et surtout sa nouvelle patronne, qu'il couvait de regards admiratifs quand elle évoluait entre les tables, et qui avait un mot gentil pour tout le monde ; Maxie dégageait une joie de vivre tout bonnement contagieuse. *C'est la personne idéale pour tenir ce genre de salon de thé*, constatait Léonie.

La jeune femme savait que Maxie avait connu quelques années difficiles, hésitant beaucoup quant au chemin à suivre. Tout ce qu'elle avait entrepris auparavant avait échoué, pour une raison ou pour une autre. Léonie se réjouissait d'autant plus que sa meilleure amie ait enfin trouvé sa voie. Maxie était complètement absorbée par son travail, elle déployait une énergie incroyable, prête à déplacer les montagnes, et le fait que sa boutique se mette soudain à prospérer, après des débuts timides, lui donnait des ailes.

— Mimi me porte chance, confia-t-elle un jour à Léonie. Merci de me l'avoir amenée… Peut-être que c'est le destin qui a bousillé tes jolies chaussures rouges, peut-être que c'est le destin qui l'a fait venir à moi. Dans mon salon de thé.

Les deux amies avaient alors regardé la chatte blanche couchée sur le canapé en velours, aussi impassible qu'un sphinx, et tout à coup, elle leur avait paru auréolée de mystère.

Grâce à Mimi et à ses petits, le salon de thé-librairie de la rue de Chamissostraße commençait à ressembler furieusement à un bar à chats. Même Léonie devait admettre que les cinq chatons, qui arpentaient les lieux en miaulant sous l'œil attentif de leur mère et se prélassaient sur les rebords de fenêtre, les fauteuils et les étagères, étaient plus que mignons. Comment résister? La petite Emma en particulier, cette élève que Léonie avait prise sous son aile, avait entendu parler du « café des chats » et ne pouvait plus se passer des petites bêtes. Elle se rendait presque tous les jours chez Fräulein Paula après l'école, pour y prendre un cacao à la cannelle et jouer avec la progéniture de Mimi. Léonie y retrouvait souvent la timide petite fille et se réjouissait de voir combien Emma semblait soudain vivante, exubérante et heureuse. La fillette se livrait à des pitreries, ses longs cheveux blonds volaient quand elle faisait des acrobaties dans la cour et elle essayait aussi d'apprendre des tours aux chatons. Elle aimait en particulier le bleu-gris. Certains jours, Emma s'attardait des heures au milieu des chats, l'air absent, tandis que le salon de thé, qui fermait à dix-huit heures, se vidait progressivement.

— Tu ne dois pas rentrer à la maison, Emma ? lui demanda finalement Léonie, un soir.

Les derniers clients partaient et Maxie était occupée dans la cuisine à remplir le lave-vaisselle : c'était le jour de congé d'Anthony.

— Le salon de thé va fermer, tu sais.

— Oh, il n'y a personne chez moi de toute façon, expliqua Emma. Ma grand-mère est en cure pour ses ulcères d'estomac en ce moment, et papa doit travailler tard donc il ne sera pas là avant huit heures. Ensuite, on ira à l'indien et on mangera un curry de bananes.

Emma prit le chaton bleu-gris sur ses genoux, puis demanda avec des yeux implorants :

— Je ne pourrais pas rester encore un peu, madame Beaumarchais ? S'il vous plaît !

— Ce n'est pas à moi d'en décider, répondit Léonie. Il faut voir ça avec la patronne.

Maxie, qui avait quitté la cuisine et commençait à essuyer les tables, lança un regard amusé à Emma.

— Bien sûr que tu peux rester. Elle est drôlement mignonne, glissa-t-elle ensuite à Léonie, tandis qu'Emma se remettait à caresser gaiement le chaton.

— Il s'appelle comment celui-ci, d'ailleurs ? s'enquit la fillette. Et tous les autres ?

Léonie et Maxie se regardèrent avec surprise. Elles n'y avaient absolument pas pensé !

— Ils n'ont pas encore de nom et c'est tout simplement impardonnable, commenta Maxie en s'accroupissant en face d'Emma. Dis, ça te dirait de nous aider à leur en trouver de jolis ?

Les yeux d'Emma se mirent aussitôt à pétiller.

Une heure plus tard, tous les chatons étaient baptisés. Léonie avait donné un nom, Maxie un autre, et Emma s'était chargée des trois restants. Elles avaient discuté et beaucoup ri. Bilan des courses, l'un des deux chats tigrés s'appelait Neruda (comme l'auteur de *Vingt poèmes d'amour et une chanson désespérée*, un recueil que Léonie avait sorti, les yeux fermés, de l'étagère destinée aux « amoureux désespérés »), et Maxie avait choisi Tiramisu pour le noir et blanc. Quant à Emma, elle avait proposé Tigre pour le second chat tigré, Aphrodite pour celle qui arborait une fourrure blanche comme la neige et Lavande pour le chaton gris-bleu. Emma avait longuement réfléchi au sujet de ce dernier. Et elle avait fini par confier que sa couleur lui rappelait les immenses champs de lavande en France, où ils étaient allés en vacances d'été « quand maman vivait encore avec nous ».

— Aujourd'hui, maman travaille en Afrique la plupart du temps, avec son nouveau mari. Elle aide les enfants noirs pour qu'ils ne meurent pas de faim et qu'ils aillent à l'école, mais papa et moi on est seuls maintenant… expliqua-t-elle, peinée.

Léonie et Maxie gardèrent le silence un moment. Puis Léonie déclara :

— Lavande, c'est vraiment un très beau prénom, Emma.

Et après que Maxie eut déposé un morceau de gâteau marbré dans la main de la petite fille, Emma s'en alla.

— À demain, Maxie, on se voit à l'école madame Beaumarchais ! lança-t-elle, et elle se retourna plusieurs fois dans la rue pour leur faire signe avant de se diriger vers l'arrêt de tram.

— On va se manger une petite glace ? proposa Léonie.

Elle n'avait aucune envie de corriger les copies des élèves de terminale. La soirée, agréablement tiède, invitait à tout autre chose.

— Je crains que ce soit impossible, répondit Maxie en enlevant son tablier et en retirant l'élastique de ses cheveux, d'un geste désinvolte.

Sa chevelure blond clair ondulait doucement sur ses épaules; on aurait pu croire qu'elle revenait de la plage. Léonie regarda son amie se coiffer simplement avec les doigts, et songea une fois de plus que Maxie était vraiment superbe les cheveux détachés. C'est alors qu'elle remarqua que celle-ci portait une robe en coton bleu avec un charmant décolleté et quantité de petits boutons, une tenue qui épousait avec fluidité sa silhouette gracieuse.

— Aha. Tu as des projets?

— Hmmm, fit Maxie qui, devant le miroir accroché derrière le comptoir, appliquait sur ses lèvres un soupçon de gloss rose. J'ai un rendez-vous.

Et elle eut un sourire un peu coupable.

— Avec qui? J'ai loupé un épisode?

Maxie gardait le silence.

— Nooon, quand même pas? Ne me dis pas que c'est ce type affreux avec son chignon crayon?

Maxie s'était arrêtée dans son mouvement, et leurs regards se croisèrent dans le miroir.

— Si, j'ai bien peur qu'on parle du même. Et il s'appelle Florian, OK?

— Je sais, Maxie, mais ce mec ne m'inspire pas du tout confiance. Il se comporte comme s'il sortait de la cuisse de Jupiter. Il déclenche chez moi une espèce de signal d'alarme…

— Ah ouais? répondit Maxie. Eh bien, chez moi rien du tout ne retentit. Tu te fais un film,

Léonie. Et après tout, c'est à moi qu'il est censé plaire, non ?

Maxie se retourna avec une grimace irritée, puis ajouta :

— Crois-moi, je suis une grande fille… pas une de tes écolières qu'il faut éduquer.

À ces paroles, Léonie ressentit un pincement au cœur. Elle prit vite congé de Maxie. Et quelques minutes plus tard, tout en marchant sous les hauts arbres de la rue d'Eichendorffstraße, elle cherchait à mettre le doigt sur ce qui avait provoqué ce pincement au cœur. Était-ce son aversion instinctive pour « l'homme au crayon », un sentiment irrationnel dont sa meilleure amie refusait de tenir compte ? Serait-elle un peu jalouse, comme l'avait suggéré Maxie ? Ou avait-elle simplement la désagréable impression que tout le monde avait quelque chose à faire ; qu'elle était la seule à devoir rester chez elle avec une pile d'examens à corriger ?

Une fois dans le hall de son immeuble, Léonie ouvrit sa boîte aux lettres et une carte postale portant l'inscription *Saluti di Procida* s'en échappa. On y voyait une rangée de petites maisons colorées bordant un port, au-dessus desquelles se dressait un rocher escarpé et s'étalait un aplat de ciel bleu. Léonie retourna la carte, qui avait mis près de deux semaines pour atteindre Cologne. Elle reconnut aussitôt l'écriture serrée qui penchait vers la droite.

C'était déjà la troisième carte postale que Mme Siebenschön lui envoyait – la première montrait le Castello Aragonese, la deuxième l'étrange champignon en tuf de Lacco Ameno et cette troisième carte témoignait, bien évidemment, du week-end idyllique que sa voisine euphorique avait passé avec son fameux pêcheur d'Ischia.

Chère Léonie,

Je suis assise à la terrasse d'un petit bar sur le port de Procida, où a été tourné le merveilleux film Le Facteur, *l'avez-vous vu ? Dans un instant, j'irai au restaurant avec Giorgio et je mangerai des* spaghetti ai ricci di mare *pour la première fois de ma vie. J'avais oublié combien il pouvait être excitant de faire des choses pour la première fois. Ou de découvrir des endroits où l'on n'avait jamais mis les pieds. Procida est une petite île passionnante à sa manière. Et j'ignore ce que la soirée me réserve… J'espère que vous allez bien, que vous profitez de vos dernières semaines avec Mimi.*

Tanti saluti, *à très bientôt et merci encore pour tout,*

Susann

Léonie épingla la carte postale à côté des deux autres, sur le panneau d'affichage dans sa cuisine. « *J'ignore ce que la soirée me réserve…* » concluait Mme Siebenschön. Les points de suspension laissaient présager des choses palpitantes.

Même les vieilles dames s'amusent plus que moi, se dit Léonie. *De toute façon, tout le monde s'amuse plus que moi.*

La jeune femme remarqua soudain que ses pensées l'entraînaient au trente-sixième dessous. Pourquoi se sentait-elle tout à coup si seule ? Elle appréciait pourtant de vivre ainsi : tout était propre et parfaitement à sa place, comme elle l'aimait. Et personne pour perturber sa vie bien ordonnée.

Léonie soupira. Ce soir-là, elle se serait presque réjouie que Mimi lui tienne compagnie. Mais l'appartement était vide, Mimi avait trouvé un meilleur domicile. Elle y menait une vie animée, au centre de l'attention de tous. En plus, elle avait maintenant sa propre petite famille.

Qu'est-ce que c'est que ces stupides changements d'humeur ? s'interrogea Léonie en déposant d'un geste brusque sur son bureau une grosse pile de copies. Elle allait se mettre au boulot immédiatement ! On pouvait toujours compter sur le travail, au moins. Tout le reste, hélas, échappait au contrôle humain. Léonie alluma sa petite lampe et entreprit de lire la première copie. Cette année, l'examen blanc de terminale portait sur le romantisme allemand.

Bientôt, Léonie fut totalement absorbée dans des analyses plus ou moins réussies du poème « *Sehnsucht* » (« Nostalgie ») de Joseph von Eichendorff. Quelques heures plus tard, après avoir reposé son stylo rouge, elle éprouva elle aussi une vague mélancolie en songeant à cette somptueuse nuit d'été que traversaient deux compagnons de voyage, jeunes et gais, en chantant des airs poétiques. Une nuit magique convoquant des palais au clair de lune, des jeunes filles accoudées à leur fenêtre et tendant l'oreille, des fontaines au doux murmure.

Le samedi suivant, après ses courses du week-end – qu'elle limitait toujours à la contenance du tote-bag qu'elle transportait dans son sac à main –, Léonie décida de passer chez Fräulein Paula. Elle s'était rendue auparavant chez le primeur de la place de Lenauplatz pour acheter des endives, des tomates et une salade de fruits que les propriétaires préparaient chaque jour, puis elle avait pris une baguette fraîche à la boulangerie et choisi du fromage et du salami de sanglier chez le fromager. Enfin, pour accompagner le tout, un vin rouge portugais au prix raisonnable, recommandé par le gérant du magasin. Elle avait également acheté le *Elle* édition française au kiosque de la place, ainsi que de l'aspirine à la pharmacie. Elle se dirigeait à présent en flânant vers la rue de Chamissostraße abritant le salon de thé de Maxie.

Quelques jours s'étaient écoulés depuis leur léger « accrochage », et les deux amies ne s'étaient pas encore reparlé.

Léonie jeta un coup d'œil par la vaste fenêtre. À l'intérieur, installée sur le rebord, Aphrodite se prélassait sur un coussin vert foncé. Anthony, vêtu cette fois d'un tee-shirt rouge vif, s'activait derrière le comptoir. Il actionna la machine à espresso et Léonie vit alors Maxie sortir de la cuisine avec un plateau garni de tartelettes aux fraises.

M. Franzen, le vieux célibataire, était occupé à lire le journal dans son fauteuil préféré ; Mimi, allongée sur le canapé avec Neruda et Tigre, laissait deux jeunes femmes, attablées devant des œufs brouillés à la ciboulette, lui gratouiller gentiment la fourrure. Et par bonheur, pas le moindre signe de l'homme au chignon crayon ! Léonie poussa un soupir de soulagement et entra.

Maxie l'aperçut et l'accueillit avec joie. Manifestement, elle ne lui en voulait pas.

— Salut, Léonie ! Ça roule ? Tu veux un café ? C'est la maison qui régale.

— Tu ne feras jamais fortune si tu passes ton temps à offrir des coups, sourit Léonie.

— Oyez, oyez, braves gens ! La fille à l'index réprobateur se remet à me parler ! lança Maxie, simulant la colère avec les poings sur les hanches. Tu peux tout de suite remballer ton index, ma chère amie. Et laisse-moi donc t'offrir un café, sinon tu vas vraiment réussir à me fâcher.

— Bon, d'accord, concéda Léonie, gênée. Je veux bien un café avec beaucoup de lait.

— Sans oublier une tartelette aux fraises toute fraîche.

Léonie eut un hochement de tête résigné : protester ne servirait à rien, et la pâtisserie que Maxie posa devant elle était très alléchante. Si bien qu'elle rangea son sac de courses derrière le comptoir et regarda Anthony lui préparer un café au lait.

Son tee-shirt annonçait ce jour-là : *She's the boss* et Léonie, souriant intérieurement, se demanda de qui il pouvait bien être question.

— Dis donc, j'ai cru que tu avais disparu de la circulation ! reprit Maxie en disposant les tartes dans la vitrine.

— Oui, j'imagine bien, répondit Léonie dans un haussement d'épaules. Je suis plongée jusqu'au cou dans les corrections du bac blanc.

— Ah bon. Moi qui croyais que c'était à cause de Flo…

— Flo ? Ah, tu veux dire Florian ? demanda Léonie qui sentit aussitôt son teint se colorer.

C'était toujours incroyablement embarrassant de rougir de la sorte. Ce qui signifiait bien sûr que son visage, désormais, avait le cramoisi des fraises garnissant sa tartelette.

— Non, non, rien à voir avec lui, assura-t-elle précipitamment. Écoute Maxie, je suis désolée d'avoir réagi comme ça la dernière fois… Comment s'est passée ta soirée, au fait ?

Elle espérait ardemment que le rendez-vous ait été un fiasco. Enfin, au moins, « Flo » ne traînait pas dans les parages ce jour-là.

— Pas mal du tout, commenta Maxie.

Mais avant qu'elle ne puisse en dire plus, la porte d'entrée s'ouvrit et une Emma enthousiaste se précipita dans la boutique. À sa suite, un homme à l'expression sérieuse.

— Regarde, papa ! s'exclama la petite fille en bafouillant d'excitation, avant d'entraîner son père vers les différents chats, éparpillés dans la pièce. Ils sont trop mignons, non ? Et c'était à moi de choisir leurs prénoms : Neruda, Tiramisu, Tigre, Aphrodite, Lavande.

Emma venait de citer les noms des cinq chatons comme on prononce un mantra.

Léonie et Maxie échangèrent un regard amusé tandis que le père d'Emma hochait distraitement la tête. Il s'assit à une table vide.

— C'est Paul Felmy, le père d'Emma. Celui que sa femme a quitté, chuchota Léonie à sa meilleure amie.

Après l'incident du smartphone cassé, elle avait parlé brièvement au téléphone avec Felmy ; il avait accepté sans discuter que son assurance responsabilité civile couvre les dommages, mais elle ne l'avait jamais rencontré. La plupart des parents répondaient pourtant présents quand il s'agissait de parler de leur progéniture et de leurs notes, régulièrement remises en question et jugées injustes. Recevoir des parents d'élèves pouvait se révéler très fatigant ; il était devenu assez rare qu'une mauvaise note soit acceptée sans contestation (dire qu'autrefois le métier de professeur inspirait encore le respect et que l'univers parental ne tournait pas exclusivement autour des enfants). Paul Felmy, lui, ne s'était jamais présenté à aucune rencontre parents-enseignants. Mais les notes d'Emma ne laissaient rien à désirer, et ce Felmy ne semblait pas disposer d'énormément de temps non plus.

— Oh, et la grosse chatte blanche là-bas, c'est la maman. Elle s'appelle Mimi, expliquait Emma d'une voix forte.

Visiblement, l'exubérance de la petite fille ne gagnait pas l'homme aux cheveux foncés, qui ne devait pas rire tous les jours. Remarquant les traits contractés de Paul Felmy, Léonie eut envie de lui crier : « Mais enfin, réjouis-toi ! Ta petite fille te montre quelque chose qui compte pour elle. »

Dès lors, rien d'étonnant à ce qu'Emma préfère s'attarder au « café des chats », plutôt que d'aller retrouver ce père à la mine sombre.

En attendant, l'enthousiasme d'Emma ne connaissait aucunes bornes, et la visite n'était pas terminée. La petite fille regarda autour d'elle et vit Maxie se diriger vers la table qu'elle partageait avec son père ; celui-ci commanda un café noir, ainsi qu'un cacao pour sa fille.

— Bonjour Maxie ! Papa, voici Maxie, on est dans son salon de thé. Et puis elle fait des gâteaux dé-li-cieux.

Paul Felmy hocha distraitement la tête.

— Aimeriez-vous une bonne tartelette aux fraises avec votre café ? s'enquit Maxie.

— Oh non, merci, pas nécessaire, répondit Felmy en consultant sa montre.

— Moi je veux une bonne tartelette aux fraises ! s'exclama Emma, qui se mit à s'agiter sur sa chaise, tournant la tête à gauche et à droite.

Elle finit par s'écrier :

— Mais où est passée Lavande ? Je ne la vois nulle part !

— Oh, cette petite coquine a encore dû se cacher… Je te conseille d'aller voir du côté de la bibliothèque.

Emma se leva d'un bond, courut à l'autre bout du salon de thé et s'accroupit pour examiner les rangées du bas. Sur l'étagère des livres destinés aux « Grosses têtes », elle dénicha finalement ce qu'elle cherchait. Le chaton s'était confortablement installé sur une édition complète de Descartes, et le gris-bleu de sa fourrure tirant sur l'argenté se confondait presque avec la couverture en lin des livres. De sa voix claire, Emma attira Lavande en dehors de sa cachette, puis elle la prit soigneusement dans ses bras pour aller la montrer à son père.

— Des cinq chatons, c'est Lavande que je préfère. Elle comprend tout ce que je dis : elle est incroyablement intelligente, tu vois ?

Emma se rassit et Lavande se blottit sur ses genoux. Léonie, qui avait tout entendu, étouffa un petit rire amusé. Un matou qui choisissait la compagnie de Descartes était forcément intelligent, ah ça oui !

Quant au « chevalier de la triste figure », il réagit enfin et sa bouche se détendit.

— Eh bien ! fit-il. Je te félicite d'avoir choisi un chaton aussi doué, ma chérie. Et son nom est vraiment original.

Paul Felmy sourit à sa fille et Léonie, apercevant la lueur d'amour qui venait d'éclairer son visage à la manière d'une étoile filante, se dit que Paul Felmy avait l'air plutôt sympathique, finalement.

Plus tard, lorsqu'Emma et lui s'approchèrent du comptoir pour payer, la fillette remarqua enfin son enseignante qui, toujours debout, sirotait son café au lait.

— Hé, regarde, papa ! C'est ma maîtresse, madame Beaumarchais, expliqua-t-elle.

Paul Felmy eut un signe de tête poli en direction de Léonie et déclara :

— Oui, je crois que nous avons déjà eu l'occasion de discuter au téléphone… Ravi de vous rencontrer.

Puis il jeta un dernier coup d'œil à sa montre.

— Bien, maintenant on doit partir, Emma, j'ai beaucoup de travail qui m'attend !

— Alors au revoir, les chatons… Au revoir, madame Beaumarchais !

Léonie leur adressa un signe de la main, touchée, et les regarda quitter les lieux avant de se diriger vers le canapé bleu qui venait de se libérer. Seule Mimi y campait encore, alors en attendant que Maxie ait un moment, Léonie se mit à caresser sa fourrure, perdue dans ses pensées… et soudain, la reine du « café des chats » se mit à ronronner agréablement.

Dans ces moments-là, Léonie ne comprenait plus comment Mimi avait pu la faire tourner autant en bourrique. Lorsque son téléphone portable émit un léger *pling*, elle crut avoir reçu une réponse de sa mère, avec qui elle dînait le lendemain. Léonie voulait l'inviter au Bagatelle, qui lui plairait certainement. Mais il s'agissait en réalité de Mme Siebenschön, qui venait donc de lui envoyer un SMS en début d'après-midi – chose inhabituelle car la vieille dame, désormais follement amoureuse, avait plutôt tendance à la contacter en début de soirée. Enfin, exception faite des deux dernières semaines, où elle s'était à peine manifestée… Convaincue qu'elle avait dû être très occupée à faire des choses « pour la première fois » avec son don juan italien, Léonie ouvrit le message sur son portable. « Chère Léonie, comment allez-vous ? Comment va ma chère Mimi ? Je suis sûre que je lui manque atrocement… »

Léonie baissa les yeux sur Mimi. La chatte n'avait pas du tout l'air de souffrir atrocement. Elle était tout à son aise. Alanguie sur le sofa, le ventre offert aux caresses.

Léonie reprit sa lecture, et brusquement ses sourcils s'arquèrent : « Je commence à avoir mauvaise conscience. J'avais prévu de rentrer le week-end prochain, mais il se trouve que Giorgio a son anniversaire en juillet et j'aimerais le fêter avec lui. Giorgio serait très malheureux que je ne puisse pas être à ses côtés ce jour-là. Je suis sûre que vous pouvez me comprendre ma chère Léonie ? »

La jeune femme, sans cesser de lire, acquiesça frénétiquement. « Alors, pensez-vous que je pourrais prolonger mes vacances une fois de plus ? Mais vraiment, uniquement si ça ne vous dérange pas. Je ne veux pas abuser de votre générosité. Si ce n'était pas possible, je prendrais l'avion dimanche prochain, bien entendu. J'attends votre réponse avec anxiété. Votre Susann. »

Léonie renversa la tête en arrière et éclata de rire. Si fort que les autres clients la fixèrent, interdits, et que Mimi s'enfuit du canapé. La jeune femme répondit : « Chère madame Siebenschön, ne vous inquiétez pas. Sans vouloir vous offenser, je ne pense pas que vous manquiez énormément à Mimi pour l'instant. Elle est à 100 % dans son élément. Je pense que votre chatte reçoit au moins autant d'amour et de marques d'attention que vous en ce moment.

Alors, surtout, n'hésitez pas à rallonger votre séjour !

À bientôt, meilleures salutations de Cologne, Léonie. »

— Qu'est-ce qu'elle fait dans la vie cette femme ? Millionnaire ? demanda Maxie un peu plus tard.

Le salon de thé se vidait et elle avait rejoint Léonie sur le canapé.

— Elle a tant de fric qu'elle peut rester indéfiniment en vacances ? ajouta-t-elle.

— Aucune idée, répondit Léonie, qui n'avait pas réfléchi à la question.

Elle se laissa glisser de tout son long dans le canapé, soulagée que « le jour de vérité » soit de nouveau reporté.

— Elle n'est pas pauvre, en tout cas. Qui sait, peut-être qu'elle a déjà emménagé dans la cabane de son pêcheur ? poursuivit Léonie en haussant les épaules. De temps en temps, c'est bizarre de voir qui Cupidon atteint de ses flèches. Je me demande ce qui va lui rester de cette aventure… Du sel sur sa peau ? Elle a un magnifique appartement avec toit-terrasse dans la rue d'Eichendorffstraße, et sans doute une retraite confortable. J'espère que son gigolo ne va pas finir par la plumer comme une pintade de Noël si c'est une veuve riche!

— Qu'est-ce qui te fait penser que ce fameux mec est pêcheur?

— Eh bien, elle m'a écrit que son Giorgio l'emmenait souvent en balade sur son bateau, alors j'ai immédiatement visualisé une espèce de vieux rafiot de pêche, pas toi?

— Je te trouve délicieusement pleine de préjugés, ma chère Léonie. C'est quoi, ce cliché? Peut-être que ce Giorgio possède un yacht, peut-être qu'on a affaire à une sorte d'Onassis italien, commenta Maxie dont les yeux pétillaient.

— Ah bon? Et ça, ce ne serait pas un bon gros cliché aussi, par hasard? riposta Léonie.

— Peu importe, répondit Maxie après avoir bien ri. Moi je me réjouis de chaque jour supplémentaire que Mimi pourra passer ici.

Elle se pencha vers la chatte et lui fit un câlin. Mimi s'étira de bien-être, puis reposa sa tête sur ses pattes tendues.

— Tu vas rester avec moi, hein ma Mimounette? fit Maxie. Et Miss Moneypenny s'installera bien gentiment à Ischia. Avec son amoureux. Ça serait le bonheur parfait pour tout le monde!

— Je doute que ça puisse arriver, la tempéra Léonie, qui sourit en voyant la petite Aphrodite sauter sur le canapé d'un bond maladroit et s'allonger sur sa mère. Allez, maintenant, à ton tour de me parler de ton amoureux…

14

— Bon, c'est quoi cette histoire de bar à chats dans le quartier de Neuehrenfeld ? Il n'y aurait pas matière à faire un article ? demanda Burger à la cantonade, sur un ton légèrement agressif.

Tous étaient rassemblés pour la conférence de rédaction, il faisait lourd dans la salle. Le rédacteur en chef du *Kölner Stadt-Anzeiger* promena son regard autour de la grande table, avant de s'attarder sur Henry Brenner.

— Alors, Brenner ? Un commentaire ? C'est l'été, il faut meubler la période creuse.

Seulement, Henry Brenner avait l'esprit ailleurs, il songeait au vélo de course qu'il s'était acheté la veille : un Peugeot Super Sport de 1979.

Son sourire rêveur s'évanouit.

— Oui ? fit-il en grimaçant un peu.

— Brenner, tu n'es pas avec nous, lui reprocha son patron. Tu m'écoutes, au moins ?

— Non, répondit Brenner en toute sincérité.

— Eh bien, tu devrais, parce que sinon il y a in-su-bor-di-na-tion, tu comprends ?

Robert Burger se targuait d'employer un vocabulaire élaboré. Et « insubordination » faisait justement partie de ses nouveaux mots préférés. Brenner hocha la tête tandis que son rêve d'aluminium et de jantes étincelantes fondait au soleil comme les montres molles de Dali.

— Bon sang, Brenner ! Qu'est-ce qui t'arrive ce matin ? Ne me regarde pas comme deux ronds de flan, raconte-moi plutôt ce que tu sais de ce nouveau bar à chats place de Lenauplatz.

Certains membres du groupe réuni pour la conférence quotidienne de rédaction s'amusèrent de l'expression employée par le rédac chef.

— Euh... Rien. Un « bar à chats » ? Jamais entendu parler... commenta Henry Brenner, perplexe, en écartant de son front une boucle de ses cheveux blond foncé indisciplinés.

Robert Burger s'impatientait.

— Cela relève pourtant de tes attributions, mon cher ami. Je peux m'attendre à ce qu'un journaliste local s'intéresse à ce qui se passe dans ses quartiers, non ? Je me demande pourquoi je te paie ! s'exclama-t-il avant que sa main s'abatte sur la table.

Henry Brenner pouvait légitimement éprouver de la colère : d'une part, son patron ne le rémunérait pas de sa poche, d'autre part, Henry connaissait très bien ses voisins à Cologne et il avait déjà livré nombre d'histoires originales. Pas plus tard que la semaine précédente, il avait révélé le scoop d'un restaurateur mafieux qui se servait de son établissement et de ses plats hors de prix pour blanchir de l'argent. Mais voilà, telles étaient les lois de la presse quotidienne ! Henry pensa, morose, à ce dicton de journaliste : rien n'est aussi vieux que le journal de la veille. Et à l'époque de l'Internet, on écrivait à toute allure, car les nouvelles périmaient pour ainsi dire à chaque minute. Il n'empêche, un bon récit restait un bon récit. Même s'il finissait à la poubelle. Peut-être devrait-il envisager d'écrire un livre ?

Henry vit alors Burger, exaspéré, éponger la sueur de son front avec son mouchoir en tissu. Comme toujours, le rédacteur en chef était habillé avec recherche, et ce jour-là, le soleil cognait implacablement sur le grand bâtiment de verre abritant le *Kölner Stadt-Anzeiger.*

L'irritation de Burger enfla encore.

— Quelqu'un pourrait ouvrir la fenêtre ? s'exaspéra-t-il. Ou je dois le faire moi-même, ça aussi ?

La patience n'était pas le point fort de l'homme haut de stature, roux, aux mains comme des battoirs. Quelqu'un se leva, ouvrit la fenêtre, et l'air chaud de l'extérieur vint envahir la pièce. La climatisation était détraquée et l'atmosphère étouffante rendait tout le monde irritable.

— Un bar à chats ? C'est censé être quoi ? Les chats boivent autre chose que du lait et on ne m'aurait pas prévenu ? s'enquit Henry qui reprenait du poil de la bête.

— Haha, très drôle, Brenner. Mon épouse en a entendu parler chez le coiffeur. Apparemment, tout Neuehrenfeld bruisse de ce salon de thé à l'ancienne, tenu par une femme. Et toi tu n'es au courant de rien ? Il y a des chats dans tous les coins, enfin six, et les gens adorent ça. Je préfère les chiens, mais peu importe ! Occupe-t'en, Brenner. Ça pourrait faire une histoire sympa.

— Moi aussi j'ai entendu parler de ces bars à chats, intervint Katja Sieger, collègue de Henry en charge des pages culture. C'est une nouvelle tendance qui vient du Japon. Là-bas, on appelle ça un « neko café ». *Neko* veut dire « chat » en japonais.

Elle adressa un regard triomphal à la ronde, avant de poursuivre :

— Il existait déjà quelque chose dans le genre à Munich, le Temple des chats. Je connais quelqu'un qui bosse pour une revue culturelle, elle y a assisté à la lecture d'une auteure anglaise de best-sellers.

Elle réfléchit un instant, enroula une longue mèche de cheveux autour de son index puis reprit :

— Il y avait également ce Catz Café à Düsseldorf. Mais ils ont dû fermer, pour autant que je sache. Le sujet a l'air très intéressant, en tout cas…

Tout en discourant, elle souriait à Robert Burger.

Mon Dieu, cette femme souffre de logorrhée ou quoi ? se dit Brenner en levant intérieurement les yeux au ciel pour ne pas être grossier. Une technique qu'il maîtrisait parfaitement après quelques centaines de conférences de rédaction…

— Une femme et ses six chats ? Mon pire cauchemar devenu réalité ! déclara-t-il après que Katja Sieger eut enfin achevé de parler. Ça doit sentir la pisse partout et je vois d'ici la vieille dame bossue qui lit dans le marc de café.

Il sourit d'un air narquois, puis ajouta :

— À moins que… peut-être Katja aimerait-elle creuser le sujet ? Elle me paraît avoir sacrément d'atomes crochus avec les chats.

— Non, non, je vais rester fidèle aux pages culture, lança aussitôt Katja Sieger. Sauf si on y donne une lecture un jour ! Mais sinon…

Sinon… Henry Brenner avait beau lever et lever encore les yeux au ciel dans son for intérieur, il savait maintenant que, sauf idée de génie, ce serait à lui de se taper l'article.

— Vous ne préférez pas un reportage sur Le Massonier ? tenta-t-il en guise de dernier recours.

Il avait adoré le restaurant français étoilé aux suspensions globe Belle Époque, où l'on pouvait déjeuner léger – un menu comptant trois plats, à prix raisonnable.

— Savez-vous que Michael Caine y a dîné ? reprit Henry.

Il appréciait également l'acteur britannique qui, selon lui, se bonifiait et gagnait en élégance avec l'âge.

— Ils ont placé des petits panneaux aux endroits où des célébrités se sont assises. Ça plaît aux lecteurs ce genre d'histoires, hein ? ajouta-t-il.

Henry Brenner regardait le rédacteur en chef avec espoir. Son idée était géniale ! Elle valait tellement mieux qu'un article consacré à un petit café rassis envahi par des centaines de chats. Un bar à chats – mais quelle idée farfelue ! Qui avait bien pu inventer une chose pareille ? Pas étonnant que ce soit à la mode au Japon… La culture japonaise était si exotique pour Henry que beaucoup de choses lui semblaient étranges. Comme le simple fait que ces gens passent des heures à préparer un simple thé, ou qu'ils adorent manger du poisson-ballon, une espèce hautement toxique. Ceci dit, il n'était pas obligé de tout comprendre non plus. Pays différents, coutumes différentes. Caresser des bestioles à fourrure dans un café devait être le must du moment, là-bas. Peut-être que cela faisait baisser le taux de suicides, plus élevé au Japon que partout ailleurs dans le monde. À Cologne par contre, un tel établissement ne pourrait jamais, au grand jamais, devenir populaire. Il était condamné d'avance. Le Massonier, en revanche… Et Henry Brenner se remémora avec bonheur les ravioles de scampis truffées sur mousse de champagne qu'il y avait mangées un mois auparavant.

— Non, non, pas encore ce Massonier! contesta Robert Burger dont le visage avait progressivement pris la couleur d'une tomate bien mûre. Je vois clair dans ton jeu, Brenner, tu essaies d'obtenir un dîner de gourmet. Mais le bar à chats place de Lenauplatz est un meilleur sujet, crois-moi! Mon flair ne me trompe jamais.

Henry fronça les sourcils de frustration.

— Sans compter, reprit le boss, que nous accueillons déjà la chronique du chef dans nos pages. Nous devons faire quelque chose pour la bistronomie.

Murmures approbateurs dans l'assemblée.

— Je suis d'accord! claironna Katja Sieger. Il devrait y avoir beaucoup plus de ces petits cafés et restaurants indépendants, que leurs propriétaires font tourner avec cœur et engagement.

Oh oui, le cœur, l'engagement… Pour un peu, Henry Brenner se serait mis à pleurer. Cette Katja avait le don de baratiner son petit monde et Burger ne semblait pas le remarquer, ébloui par ses cheveux blonds et les jambes interminables que dévoilaient ses jupes courtes. Et voilà justement qu'elle s'étirait sur sa chaise, allongeant devant elle lesdites jambes et faisant se tendre sur sa poitrine son chemisier col Claudine d'un blanc immaculé.

— Et nous pouvons tous agir dans ce sens, à notre niveau. C'est ainsi que moi je vois les choses, en tout cas, conclut Katja Sieger avant de croiser les bras d'un geste grandiloquent.

Brenner aurait aimé tordre le cou à cette vipère. Et lui, il ne voyait pas les choses comme ça, peut-être ? Qui avait refusé de commander sur Amazon pour soutenir le commerce de proximité ? Qui avait pondu les meilleurs articles sur les start-up des différents quartiers de Cologne ? Lui bien sûr ! Henry Brenner, meilleur journaliste de tous les temps. Enfin, après Egon Erwin Kisch, peut-être.

— Bon, très bien, je vais aller y jeter un œil, concéda-t-il. On en tirera peut-être matière à…

— « On », non, mais toi Brenner, si. Excellent ! s'exclama Robert Burger qui se pencha en avant pour lui glisser une feuille de papier. J'ai fait une partie du boulot, voici le numéro de téléphone des lieux.

Et il adressa un clin d'œil à son poulain ; ce journaliste dit « localier » qu'il considérait comme le meilleur cheval de l'écurie.

Après avoir déjeuné à la cantine de l'entreprise (ce qu'on y servait n'était pas révolutionnaire, encore moins comparable à la cuisine du Massonier mais au moins on s'y remplissait l'estomac, surtout quand on buvait beaucoup de café), Henry Brenner fit quelques pas dehors pour se dégourdir les jambes. Tout en sirotant son petit noir dans un gobelet consigné – la boîte se préoccupait de l'environnement –, il réfléchissait à réduire de toute urgence sa consommation de caféine. D'autant plus que les cigarettes accompagnaient à merveille le café… Café et cigarettes – la parfaite symbiose.

Que répétait toujours son père quand il sortait du paquet une de ses Gauloises bleues et que sa femme lui décochait un regard assassin ? « Ne t'inquiète pas, ma chérie. C'est la dose qui fait le poison. » La suite des événements allait malheureusement lui donner raison. Son père avait ingéré, des années durant, de petites doses de cette saloperie qui avait fini par se révéler fatale. Depuis, Henry commençait toujours par déchirer les images dégoûtantes sur les paquets de cigarettes qu'il achetait au kiosque. Mais bien sûr, ce n'était pas non plus une solution sur le long terme. Il devait se limiter à un niveau acceptable ; pour le café comme pour les cigarettes. Ces derniers temps, son estomac le faisait souffrir. Hyperacidité gastrique, probablement. Peut-être faudrait-il un jour passer à la cigarette électronique, mais l'objet lui paraissait tellement artificiel ! Il trouvait agaçante cette manie qu'avaient les gens de suçoter leur bout de métal et de cracher régulièrement des nuages de fumée autour d'eux. Rien de commun avec le charme et l'élégance d'Audrey Hepburn tenant son porte-cigarette dans *Diamants sur canapé*.

Henry avait eu trente ans en avril, les trois années précédentes lui avaient donné matière à réfléchir et il avait décidé de vivre plus sainement. Après tout, il avait encore de grands projets à accomplir ! Il sortit une cigarette de son paquet neuf. Ce week-end-là, il comptait fuser le long du Rhin sur son nouveau vélo Peugeot – s'il faisait du sport, il fumerait automatiquement moins. Et un moment viendrait où il ne fumerait plus qu'une cigarette après le repas, juste pour le plaisir. Tel était son programme.

Henry alluma sa cigarette et tira une grande bouffée. Il expira la fumée, sortit de sa poche le papier que Burger lui avait remis et composa le numéro avec détermination.

La sonnerie retentit longuement ; Henry était sur le point de raccrocher lorsqu'une voix se manifesta à l'autre bout du fil.

— Fräulein Paula, j'écoute ?

Il s'agissait d'une voix jeune, anglaise et… masculine. Qu'est-ce que c'était que ce truc ?

Perturbé, Henry Brenner manqua s'étouffer avec la fumée qu'il venait d'inhaler. Cet établissement avait bien quelque chose d'inhabituel, finalement. Sa propriétaire… Il visualisa aussitôt une sorte de Conchita Wurst, un chat noir perché sur l'épaule. Et pensa aussi à la folle aux chats des *Simpson*, qui résolvait ses problèmes en balançant l'une de ses nombreuses bestioles. Ma foi, bar à chats, transsexuels… Cologne était une ville tolérante où chacun pouvait trouver le bonheur à sa façon.

— À qui ai-je l'honneur ? *Fräulein* Paula ? demanda Henry avec un petit sourire en coin.

Il songeait, sardonique, que le patron n'aimerait peut-être plus autant sa fameuse idée de reportage, en fin de compte.

— *Nope*, vous parlez à Anthony. La boss n'est pas là pour le moment, mais le salon de thé s'appelle Fräulein Paula.

— Je vois, commenta Henry en levant les yeux au ciel.

La dame aux chats s'appelait donc *Fräulein* Paula… La vieille fille devait avoir dans les quatre-vingts ans, être sénile et probablement à moitié sourde. Tout un programme !

— Je cherche en réalité à entrer en contact avec le bar à chats, ce n'est pas le bon numéro ? s'étonna Brenner.

— Si, si, il y a une tripotée de chats ici et nos clients parlent de « bar à chats », mais en fait le lieu s'appelle Fräulein Paula. Du nom de tante Paula.

— Okaaay… fit Brenner en s'étirant. Je vois.

— Que puis-je pour vous ? s'enquit alors Anthony. Voulez-vous réserver une table ?

— Euh… non, répondit Brenner. Pas de table. Je voudrais prendre rendez-vous avec… la boss.

— Pourquoi ? demanda Anthony, la voix soudain suspicieuse. Qui est au bout du fil, à propos ?

— Henry Brenner, du *Kölner Stadt-Anzeiger*. Nous aimerions faire un reportage sur votre bar à chats.

15

Ce jour-là, tout était encore pour le mieux dans le meilleur des mondes.

Maxie aimait ces heures matinales qui n'appartenaient qu'à elle. En cet instant précis, elle courait le long des jardins ouvriers derrière la place de Lenauplatz ; on y sentait l'herbe fraîchement tondue, l'air était encore pur et elle vit un chat noir d'encre s'avancer en rasant une clôture. Au bout du sentier goudronné, qui cheminait sous de hauts arbres avant de border une prairie tout en longueur et de venir mourir au pied d'une rangée de maisons, elle tourna à droite puis passa devant des haies de troènes et des boules de neige – les fleurs dégageaient un délicat parfum sucré et les arbustes semblaient vouloir atteindre le ciel. Tournant maintenant à gauche, elle traversa une petite rue pour rejoindre un nouveau chemin piétonnier étroit, et l'immense parc s'offrit alors à elle. Il l'attendait comme chaque matin, intact et serein. Des gouttes de rosée scintillaient sur l'herbe. Maxie l'avait baptisé *Little Central Park*. Elle ne s'était jamais rendue à New York, mais avec sa vaste pelouse qui s'étendait au milieu, ses arbres centenaires et les grands immeubles se dressant à quelque distance de là, cet îlot de verdure en centre-ville lui rappelait le célèbre parc new-yorkais.

À y regarder de plus près, trois parcs se rejoignaient ici, séparés par des rues. Le dernier avait quelque chose d'enchanteur, avec son portail en pierre donnant sur un terrain qui évoquait à Maxie le jardin abandonné d'un vieux château, mangé par la végétation.

Maxie prit une profonde inspiration sans cesser ses petites foulées. L'air frais emplit ses poumons. Près de l'aire de jeux se résumant à une balançoire et un toboggan, elle emprunta l'un des chemins qui bifurquaient pour faire le tour du parc. Cette course d'endurance quotidienne était un vestige de ses études de sport. Heureusement, son genou avait repris du service depuis.

Maxie jeta un coup d'œil à la pelouse luisante. Si tôt le matin, le parc était vide hormis quelques chiens qui s'ébattaient dans l'herbe, leurs maîtres, et un homme âgé vêtu d'un tee-shirt noir qui s'exerçait au taï-chi sous un énorme chêne. Fascinée, Maxie observa un moment ses gestes fluides avant de s'engager sur l'un des sentiers de traverse serpentant parmi les buissons. Bientôt, elle n'eut plus conscience du mouvement de ses jambes entraînées à courir sur le sol terreux, et elle s'absorba dans ses pensées.

La veille, quand elle était retournée au salon de thé après une pause déjeuner passée chez le sympathique docteur Lilienberg pour un solide détartrage – elle en était revenue avec des dents lisses et d'un blanc éclatant –, Anthony l'avait informée de l'appel d'un journaliste. Il s'appelait Brenner et voulait apparemment rédiger un article sur les lieux. Maxie s'interrogeait ; son salon de thé était modeste et aucun journal ne s'y était encore intéressé. Enfin bref, ce Brenner avait annoncé sa visite pour le mardi suivant à neuf heures, soit une heure avant l'ouverture. Une fois les premiers clients arrivés, il voulait également prendre quelques photos.

— Bon, très bien, avait lâché Maxie avec un enthousiasme modéré lorsqu'Anthony lui avait annoncé la date prévue.

Au moins, elle aurait la journée du lundi pour arranger l'endroit. Elle se sentait un peu excitée à l'idée que le *Kölner Stadt-Anzeiger* veuille faire un reportage sur son établissement.

— Mais pourquoi avoir choisi le Fräulein Paula et pas un autre ? s'était-elle étonnée.

— Pourquoi pas ? C'est vraiment *nice* ici ! Ton salon de thé a un côté cool, avait précisé Anthony en lançant un regard admiratif à sa patronne.

— Eh bien moi je n'irais pas jusqu'à utiliser le mot « cool », avait rétorqué Maxie dans un haussement d'épaules, en montrant les meubles de bric et de broc.

— *Believe me, it's extraordinary!* avait assuré Anthony, dont le tee-shirt indiquait *I hate hate*, en lui servant au comptoir un espresso avec beaucoup de sucre. C'est grâce aux chats. Ça n'a rien de courant.

— Hmmm, avait marmonné Maxie avant d'avaler son espresso d'un trait.

Ce faisant, elle avait pensé à Léonie qui lui avait fait remarquer un jour qu'elle descendait son petit noir comme un docker marseillais. Reposant la tasse, Maxie avait dit à Anthony, souriante :

— Et moi qui commençais à croire que la nouvelle courait dans Cologne qu'on dégustait chez moi de délicieux gâteaux !

Maxie n'était pas particulièrement vaniteuse, mais fière de ses pâtisseries faites maison et avec amour, *handmade with love*, comme l'indiquait un panneau sur la vitrine.

— Tes tartes sont divines, *darling*, avait déclaré Anthony. *A piece from heaven*. Je pourrais mourir pour tes *cinnamon rolls*. Et ce sera bientôt le cas de la moitié des habitants de Cologne !

— J'espère que non, sinon qui viendra encore prendre un café ici ? s'était amusée Maxie.

— *I mean it*. Je suis sérieux ! Une fois qu'on sera dans le journal, l'endroit grouillera de monde. Il y aura tellement de clients que tu seras super occupée, et tu auras grand besoin de ton cher Anthony… jour et nuit ! avait-il ajouté en portant la main à sa poitrine.

Maxie avait ri. Elle aimait bien son serveur aux cheveux roux qui lui contait fleurette sans jamais se montrer pressant, en faisant comprendre avec légèreté à sa blonde patronne qu'il la trouvait très attirante.

Maxie se mit à réfléchir aux trois pâtisseries qu'elle préparerait le mardi suivant. Il y aurait forcément des roulés à la cannelle… Depuis son premier essai, le succès avait été total ! En réalité, elle avait toujours hésité à cuisiner avec de la levure, n'y connaissant rien, mais tante Paula recommandait chaudement dans son livre de recettes d'utiliser de la levure de boulanger, rien d'autre. Maxie avait donc suivi le conseil et avait été stupéfaite de s'apercevoir que la pâte avait levé à la perfection, plus que doublé de volume, lorsqu'elle l'avait libérée du saladier recouvert d'un torchon qu'il fallait placer pendant une demi-heure dans le four, à basse température. Les mains couvertes de farine, elle avait encore pétri la pâte et l'avait aplatie vigoureusement sur sa planche en bois, avant de l'étaler avec le rouleau à pâtisserie. Elle avait ensuite enduit la surface parfaitement carrée de beurre, de sucre et de cannelle, puis l'avait parsemée de quelques raisins secs, avant de former le rouleau qu'elle avait découpé en tronçons individuels. Pour finir, elle avait étalé ces portions de pâte sur la plaque de cuisson beurrée. On lui avait littéralement arraché des mains ces « escargots » parfumés à la cannelle sitôt sortis du four. Leur goût était délicieux.

Alors oui, elle allait prévoir des roulés à la cannelle, et une pâtisserie garnie de fruits – peut-être la tarte aux mirabelles à la crème pâtissière ? Et bien sûr, le gâteau citron-safran que Florian avait tant aimé. Florian, ou Flo, comme elle l'appelait dernièrement…

Maxie continuait son tour du parc, songeant cette fois à l'étudiant de master aux yeux d'un vert aussi intense que ceux de Mimi et qui lui faisait autant la cour qu'Anthony. De manière générale, elle ne pouvait pas se plaindre d'un manque d'affection. Depuis qu'elle avait ouvert le salon de thé, elle recevait des marques d'attention de tous côtés. Peut-être le devait-elle à son travail, parce qu'elle avait vingt-sept ans et tenait un établissement singulier. Maxie côtoyait ainsi pas mal de monde, et elle aimait discuter avec les gens. Des paroles amicales s'échangeaient tandis qu'elle servait café et gâteaux à ses clients, on parlait du temps, des chats si mignons, des délicieuses pâtisseries… Des petites choses du quotidien. Il régnait une atmosphère conviviale, les clients se sentaient à l'aise et prenaient plaisir à bavarder et à plaisanter avec elle. Parfois, cela donnait lieu à un petit flirt qui embellissait la journée de Maxie. Anthony, lui, la vénérait littéralement et elle laissait faire, c'était un jeu inoffensif qui les amusait tous les deux. Anthony était vraiment craquant mais trop jeune pour qu'elle envisage sérieusement de sortir avec lui. Et puis il y avait Florian, dont les avances étaient moins innocentes.

Florian Gerber l'avait repérée dès l'instant où il s'était assis dans le salon de thé avec son MacBook. Il affichait une nonchalance teintée de provocation, lui rappelant celle de George Clooney dans la publicité Nespresso – même si, avec ses cheveux blonds et ses yeux clairs, on aurait plutôt dit un surfeur guettant la vague parfaite sur une plage de Santa Barbara. Il suivait Maxie du regard depuis son fauteuil, haussant les sourcils de manière éloquente dès qu'elle se tournait vers lui, et chaque phrase qu'il prononçait suggérait une ambiguïté qui déroutait Maxie. Il la complimentait à voix basse, et quand elle le remettait à sa place, il se contentait de lui adresser un sourire conciliant puis de la regarder de côté, l'air de dire : « Allez, t'en as envie toi aussi ! »

Au début, Maxie riait puis repartait en secouant la tête, comme ce jour où Florian, après avoir mordu dans la part de gâteau au citron qu'elle venait de lui apporter, avait murmuré qu'il connaissait un tas de choses excitantes à faire avec un citron. Malgré les refus de Maxie, l'étudiant de master ne lâchait pas ; il venait au salon de thé presque tous les jours et ne semblait pas pressé d'achever son mémoire, qu'il prévoyait apparemment de rédiger entièrement sur la petite table du coin qu'il occupait toujours. Maxie se disait que Léonie avait raison : ce type savait qu'il faisait de l'effet. D'un autre côté, il fallait avouer qu'il était très séduisant avec ses manières décontractées et son corps musclé qu'il aimait mettre en valeur dans des tee-shirts moulants. Maxie ne pouvait pas nier qu'il exerçait sur elle une certaine attraction, et quand il prenait sa pose de penseur, la déshabillant des yeux par-dessus ses mains croisées, elle avait parfois l'impression qu'il voyait jusqu'à ses sous-vêtements.

La semaine passée, il avait visiblement décidé que Maxie était « mûre » et profité d'une occasion pour la prendre de court. Il était un peu plus de dix-huit heures, le salon de thé fermait, Anthony était déjà parti. Maxie finissait de débarrasser des tables tandis que Florian, le dernier client, rangeait ses affaires. Alors que Maxie se retournait avec une pile d'assiettes dans les mains, elle le découvrit juste derrière elle, et avant qu'elle ne comprenne ce qui lui arrivait, il l'embrassait. L'instant d'après, il glissait sa main dans son jean.

— Hé, minute ! s'était écriée Maxie en se défaisant de son étreinte, sans lâcher le tas d'assiettes. T'es drôlement culotté, tu le sais, ça ?

— Bien sûr que je le sais. Je suis né comme ça, avait-il répondu en écartant les mains dans un geste désarmant. Mais tu dois avouer que ce baiser n'était pas désagréable… Je savais qu'on irait bien ensemble!

Il avait souri, puis demandé:

— Alors, qu'est-ce qu'on fait maintenant?

Maxie, à son grand dam, avait senti le sang lui monter aux joues.

— On monte chez toi, avait-il poursuivi, ou alors on baisse les stores et on le fait ici, sur le grand canapé en velours?

— T'es vraiment gonflé, Florian! avait-elle rétorqué, luttant pour garder contenance.

— Pourquoi? Juste parce que je dis ce que je pense? avait-il demandé, les yeux brillants. Tu es super attirante, Maxie. Et je te veux. Je te veux plus que tout. Tu es la fille de mes rêves. J'aimerais tester toutes les tables avec toi, ici.

— Florian! Non mais tu t'entends parler?

— Appelle-moi Flo. Tous mes amis m'appellent Flo, avait-il précisé dans un sourire, avant de la serrer contre lui.

Quand il l'avait de nouveau embrassée, Maxie avait laissé tomber la pile de vaisselle qui avait heurté le sol avec fracas, et deux assiettes aux motifs de roses s'étaient brisées.

— Oh non, regarde ce que tu as fait, espèce d'imbécile! Le beau service de tante Paula! s'était énervée Maxie.

Mais « Flo » ne s'était pas laissé démonter.

— C'est juste un peu de porcelaine, avait-il commenté en l'aidant à ramasser les débris. En plus, ça porte bonheur de casser de la vaisselle, non ?

Accroupi devant elle, dangereusement proche, il lui avait tendu la dernière assiette.

— Alors ?

— Alors quoi ?! T'es dingue ? Ni l'un ni l'autre ! Tu rentres chez toi, et je monte chez moi… seule.

— Tu loupes quelque chose !

— Je le saurais si c'était le cas, avait-elle répliqué en le poussant vers la sortie.

Le lendemain, il était revenu et avait repris ses bonnes habitudes.

— Je n'ai rêvé que de toi cette nuit, avait-il déclaré d'une voix douce alors qu'elle passait devant sa table. Ne sois pas cruelle avec moi.

Trois jours plus tard, il l'invitait à dîner. Il était arrivé armé d'une rose rouge à longue tige et de nombreux compliments. Ils avaient bu du vin et il lui avait confié qu'elle lui faisait tellement tourner la tête qu'il ne savait plus où il habitait. Visiblement, le fait que Maxie lui résiste ne faisait que l'enflammer davantage.

Après le dîner, il l'avait raccompagnée chez elle. Devant la porte d'entrée, il l'avait embrassée, c'était inévitable. Il lui avait aussi fait un suçon dans le cou et elle avait poussé un grand cri avant de rire et de lui demander s'il était un vampire.

— Bien sûr, tu croyais quoi ? avait-il murmuré, avant de se remettre à lui sucer le cou pendant un moment.

Ensuite, ils étaient montés. Pour un dernier café qui ne serait jamais bu : dans le couloir, il déboutonnait déjà sa robe bleue.

Maxie sourit, se remémorant cette fameuse nuit, et un agréable frisson parcourut son dos. Elle ne savait toujours pas quoi penser de Florian. Certes, c'était un amant infatigable, fin connaisseur du corps féminin… Elle avait aimé sa façon de lui faire l'amour, ça oui ! Mais l'aube venue, alors qu'elle laissait sa tête retomber dans l'oreiller, épuisée, Flo s'était levé pour rentrer – expliquant qu'il ne dormait pas bien quand quelqu'un était allongé à côté de lui.

— Te fais pas de bile, on se voit plus tard ! avait-il lancé tandis que Maxie le regardait, quelque peu déçue.

S'endormir dans les bras de l'autre et prendre ensemble le café du matin, n'était-ce pas la meilleure chose après une nuit d'amour ?

— À plus tard, fille de mes rêves ! avait-il conclu.

Lorsqu'elle avait entendu la porte d'entrée se refermer, elle s'était retournée dans le lit et blottie sous sa couette. Elle n'avait plus eu de rapports avec un homme depuis longtemps, et elle avait très rapidement glissé dans un profond sommeil sans rêve.

Maxie courait toujours sur son sentier, toute à ses pensées; elle venait de contourner un massif touffu de lauriers-cerises lorsqu'un cycliste téléphonant avec un kit mains libres lui coupa le chemin à toute vitesse, manquant la renverser.

Maxie avait bondi en arrière, épouvantée, et l'adrénaline lui permit de l'esquiver de justesse; dans le feu de l'action, elle voulut même donner un coup de pied dans le pneu arrière du vélo de course argenté, mais son pied glissa sur l'herbe humide et elle atterrit sans ménagement sur la pelouse.

— Hé, sale idiot! Tu ne peux pas faire attention? hurla-t-elle au cycliste.

Ce dernier, dont la bécane avait largement tangué pour éviter la collision, s'arrêta et se tourna vers elle.

— Ça veut dire quoi tous ces braillements? C'est vous qui avez surgi des buissons et foncé sur ma voie sans même regarder!

— Ah oui? explosa Maxie, ses yeux bleus étincelant d'agressivité. Sur ta voie? Donc je suppose que tout le parc t'appartient, hein?

Elle détestait les cyclistes acharnés, ces frimeurs avec leur casque profilé, qui se croyaient obligés de faire de chaque rue et de chaque espace vert un terrain d'entraînement pour leur Tour de France personnel.

— Oh là, tout doux, ma chère. Le parc ne vous appartient pas non plus, si? fit l'homme au casque noir qui la toisait, appuyé sur son guidon. Et d'abord, depuis quand on se tutoie ? On se connaît, peut-être ?

Il sourit d'un air suffisant et Maxie, toujours assise par terre, plissant les yeux à cause du soleil qu'elle avait en plein visage, sentit la moutarde lui monter au nez. Mais qu'est-ce qu'il croyait, ce type ?

— Non, et c'est tant mieux ! répondit-elle. Parce que les gros égocentriques qui se prennent tellement au sérieux qu'ils gueulent dans leur kit mains libres, même sur leur vélo, ça me donne envie de gerber.

— Alors je ferais mieux d'y aller avant que le spectacle commence, fit le cycliste, impassible. Perso, je ne raffole pas des hystériques qui vomissent dans les parcs. Passez une bonne journée.

Sur ces mots, il remonta sur sa selle et disparut rapidement derrière les arbres.

Maxie était restée sans voix devant tant d'insolence. Elle se releva et chassa la poussière de son pantalon. Son cœur battait la chamade, elle avait mal aux fesses. Elle aurait sûrement un gros bleu le lendemain…

— J'y crois pas ! bougonna-t-elle avec colère en regardant les arbres derrière lesquels le cycliste s'était évaporé. Ça parle au téléphone sur son vélo, ça vous écrase presque et ça ne s'excuse même pas !

Elle lâcha encore quelques jurons puis se mit à marcher, s'apaisant peu à peu. Lorsqu'elle quitta le parc une demi-heure plus tard, puis traversa la place de Lenauplatz où discutaient quelques retraités assis sur leurs bancs, elle avait quasiment oublié le fâcheux incident.

16

Léonie avait eu mal au crâne toute la journée. Les épreuves orales du baccalauréat venaient de s'achever la veille – une longue semaine stressante et épuisante pour les enseignants aussi (contrairement à ce que croyaient la plupart des élèves). Heureusement, tout s'était bien passé. Seuls deux élèves devraient se présenter au repêchage à la fin des vacances d'été, mais il y avait de fortes chances pour que ces candidats sur la sellette décrochent à leur tour le précieux sésame.

C'était la troisième fois que Léonie avait affaire à une classe de terminale et elle avait pris l'habitude de formuler ses questions de telle sorte que les élèves puissent y répondre le mieux possible. Le jour de l'affichage des résultats, il lui avait semblé qu'un gigantesque soupir parcourait les bâtiments de l'école. Les jeunes bacheliers, rassemblés en grappes au soleil, riaient et bavardaient tous en même temps, exubérants ; les garçons se donnaient des bourrades amicales, les filles se jetaient au cou l'une de l'autre en poussant des cris survoltés. Tout le monde était heureux que ce soit terminé, et désormais les discussions ne tournaient plus qu'autour du « bal de promo » au Wolkenburg et du voyage de groupe pour la remise des diplômes à Lloret de Mar, avec dix nuits blanches d'affilée à la clé, un must ! À son grand étonnement, Léonie avait appris qu'il existait désormais des agences de voyages spécialisées dans les voyages de bacheliers, avec discothèques et vie nocturne animée.

Mais c'était la veille, déjà le passé… Cet après-midi-là, la jeune femme entra dans la salle des profs pour prendre ses affaires et avala deux aspirines. Le temps était insupportablement moite, et tandis que les heureux bacheliers se prélassaient dans l'immense parc au bord du Rhin et que les collégiens restaient affalés sur leurs chaises dans les salles de classe, léthargiques et quasiment mutiques, les primaires se déchaînaient. Des avions en papier et des éponges volaient dans tous les sens lorsque Léonie était entrée dans la salle d'arts plastiques, où sa classe de CM2 était rassemblée. Un des élèves avait apporté un pistolet à eau et arrosait les autres.

— Madame Beaumarchais, madame Beaumarchais, il fait trop chaud, on ne peut pas avoir classe, il fait trop chaud ! avaient-ils entonné bruyamment en chœur, dansant autour d'elle comme des Indiens.

Léonie s'était figée sur place. Elle ignorait pourquoi les enfants se croyaient toujours obligés de crier. Même quand ils se parlaient pendant la récréation, il fallait qu'ils hurlent. On aurait pu croire qu'ils se chamaillaient en permanence, sauf qu'il n'en était rien.

— Silence ! avait-elle crié à son tour en tendant la main devant elle, doigts écartés, comme un agent de la circulation. Je regrette mais vous allez devoir peindre, on ne laisse partir les élèves qu'à partir de trente-cinq degrés.

Une fillette avait alors demandé s'ils pouvaient au moins aller se chercher une glace chez le marchand installé devant l'école avec son chariot.

— Oh oui ! Une glace… Une bonne glace ! On meurt de soif, madame Beaumarchais !

Mais Léonie avait secoué vigoureusement la tête. Imperturbable, elle avait distribué les cahiers, étiquetés au nom de chaque élève, qui restaient dans la salle d'arts plastiques.

Léonie n'enseignait pas le dessin et aurait dû travailler jusqu'à quatorze heures ce jour-là, mais elle avait remplacé au pied levé sa collègue, Mme Baumann, qui souffrait d'une grippe intestinale. Ladite Baumann, qui se considérait comme extrêmement progressiste, proposait au primaire ce qu'elle appelait des « leçons de libération ». Un beau jour, elle avait apporté à l'école un aspirateur que les élèves devaient utiliser pour gonfler des tubes en plastique avec lesquels ils étaient censés faire « quelque chose de créatif ». La plupart des élèves étaient partis en courant avec les tuyaux dilatés, fous de joie ; dehors, ils s'étaient mis à sauter dessus jusqu'à ce qu'ils éclatent. On avait alors pu voir, éparpillés dans toute la cour de l'école, des tubes en plastique dégonflés évoquant les préservatifs d'un géant. Une autre fois, les enfants avaient été invités à modeler des hommes et des femmes en argile, l'essentiel étant que ceux-ci soient nus et présentent des caractéristiques sexuelles clairement identifiables, afin de lever toute inhibition. Léonie s'était demandé de quelles inhibitions on parlait – elle jugeait la plupart des élèves de primaire assez désinhibés comme cela.

L'été précédent, Paloma Baumann (Léonie se demandait parfois s'il s'agissait de son vrai prénom, cette Baumann étant une fervente admiratrice de Picasso) avait même obtenu de la directrice la permission de peindre à la bombe la cour intérieure avec les élèves. Helene Krause, à la tête de l'établissement, ne voulait sans doute pas être taxée de conservatisme et paraître dépassée. Si bien qu'après un week-end de projet artistique très fructueux, des graffitis aux couleurs crues, psychédéliques, habillaient les murs et les piliers de la cour de récréation. Leur seule vue donnait mal au crâne à Léonie. Toutefois, un journaliste était venu, il avait pris quelques photos et fait l'éloge de l'enseignement prôné par Paloma Baumann.

Les élèves de CM2, si merveilleusement désinhibés et libérés, avaient fini par se calmer un minimum et s'asseoir, tête penchée sur leur cahier de dessin, pour barbouiller d'aquarelle le papier et leurs mains. Par bonheur, il n'y avait aucune « leçon de libération » au programme, il était seulement question de peindre des fleurs et des choux durant deux heures. Mais soudain, Léonie avait remarqué qu'Emma manquait à l'appel. La petite fille n'était pas venue à l'école de toute la journée, ainsi qu'allait le lui expliquer Maja qui, entre-temps, s'était liée d'amitié avec la timide Emma. La grippe intestinale l'avait peut-être frappée, elle aussi ?

Léonie sentit que son mal de tête commençait à s'estomper. Elle poussa son vélo hors du parking et s'engagea dans la rue. À la base, elle avait prévu de s'allonger un peu après les cours, mais elle décida finalement de passer chez Maxie, qu'elle n'avait pas vue depuis plusieurs jours. Ladite Maxie qui, apparemment, était plus qu'occupée en ce moment.

En entrant dans le salon de thé, Léonie comprit immédiatement qu'il était arrivé quelque chose. Il régnait une grande excitation chez Fräulein Paula cet après-midi-là. Et pour cause, Lavande avait disparu. Lorsque Maxie avait ouvert la boutique, le chaton gris-bleu était introuvable. Elle connaissait toutes les cachettes du chaton, qu'elle avait fouillées avec Anthony, mais il semblait s'être volatilisé. Plus tard, les habitués avaient prêté main-forte, M. Franzen était allé jusqu'à s'agenouiller en gémissant devant le canapé bleu pour regarder dessous. Même cet abruti de Flo paraissait s'être joint aux recherches. En tout cas, il avait quitté son poste d'observation. Moyennement motivé, il soulevait quelques branches des buissons de la cour extérieure ; puis Léonie le vit fixer les murs en brique envahis par la végétation, sourcils froncés, avant d'arranger sa coiffure à l'inévitable crayon. Mimi, elle aussi, avait abandonné son canapé et arpentait le salon de thé, queue dressée. Léonie se demanda si Lavande lui manquait. Les chats pouvaient-ils d'ailleurs pleurer les leurs ? Était-ce l'atmosphère tendue qui rendait Mimi si agitée ?

Maxie était retournée derrière son comptoir, inquiète et nerveuse. Léonie finit par noter le suçon dans son cou, que son amie tentait de dissimuler avec un foulard à fleurs. Elle arqua les sourcils, mais étouffa tout commentaire en remarquant le regard lourd de chagrin de Maxie.

— Je n'arrive pas à croire que Lavande se soit enfuie, déclara cette dernière. J'ai tout verrouillé hier, comment elle aurait fait pour sortir ? Et puis la cour est un endroit sûr, avec des murs bien trop hauts pour elle !

— Elle s'est peut-être cachée dans une des étagères, suggéra Léonie. Vous avez regardé derrière Proust ?

Elle sourit, se voulant encourageante, mais Maxie secoua la tête.

— Non, on a déjà sorti tous les livres, pas la moindre trace de Lavande.

— Et dans la cuisine ?

— Non plus, j'ai fouillé tous les recoins. On ne peut pas dire que la pièce soit immense ! J'ai même regardé dans le four en désespoir de cause.

Maxie grimaça.

— J'espère que Lavande n'a pas profité de la porte d'entrée qui s'ouvrait pour s'enfuir dans la rue. J'espère qu'elle n'a pas été…

Maxie plaqua sa main sur sa bouche et Léonie sut qu'elle repensait au tragique destin de sa Lula.

— Ne dis pas de bêtises, tenta-t-elle de rassurer son amie. Aucun des chatons n'a jamais quitté le salon de thé. Et même si Lavande était dehors, ce que je ne crois pas, ça ne veut pas dire pour autant que… Enfin… Dis-moi, quand est-ce que vous avez vu Lavande pour la dernière fois ?

— Je ne sais pas exactement, répondit Maxie en haussant les épaules. Attends, si : hier en fin d'après-midi. Emma jouait avec lui dans la cour.

La jeune femme réfléchit un moment.

— Tiens, où est passée Emma aujourd'hui, d'ailleurs ? reprit-elle. Je ne l'ai pas encore vue. Je suis sûre qu'elle aurait des idées de cachettes qu'aurait pu trouver Lavande.

— Emma est malade, expliqua Léonie. Elle était absente aujourd'hui, il y a un sale virus qui circule à l'école.

Elle plissa le front, puis ses yeux parcoururent la salle.

— Sinon, tous les autres chatons sont là ? demanda-t-elle, histoire de dire quelque chose.

— Oui. Mais quand je pense que c'est justement Lavande, de tous les chatons… lâcha-t-elle, chagrinée. Emma sera désespérée quand elle découvrira que son préféré a disparu.

— Oh ça oui, tu m'étonnes ! Peut-être que Lavande aura réapparu d'ici là, après tout. Elle va revenir, ne t'inquiète pas. Bon, je vais aller fouiller moi aussi, j'ai de l'expérience quand il faut chercher un chat, maintenant !

Une heure plus tard, Léonie quittait le salon de thé. Lavande demeurait introuvable et Maxie avait fermé les lieux à double tour, les traits figés de tristesse. Ensuite, elle était montée dans son appartement avec Florian.

Léonie empruntait maintenant la rue d'Eichendorffstraße à vélo, animée de sentiments mitigés. Elle n'arrivait toujours pas à se faire à l'idée que Maxie sortait officiellement avec Florian. Un jour comme celui-ci, c'était normalement elle qui serait montée avec Maxie dans son appartement. Elles auraient bu un verre de vin et bavardé, ou alors Maxie leur aurait préparé un plat délicieux.

Désormais, elle parlait de ses bonheurs et de ses soucis avec le mec au crayon. Pour autant, même si Maxie lui avait proposé de les accompagner (ce qu'elle n'avait pas fait), Léonie n'aurait pas accepté. Quelle discussion privée pouvait-on bien avoir quand Florian squattait dans le coin ? Léonie continuait à ne pas le « sentir ».

Maxie, elle, se montrait discrète concernant son petit ami. La jeune femme impulsive avait d'emblée perçu que Léonie n'était pas enthousiasmée par cette relation amoureuse.

— C'est du sérieux ? avait demandé cette dernière.

Maxie avait alors porté la main à son chignon lâche et enroulé autour quelques mèches de cheveux, comme elle le faisait toujours quand elle avait besoin de temps pour réfléchir.

— Flo peut être très tenace, tu vois ? avait-elle finalement expliqué. Il dit que je suis la fille de ses rêves. Et pour l'instant on s'entend très bien… Alors on verra ce que ça donne.

— Mais toi, tu es amoureuse de lui ?

— Ça se pourrait, avait répondu Maxie en souriant, avant de rougir subitement comme une tomate. Tu sais, il ne me laisse plus trop l'occasion de réfléchir…

Jusqu'à présent, Léonie avait plus ou moins ignoré le jeune homme blond quand elle entrait dans le salon de thé. Florian louchait toujours sur elle quand elle se trouvait avec Maxie ou

Anthony, et dès que leurs regards se croisaient, il haussait les sourcils et souriait d'un air… conquérant, oui, elle ne pouvait pas décrire la chose autrement.

Léonie attacha son vélo et entra dans son immeuble. En traversant le hall sombre, elle se dit qu'il serait imprudent de s'opposer à Florian. Elle ne ferait que gêner Maxie en agissant ainsi, et celle-ci finirait par ne plus rien lui raconter du tout. Aurait-elle tort de nourrir des réserves envers Florian ? C'était peut-être un gentil garçon malgré tout. Léonie résolut de se montrer plus gentille avec lui à l'avenir. Mais honnêtement, elle continuait à prier pour que « l'affaire » Florian se règle bientôt d'elle-même.

Elle croisa le couple du premier étage, les salua poliment. Dans sa boîte aux lettres, elle trouva des prospectus pour la livraison de pizzas à domicile, ainsi qu'une autre carte postale de Mme Siebenschön, qui avait bien de la chance. On pouvait encore y admirer de petites maisons colorées, accrochées comme des raisins à des collines rocheuses, devant un coucher de soleil spectaculaire qui teintait la mer en rose. *Bonjour de Positano*. Dans les contrées où évoluait actuellement sa voisine, les petites maisons colorées faisaient probablement partie du paysage. Léonie parcourut les quelques lignes en montant l'escalier. Elle ôta ses sandales sur le paillasson, puis entra pieds nus dans la cuisine où elle épingla la carte avec les autres, sur le panneau d'affichage.

Elle n'avait aucune envie de boire du vin. Elle choisit de se préparer du thé et de griller des tranches de bon pain à l'ail sauvage, sur lesquelles elle disposa des rondelles de fromage de chèvre. Il restait un peu de raisin dans le saladier en céramique bigarré sur le buffet. Elle en mit dans son assiette avec le reste et se rendit dans le salon pour s'installer sur le canapé avec sa tasse de thé vert fumant.

Ce soir, elle ne comptait pas travailler. Juste lire. Elle se releva pour ouvrir en grand toutes les fenêtres et aérer l'appartement. Il y avait un léger courant d'air, c'était agréable. Léonie sentait une brise chaude lui souffler sur le visage. Il faisait toujours aussi moite dehors. Elle leva les yeux vers le ciel d'un blanc laiteux ; le soleil avait quant à lui pris la couleur d'un beurre pâle. Il y aurait sûrement un orage, du moins elle l'espérait. Ce temps était insupportable !

Elle attrapa son téléphone portable pour le consulter. Le cours de Pilates de la semaine suivante était annulé. Une collègue de l'école organisait une fête pour l'arrivée de l'été dans son jardin. Une ancienne camarade de classe de Paris lui proposait de se revoir. Et son père lui envoyait les photos d'une grande maison aux volets turquoise qu'il louait à Ramatuelle, où il passerait l'été avec sa nouvelle famille, comme chaque année. La demeure se nichait au cœur d'une pinède surplombant la mer, et son père l'invitait à se joindre à eux ; il indiquait avoir fait la même proposition à sa mère. Il ajoutait, enthousiaste, que Lucas et Clémence seraient sincèrement heureux de revoir leur grande sœur, que le lieu était magique. *Il ne doute de rien !* ironisa Léonie qui ne put s'empêcher de sourire quand même. Son père avait toujours préféré réunir toutes ses brebis autour de lui, il souffrait selon sa mère du syndrome du « bon berger »… Sauf que les gens n'étaient pas un troupeau de moutons. Ou bien si ? « N'hésite pas à amener une amie », poursuivait-il, « ou ton petit ami – smiley. La maison est vraiment gigantesque, on a de la place pour tout le monde, ce serait super amusant. »

Il pensait manifestement qu'elle s'était remise avec Jean-Philippe. Il pouvait toujours courir ! Léonie soupira avec indulgence. Son père faisait preuve d'une belle générosité mais elle n'avait pas de petit copain, et cela ne changerait pas de sitôt. Quant à sa meilleure amie, elle aurait sans doute mieux à faire cet été que d'accompagner Léonie dans la résidence de vacances de la famille Beaumarchais, dans le sud de la France. Certes, le père de Léonie n'aurait pas été contre le fait que Maxie vienne avec Flo… Il aimait les grandes tablées, laissant volontiers la cuisine et l'organisation aux femmes ; se rendant tout au plus au marché pour en rapporter « un merveilleux fromage et des figues fraîches », deux bouteilles de rosé de Bandol ou encore « la meilleure dorade que vous ayez jamais mangée ». Son truc, c'était de régaler toute la bande avec des anecdotes de sa vie haute en couleur. Quand son père racontait des histoires, tout le monde était suspendu à ses lèvres. Quel dommage qu'il ait une fille aînée si austère…

Entamant la dernière tranche de pain garnie de fromage de chèvre, Léonie ne put s'empêcher de repenser au visage horrifié de son père lorsqu'elle lui avait annoncé qu'elle voulait être institutrice.

— Tu crois vraiment avoir choisi le bon métier pour toi, ma chérie ? Tu es tellement jolie et intelligente ! Tu pourrais faire tout ce que tu veux. Tu ne préférerais pas un poste plus intéressant, à l'ambassade par exemple ? Ou quelque chose dans la mode ? Comprends-moi bien, j'adore les enfants, mais s'occuper jour après jour des garnements de parfaits inconnus, j'imagine que c'est épuisant.

Son père avait tout à fait raison : c'était épuisant. Pourtant, Léonie n'aurait pas voulu d'un autre métier.

Elle tapota sur son smartphone un moment, puis envisagea d'appeler sa mère. Que pensait-elle des projets estivaux de son ex-mari ? Sa mère était une bonne pâte, une bonne brebis. Léonie composa son numéro, mais tomba sur le répondeur. Elle se souvint alors que sa mère allait au théâtre avec une amie. Avant cela, elles flâneraient le long de la Königsallee, qui avait encore le charme d'antan les soirs d'été – avec l'horloge sur pied trônant à côté du kiosque ancien au joli toit en pavillon, où sa mère donnait rendez-vous à ses soupirants quand elle était jeune fille, et les ponts de pierre aux gargouilles qui permettaient de traverser la Düssel.

Léonie reposa son téléphone et s'allongea sur le canapé avec lassitude. Il était dix-neuf heures, la soirée ne s'annonçait pas particulièrement excitante. Tant mieux, après tout… Elle avait eu une journée éreintante. Elle pensa brièvement à Lavande, espérant qu'on retrouverait vite le chaton. Et pas sous le pneu d'un camion, de préférence. Puis elle ferma les yeux un moment.

Lorsque le téléphone retentit une demi-heure plus tard, elle se redressa en sursaut, désorientée. Elle s'était endormie et s'imagina aussitôt que Maxie l'appelait pour lui apprendre le retour de Lavande. Mais le numéro qui s'affichait était inconnu. Quand elle décrocha, il y avait un homme agité à l'autre bout de la ligne.

Il présenta ses excuses pour le dérangement, donna son nom, et Léonie mit un moment à comprendre qu'il s'agissait de Paul Felmy, le père d'Emma. Sa voix transpirait l'anxiété.

— C'est à propos d'Emma…

— Monsieur Felmy, qu'est-ce qu'il y a? demanda Léonie, saisie d'un très mauvais pressentiment. Emma ne va pas bien?

— Je n'en sais rien, répondit-il. On dirait que ma fille n'est pas revenue à la maison après l'école, aujourd'hui. Quand je suis rentré du cabinet à six heures et demie, elle n'était pas là. Et elle n'est toujours pas là. Je commence à être très inquiet... Et comme vous êtes sa maîtresse et que j'avais votre numéro, je voulais m'assurer qu'Emma était bien présente à l'école ce matin.

— Comment ça, elle n'est pas malade? Elle n'a pas la grippe?

— Non, répondit Felmy, avant de gémir. Oh mon Dieu! J'espère qu'elle n'a rien fait de stupide.

— Mais pourquoi? Qu'est-ce qui s'est passé?

Le père d'Emma semblait effondré.

— C'est à cause de ce fichu chaton... On s'est disputés.

Léonie se raidit sur son canapé, et demanda:

— Vous voulez parler de Lavande?

— Ouais, je crois bien que c'est le nom du chat qu'Emma a amené ici hier.

Paul Felmy expliqua alors à Léonie qu'Emma avait caché dans son armoire à vêtements le chaton qu'elle était bien décidée à garder. Le soir venu, la fillette était allée se coucher étonnamment tôt. Et pendant la nuit, son père avait entendu un léger miaulement ; en entrant dans sa chambre, il avait surpris sa fille jouant avec le petit chat. Emma avait d'abord prétendu que le chaton l'avait suivie jusqu'à chez eux et qu'elle lui avait juste donné un abri. Elle n'avait dévoilé que progressivement la vérité. À savoir qu'elle avait en réalité kidnappé Lavande au bar à chats. Apparemment, Emma avait profité d'un moment d'inattention pour cacher dans son sac de sport le chaton avec lequel elle avait joué l'après-midi dans la cour intérieure. Puis elle était sortie tranquillement. Emma considérait Lavande comme son propre chat.

— Je m'occuperai bien de Lavande, promis ! avait-elle affirmé.

— Là n'est pas la question, Emma. Tu as complètement perdu la tête ? Tu ne peux pas voler un chat comme ça ! C'est honteux, tu ramèneras cet animal demain à la première heure et tu t'excuseras, compris ?

Emma avait pleuré de colère.

— Mais je suis tout le temps seule, je veux que Lavande reste avec moi, avait-elle sangloté en fin de compte.

— Non, Emma, ce n'est pas possible, et pas la peine non plus de me faire du chantage, avait conclu Paul Felmy en tirant derrière lui la porte de la chambre de sa fille.

En ce qui le concernait, la discussion était terminée.

Il était maintenant dans tous ses états, s'en voulait affreusement.

— Je n'aurais pas dû me montrer si dur. Mais depuis que Marie… Je veux dire, depuis que la mère d'Emma nous a quittés, la vie n'est facile pour aucun de nous. J'essaie d'être le meilleur père possible sans toujours y arriver. Souvent je ne sais pas comment tout concilier. Ma mère m'aide autant qu'elle peut, mais elle n'est pas là en ce moment. Emma est tout ce qu'il me reste, vous comprenez ?

Léonie entendit que la voix de Paul Felmy menaçait de se briser.

— Et la voilà Dieu sait où par ma faute, reprit-il. S'il lui arrive quelque chose, que vaudra encore ma vie ?

La panique le gagnait et la gorge de Léonie se noua douloureusement. Emma avait-elle vraiment fugué ?

— Ne vous inquiétez pas autant, monsieur Felmy. Il n'arrivera rien à votre fille. Il n'est pas si tard que ça. Je suis sûre qu'elle rentrera bientôt. Elle a peut-être juste peur que vous la grondiez pour ne pas avoir ramené le chat au salon de thé.

Parce qu'une chose au moins était sûre : Emma n'avait pas rendu le chaton. Léonie réfléchit quelques instants.

— Vous avez essayé d'appeler Emma ? Je suppose qu'elle a un téléphone portable…

Quand on était inquiet à ce point, il arrivait qu'on ne pense pas aux choses les plus simples.

— Bien sûr que oui. Mais elle n'a pas décroché. Et pour la bonne raison qu'il est ici, elle ne l'a pas emporté.

Tout cela ne disait rien qui vaille à Léonie…

— Y a-t-il des amies chez qui elle pourrait être en ce moment ? Des voisins peut-être ?

— Emma n'a pas beaucoup d'amis. À part cette petite Maja avec qui elle a sympathisé. Je l'ai immédiatement appelée mais elle ne savait rien non plus à propos du chat. Et j'ai déjà fait le tour de nos voisins.

Ils restèrent tous les deux silencieux un moment, démunis.

— Emma a la clé de chez vous, donc, si j'ai bien compris ? reprit finalement Léonie.

— Oui, tout à fait. Elle ne l'a jamais oubliée ou perdue. Elle est très soigneuse. En fait, tout s'est toujours très bien passé jusqu'à présent. Elle prend le tram pour aller à l'école tous les jours depuis la rentrée.

Contrairement à d'autres élèves de sa classe, dont le cartable abritait un chaos incroyable, Emma se montrait extrêmement ordonnée. Un ordre dont elle avait sûrement besoin après la séparation de ses parents qui avait bouleversé sa vie…

— Et sa mère ? Elle n'a pas pu se rendre chez elle ? demanda Léonie.

— Je ne pense pas. Ma femme… Enfin, mon ex-femme, est rentrée du Kenya il y a deux jours. On est convenus qu'Emma lui rende visite le week-end prochain. De plus, Marie vit à Bonn. Emma n'est certainement pas allée là-bas, je ne suis même pas sûr qu'elle sache que sa mère est en Allemagne, d'ailleurs.

— Vous ne préférez pas l'appeler malgré tout ? fit Léonie d'une voix prudente. Ce serait quand même une éventualité, non ?

Paul Felmy hésita.

— Honnêtement, à ce stade, il vaut mieux que je laisse mon ex-femme en dehors de cette histoire. Marie me fait déjà suffisamment de reproches comme ça. C'est… compliqué. Si elle découvre qu'Emma a disparu, elle ne se privera pas de faire un véritable scandale ! C'est la dernière chose dont j'aie besoin.

Il soupira, malheureux, avant d'ajouter :

— J'ai bien peur qu'elle n'ait pas une très haute opinion de moi en tant que père.

La relation avec son ex-femme étant de toute évidence un point sensible, Léonie décida de ne pas insister. Elle se demandait tout de même comment on pouvait accabler quelqu'un de reproches alors qu'on avait quitté sa famille et qu'on passait la majeure partie de l'année au Kenya pour aider d'autres enfants. Les relations entre adultes pouvaient se révéler terriblement compliquées, et c'étaient toujours les enfants qui en souffraient.

Paul Felmy avait dû mal interpréter le silence de Léonie, car il reprit :

— Excusez-moi, madame Beaumarchais. Je ne voulais pas vous importuner avec mes problèmes personnels, on se connaît à peine. C'est juste que… Emma parle toujours de vous avec beaucoup d'affection, je pense que vous êtes un repère pour elle. Je… J'espérais juste que vous pourriez m'aider d'une manière ou d'une autre… Je suis désolé, mais je ne sais absolument pas quoi faire…

Paul Felmy se tut, et pendant un moment, Léonie eut peur qu'il ne fonde en larmes. Quand les hommes se mettaient à pleurer, c'était que les choses allaient vraiment mal.

Ébranlée par la détresse de cet homme, elle sentit son cœur déborder de compassion.

— Vous avez eu raison de m'appeler monsieur Felmy ! Je suis la maîtresse d'Emma, et je me soucie de votre fille, moi aussi. Bien sûr que je vais vous aider ! Voilà ce que je vous propose : venez chez moi, nous réfléchirons aux options et nous chercherons Emma ensemble. Et nous la trouverons, je vous l'assure.

Elle donna son adresse à Felmy, qui la remercia, soulagé.

— Je serai là dans dix minutes.

Après avoir raccroché, Léonie appela Maxie. Mais son amie ne répondait pas au téléphone. Elle fit quelques tentatives, laissant sonner encore et encore, et Maxie finit par décrocher.

— Oui… Léonie ? Qu'est-ce qu'il y a ?

Elle semblait essoufflée, et derrière elle, Léonie entendit Florian marmonner quelque chose.

— Flo… Arrête, laisse-moi tranquille, maintenant ! gloussa Maxie.

Léonie perçut alors des bruits évoquant une espèce de corps à corps. Manifestement, elle dérangeait les deux tourtereaux.

— Bon voilà, je sais où trouver Lavande, reprit Léonie. Elle est avec Emma, mais l'ironie de l'histoire, c'est qu'Emma a disparu.

17

La soirée fut digne d'un drame.

Lorsque Paul Felmy sonna chez Léonie, en sueur et à bout de nerfs (il était venu en voiture du Quartier belge et avait tourné en rond une éternité avant de trouver une place de parking près de la rue d'Ottostraße), la jeune femme lui proposa d'aller au salon de thé rejoindre Maxie. Emma pouvait très bien s'y présenter, la nuit venue, pour rendre le chaton kidnappé. La fillette savait que Maxie vivait juste au-dessus de l'établissement.

Une fois réunis chez Fräulein Paula, tous les trois s'assirent et les deux amies se mirent à discuter : où une petite fille de dix ans pouvait-elle bien aller avec un chat ? Paul Felmy était blême. Il portait toujours sa chemise blanche et son costume de bureau. Sa cravate s'était dénouée et il finit par l'arracher de son cou, avant d'ôter sa veste bleue.

— On ne pourrait pas commencer à chercher au lieu de parler ? Il fera nuit dans une heure, rappela-t-il en agitant nerveusement le pied.

— On y va, mais je pense qu'on devrait se séparer pour ratisser plus large, proposa Léonie sur un ton rassurant.

Personne n'avait touché au gâteau marbré que Maxie avait posé sur la table. La jeune femme appela Anthony qui était justement tout près de là en train de boire une bière avec des amis devant le kiosque de la place de Lenauplatz. Elle lui expliqua brièvement qu'Emma avait disparu, et Anthony vint immédiatement en renfort. Florian acheva de gonfler les rangs.

— Le mec du kiosque a dit qu'il avait remarqué, en fin d'après-midi, une petite fille blonde qui traversait la place de Lenauplatz avec un sac de transport pour chat ! lança Anthony en entrant dans le salon de thé.

— Alors elle a quand même dû revenir dans le coin, en déduisit Léonie. Peut-être qu'elle voulait ramener Lavande et qu'elle a changé d'avis en chemin. Mais où est-ce qu'elle a bien pu trouver ce sac ? Enfin bref, allons-y.

Léonie prit rapidement en charge l'organisation de la petite équipe de recherche. Cela n'avait aucun sens que tout le monde se rue dehors sans but véritable. En situation de crise, il fallait garder la tête froide. Définir une « stratégie ».

Elle demanda donc aux autres de quadriller les alentours de la rue de Chamissostraße et d'interroger les passants. Quant à elle, elle allait descendre au sous-sol de l'immeuble où se trouvaient les caves et sonner chez tous les voisins.

Aucune de ces deux entreprises ne fut couronnée de succès. Personne n'avait aperçu une fillette blonde et son chat.

Paul Felmy paniquait de plus en plus.

— Où peut-elle être ? Où peut-elle bien être ? répétait-il en passant sa main dans ses cheveux bruns, déjà tout ébouriffés. Mon Dieu, et si quelque chose lui était arrivé ?

Léonie lui pressa le bras pour l'apaiser, puis le fixa d'un air assuré.

— Nous allons trouver Emma, monsieur Felmy. Je vous le promets.

Elle espérait de toutes ses forces pouvoir tenir cette promesse…

— Bon maintenant on va s'attaquer aux espaces verts, reprit-elle. Vous et moi, monsieur Felmy, nous allons fouiller la zone derrière la place de Lenauplatz. Peut-être qu'Emma s'est cachée dans un des jardins ouvriers. Maxie et Florian, vous inspectez le Blücherpark. Anthony, tu gardes la boutique. On se retrouve tous ici.

Ils se dispersèrent.

Tout en traversant le parc d'un pas pressé en direction de l'aire de jeux, Léonie et Paul Felmy scrutaient chacun des jardins ouvriers et criaient le nom d'Emma, encore et encore ; pendant ce temps, le soleil déclinait dans un ciel brumeux.

Lorsqu'ils atteignirent l'aire de jeux, une balançoire se déplaçait tranquillement d'avant en arrière, mais les lieux étaient déserts.

— Elle n'est pas ici, déclara Léonie, de manière tout à fait superflue.

Elle sentait qu'elle devait parler pour empêcher Felmy de devenir fou.

Il faisait toujours incroyablement lourd. Léonie sentait sa robe d'été légère lui coller au corps et vit Felmy essuyer des gouttes de sueur sur son front. Ils tournèrent à droite pour emprunter un étroit chemin de terre menant à une espèce de taillis.

— Emma ? Emma ?! lançait régulièrement Léonie.

Paul Felmy, lui aussi, ne cessait de crier le prénom de sa fille. Ses appels se faisaient de plus en plus désespérés. Parfois, ils s'arrêtaient, pensant avoir entendu un bruit. Mais c'était un oiseau qui battait des ailes ou un écureuil grimpant avec agilité le long d'un tronc d'arbre.

Ils continuèrent de marcher. Le crépuscule tombait lentement sur le parc. Les arbres et les buissons perdaient leurs couleurs, se transformant en d'étranges ombres dans la lumière déclinante. Alors qu'ils atteignaient le troisième des parcs, le portable de Léonie sonna. Elle décrocha précipitamment, son cœur battant la chamade.

C'était Maxie.

— Vous l'avez retrouvée ? s'écria Léonie, et les yeux de Paul Felmy s'écarquillèrent.

— Non, répondit Maxie, soucieuse. J'espérais que vous, si. Elle n'a pas l'air d'être dans les parages, alors on fait demi-tour et on rentre.

Il faisait noir lorsqu'ils arrivèrent au salon de thé. Anthony les attendait, la mine très inquiète. Après quelques mots échangés, le découragement les gagna.

— Je pense qu'on va devoir appeler la police, monsieur Felmy, dit finalement Léonie avec douceur. Vous auriez une photo d'Emma sur votre téléphone ?

Felmy hocha la tête, se passa les mains sur le visage.

Ils téléphonèrent à la police et décrivirent la situation. Les agents prirent note des informations dans le calme. Ce n'était pas la première fois, loin de là, qu'un enfant ne rentrait pas à l'heure chez lui le soir. Et dans la plupart des cas, il y avait une raison très banale à cela.

— Bon ! La police a toutes les infos et lance un avis de recherche par radio. On avance ! déclara Léonie, à moitié soulagée.

Puis elle adressa un petit signe de tête à Maxie et lui demanda :

— Tu pourrais peut-être appeler les urgences ?

Et tandis que Maxie se mettait à téléphoner et qu'Anthony préparait du café pour tout le monde, Léonie s'approcha de Paul Felmy, affalé sur une chaise Thonet. Elle posa devant lui un double espresso et passa brièvement son bras autour de son épaule.

— Tenez, buvez ça, monsieur Felmy, ça vous remontera un peu. Vous l'aimez noir, hein ? fit-elle en s'étonnant d'avoir retenu ce détail. La police trouvera certainement Emma assez vite, elle n'a pas pu aller bien loin.

Paul Felmy but machinalement son café.

— Oui, certainement, répéta-t-il d'une voix atone.

Léonie dut alors prononcer une phrase qu'elle n'avait aucune envie de prononcer :

— Et… peut-être serait-il bon malgré tout d'informer la mère d'Emma, maintenant.

Felmy pressa ses lèvres l'une contre l'autre et hocha de nouveau la tête. Puis il se leva et sortit pour passer son appel devant le salon de thé.

Léonie l'observait à travers la vitre pendant qu'il allait et venait nerveusement sur le trottoir, faisant des gestes de la main pour apaiser une interlocutrice invisible.

— Nooon, ça ne s'est pas passé comme ça ! l'entendit-elle dire deux ou trois fois avec agitation. Écoute-moi, Marie !

Florian se tenait debout près du comptoir, mal à l'aise. Cet événement dramatique ne correspondait sans doute pas à sa conception hédoniste de la vie. Après avoir terminé son cappuccino, il jeta un coup d'œil en direction de Maxie, qui était toujours au téléphone avec les urgences des hôpitaux, et haussa les épaules.

— Bon, ben je pense que je vais décoller moi, lâcha-t-il. Il n'y a plus rien que je puisse faire ici. Et puis vous, vous vous débrouillez comme des chefs !

Il fit un clin d'œil à Maxie et un sourire désarmant à Léonie, qui se contenta de hausser les sourcils. Plus rien ne l'étonnait, venant de ce type.

— Bon, aucune petite fille prénommée Emma n'a été admise ce soir. Au moins, elle n'a pas eu d'accident, annonça Maxie en raccrochant.

Il s'agissait d'une bonne nouvelle, mais personne ne semblait vraiment s'en réjouir.

C'est alors que Mimi accourut et vint frotter sa tête contre les jambes de Maxie. Elle s'étonnait sûrement de voir toutes ces personnes rassemblées dans le salon de thé à un moment de la journée où son petit royaume n'appartenait qu'à elle, en temps normal.

Maxie se mit à caresser distraitement sa fourrure blanche comme neige.

— Oui, ma gentille Mimi, oui… Quelle agitation ! Alors qu'Emma aurait très bien pu avoir Lavande, en plus, murmura-t-elle, consternée. J'avais prévu de donner certains des chatons, de toute façon.

Plus personne ne disait mot.

— Cette attente va me rendre fou ! s'écria soudain Paul Felmy qui se leva d'un bond, manquant trébucher sur Aphrodite et Neruda qui s'étaient postés devant sa chaise. Il faut faire quelque chose, agir.

Il griffonna son numéro de téléphone portable sur un morceau de papier qu'il tendit à Léonie.

— Tenez, appelez-moi s'il y a du nouveau. Je retourne chez moi, Emma est peut-être rentrée à la maison, allez savoir…

— Vous ne préférez pas essayer d'abord de la joindre sur le fixe ? proposa Léonie, mais Paul Felmy s'était déjà précipité vers la sortie.

Il revint au salon de thé au bout d'un moment. Lorsqu'il entra, tous les regards se tournèrent vers lui mais il secoua la tête et se laissa tomber lourdement dans le canapé bleu. Mimi sauta par terre, effrayée, avant de fixer le fauteur de troubles à distance respectueuse. Ce canapé lui appartenait, mais comment Paul Felmy aurait-il pu le savoir ?

— Quelqu'un veut un autre café ? s'enquit Anthony.

Keep calm and drink a coffee, voilà ce qu'annonçait ce jour-là son tee-shirt vert pomme. « Reste calme et prends un café » : un mot d'ordre parfaitement adapté à la situation…

— J'aimerais plutôt un verre d'eau, répondit Léonie au jeune Anglais qui bâillait discrètement. J'ai tellement chaud…

Elle prit son bloc-notes pour s'éventer. Bien que l'horloge affiche déjà vingt-deux heures trente, l'air ne semblait pas se rafraîchir. Léonie alla ouvrir la porte du salon de thé et observa les alentours de la place. On entendait un faible grondement de tonnerre et au loin, un éclair déchira le ciel.

Emma, mais où es-tu? demanda silencieusement Léonie.

Pourvu, pourvu que la fillette soit en sécurité! Léonie se dirigea vers le canapé et s'assit à côté de Paul Felmy, qui regardait devant lui d'un air sombre.

Cette attente commune ne servait pas à grand-chose, ils ne pouvaient absolument rien faire de plus, mais aucun d'entre eux ne voulait abandonner ce père si angoissé et désemparé.

— La police va la retrouver, répéta Léonie. Une petite fille, ça ne se volatilise pas aussi facilement. Je parie qu'Emma s'est réfugiée dans une des cabanes des jardins ouvriers, et qu'elle y dort.

Elle ne voulait pas s'imaginer autre chose.

— Il faut s'attendre à un gros orage, déclara brusquement Maxie qui s'était approchée de la porte.

Dehors, le vent venait de se lever, rafraîchissant l'atmosphère.

C'est alors qu'aussi subitement qu'une tornade, quelqu'un déboula dans le Fräulein Paula, renversant presque la propriétaire des lieux.

Marie Felmy avait tout d'une apparition ; c'était le type de femme qu'on remarquait forcément. Elle se rua sur Paul Felmy, ses boucles rousses volant autour de ses épaules à la manière d'un brasier ardent.

— Où est Emma ? Où est ma fille ? s'écria-t-elle. On l'a retrouvée ?

Felmy avait sursauté en voyant son ex-femme surgir comme une furie. Il secoua la tête, écarta les bras dans un geste d'excuse.

— La police cherche toujours.

— « La police cherche toujours ? » le singea la jeune femme rousse dont les yeux sombres, luisants comme des agates, semblaient vouloir poignarder son ex-mari. Je n'y crois pas ! Je vais me réveiller ! Et puis d'abord, comment Emma a-t-elle pu disparaître ? Tu es totalement incompétent, Paul. Tu ne peux pas mieux t'occuper de notre fille ? Elle a probablement encore passé toute la journée seule. S'il lui arrive quelque chose ça sera de ta faute, entièrement de ta faute. Mais quel genre de père es-tu ?

Tout le monde dans le salon de thé se taisait, estomaqué par cette tirade.

Felmy se rassit avec des airs de chien battu, sans même essayer de se défendre.

Léonie, qui était dotée d'un sens aigu de la justice, choisit d'intervenir.

— Madame Felmy, s'il vous plaît, calmez-vous ! Emma a disparu, oui. Mais personne n'est à blâmer pour quoi que ce soit. Votre mari travaillait.

Cette femme se comportait comme si Paul Felmy passait son temps à se balancer dans un hamac et à boire de la bière…

— Emma était introuvable lorsqu'il est rentré, poursuivit-elle. Ensuite seulement, il a découvert qu'Emma n'était pas allée à l'école le matin. Il se fait au moins autant de souci que vous !

Marie Felmy fit volte-face.

— Tiens donc, et vous êtes qui, vous ? demanda-t-elle en toisant Léonie de haut en bas.

— Je suis Léonie Beaumarchais, l'institutrice d'Emma. Je vous explique : Emma est partie d'ici en emmenant discrètement un des chatons, Lavande, et comme elle avait peur de devoir la rendre elle s'est enfuie avec, vous comprenez ? Votre mari n'y est pour rien.

— Mon ex-mari, vous voulez dire. Lavande… Mais quel nom stupide pour un chat ! Enfin, peu importe.

Marie Felmy secoua la tête avec agacement, et ses boucles rousses vinrent encadrer son visage au charme particulier, aux fins sourcils arqués.

— Paul, tu veux bien dire à cette institutrice de rester en dehors de nos affaires ? Elle me tape sur le système.

Léonie lâcha un grognement indigné, si outrée qu'elle n'arriva pas à trouver de repartie appropriée. Sa meilleure amie vint alors se poster à côté d'elle, bras croisés devant la poitrine, façon chef de gang. Les yeux de Maxie brillaient d'un éclat dangereux.

— Et vous, pourriez-vous arrêter de crier ? Je ne vous laisserai pas non plus insulter mon amie. Si vous n'êtes pas capable de vous comporter correctement, je vais devoir vous demander de partir.

— Je dois vraiment supporter ça, Paul ? Il s'agit de ma fille, siffla Marie en regardant son ex-mari d'un air qui le sommait d'agir.

Maxie ne se laissa pas impressionner.

— Votre fille, oui, on est déjà au courant, merci. Vous parlez très fort, on n'est pas sourds.

— Mais qui sont ces gens ? Paul, ne reste pas planté là comme une souche. Dis quelque chose !

— S'il te plaît, ne t'énerve pas comme ça. Ce sont tous des amis d'Emma. Cela fait des heures que nous la cherchons.

— Alors ça c'est fort de café ! Et moi je ne l'apprends que maintenant ? s'indigna Marie.

Léonie comprenait de mieux en mieux pourquoi Paul Felmy ne souhaitait pas alerter son ex-épouse. Cette femme avait tout de la grenade qui ne demandait qu'à exploser. Sans compter qu'elle se montrait injuste. Pourquoi ne la remettait-il pas à sa place ?

Léonie lui adressa un sourire encourageant. *Ne vous laissez pas faire*, disait son regard, mais le père d'Emma baissa les yeux.

— Je suis désolé, Marie, murmura-t-il.

— Désolé, désolé… Tu peux m'épargner tes excuses, abruti ! Elles ne feront pas revenir Emma. Si tu t'étais mieux occupé d'elle, elle ne se serait pas enfuie.

— Madame Felmy, ça suffit ! s'écria Léonie. Arrêtez d'accabler votre mari.

— Ex-mari, je passe mon temps à le répéter. Paul, je vois que tu t'es dégoté une avocate très motivée. Une institutrice. Mignon comme tout !

Elle se tourna de nouveau vers Léonie, avec une grimace railleuse.

— Que savez-vous au juste ? Vous ne savez rien, rien du tout.

— J'en sais assez pour m'être fait une opinion, déclara fermement Léonie. Votre mari, pardon, ex-mari, est présent pour Emma lui au moins. Alors que vous…

Mais Paul Felmy l'interrompit avec un petit signe conciliant de la main.

— Ne vous donnez pas cette peine, lâcha-t-il d'un ton las. Nous ferions mieux de régler ça entre nous. Allez viens, Marie.

Il prit son ex-femme par le bras et l'entraîna dehors avec une grande douceur. Léonie continua de les observer tandis qu'ils s'éloignaient dans la rue. Felmy parlait et Marie Felmy semblait se calmer progressivement, sa voix devenant de moins en moins forte, jusqu'à ce que Léonie n'entende plus rien. Quelle personne odieuse ! Ex-femme ou pas, elle semblait toujours exercer un grand pouvoir sur le père d'Emma.

— *Good Lord*, c'est ce que j'appelle une furie ! lança Anthony qui avait assisté au spectacle depuis le comptoir. *But very sexy.*

Il siffla en écarquillant les yeux, tout le monde rit et la tension retomba l'espace d'un instant.

— Merci pour ton soutien, Maxie, fit Léonie.

— Pas de quoi, tu sais bien que je ne laisserai jamais personne s'en prendre à toi, déclara Maxie en lui faisant un clin d'œil.

Leur complicité était de retour.

Revenant seul vingt minutes plus tard, Paul Felmy présenta ses excuses pour l'altercation qui avait eu lieu.

— Marie ne pensait pas ce qu'elle a dit. Elle est à bout de nerfs. Et en plein *jet-lag*, elle rentre à peine du Kenya. Je lui ai conseillé d'attendre chez moi pour ne pas… envenimer la situation. Je la préviendrai dès qu'Emma aura réapparu.

Léonie acquiesça, légèrement vexée. Elle avait l'impression, au contraire, que Marie avait dit exactement ce qu'elle pensait.

— Eh bien moi, je trouve que votre ex-femme a tendance à dépasser les bornes, commenta-t-elle d'un ton un peu sentencieux. Vous ne devriez pas tout accepter…

— Je sais bien, répondit Paul Felmy avec un sourire navré. Mais je suis plutôt dans une mauvaise passe…

La police appela peu avant minuit. Une petite fille blonde avait été retrouvée devant le kebab de la gare centrale. Elle n'avait pas de chat avec elle, mais s'appelait bien Emma. La fillette, complètement désorientée, sanglotait en tenant des propos incompréhensibles. Et mis à part son prénom, elle n'avait pas encore dit grand-chose.

— Nous l'emmenons au poste, précisa le fonctionnaire de police. Vous pourrez la récupérer là-bas.

— J'arrive tout de suite ! cria Felmy qui raccrocha hâtivement, attrapa ses clés de voiture et se rua hors du salon de thé.

— *Thank God, it's over !* Fini ! soupira Anthony, exprimant à voix haute l'intense soulagement de tous.

— Attendez, je vous accompagne ! s'exclama Léonie qui s'empressa de suivre le père d'Emma.

— La gare centrale, mais quel endroit horrible ! gémit Felmy quelques instants plus tard, alors qu'ils venaient de s'installer dans sa Saab bleu foncé. Il y a toute une faune peu fréquentable qui y traîne la nuit.

L'idée de sa petite fille innocente errant parmi les sans-abri et les dealers semblait le rendre physiquement malade. Il était blême.

Léonie tenta de le rasséréner :

— Dieu merci, il ne s'est rien passé. Emma doit avoir un ange gardien.

Léonie s'interrogeait tout de même sur le sort du chaton… Elle baissa sa vitre, et un courant d'air chaud fit tourbillonner ses cheveux.

Felmy roulait à vive allure sur le boulevard circulaire. La ville plongée dans la nuit défilait sous leurs yeux.

— Attention, c'est une zone à trente ici, prévint Léonie alors que Paul Felmy dépassait à toute vitesse un cycliste empruntant l'esplanade Kaiser-Wilhelm en direction du Rhin, sur un vélo sans feu.

— Peu importe, marmonna Felmy.

Léonie se carra dans son siège et lui jeta un regard furtif, de côté.

Le « chevalier de la triste figure », qui s'était écrasé devant son ex-femme, présentait soudain une expression sacrément déterminée. Ses mains délicates tenaient le volant avec fermeté. Assis sur son siège, l'air très concentré, on le sentait tendu à l'extrême. *Comme un puma sur le point de bondir*, se dit Léonie. Et elle songea que Paul Felmy adoptait sûrement cette disposition d'esprit quand il faisait ses plaidoiries au tribunal.

Le téléphone portable de ce dernier sonna plusieurs fois, mais il ne parut pas le remarquer. Léonie ne prononça pas un mot non plus. Vu l'heure avancée, cela ne pouvait être que sa furie d'ex-femme.

Quelques minutes plus tard, ils s'arrêtaient devant la gare centrale. Ils se précipitèrent dans le hall, mais une mauvaise surprise les attendait lorsqu'ils s'engouffrèrent dans le poste de police.

La petite fille était assise sur une chaise en plastique, ses longs cheveux blonds tombant comme un rideau devant son visage barbouillé de larmes. Elle balançait ses jambes d'avant en arrière, l'air un peu perdu, et tenait un gobelet en carton contenant du jus d'orange.

Mais ce n'était pas Emma.

Un policier s'approcha d'eux, navré pour cette méprise. La fillette s'appelait Emily Becker, pas Emma Felmy.

— Nous venons seulement de le découvrir, je suis désolé. J'ai essayé de vous joindre au téléphone, mais je suppose que vous étiez déjà en route.

— Non, ce n'est pas possible ! s'écria Felmy, catastrophé.

Il était sur le point de craquer, et Léonie prit instinctivement sa main.

— Vraiment désolé, répéta l'officier. Quand cette petite fille a dit qu'elle s'appelait Emma, nous avons naturellement pensé que c'était la vôtre…

Il les considérait avec compassion, pensant certainement qu'ils étaient les parents d'Emma.

Léonie vit que Paul Felmy s'efforçait de se calmer : ses mâchoires travaillaient.

— Nous vous contacterons dès qu'il y aura du nouveau, déclara le policier. En attendant, je vous conseille de rentrer chez vous. Ça ne sert à rien de passer une nuit blanche. Essayez de dormir un peu, même si c'est difficile. Nous allons la retrouver. Quatre-vingt-dix pour cent des fugueurs finissent par rentrer, sains et saufs.

Et les dix pour cent restants ? se demanda Léonie.

De retour dans la voiture, Felmy s'affaissa sur son volant, le haut du corps secoué de tremblements. Le cœur de Léonie se serra.

— Monsieur Felmy ? … fit-elle en pressant doucement son épaule. Paul ? Hé, Paul ! Tout va bien se passer. Emma n'est pas partie depuis si longtemps… On va la retrouver.

Un gros sanglot s'échappa de la poitrine du pauvre homme.

— Mais qu'est-ce que j'ai fait ? Si vous saviez comme je regrette de ne pas l'avoir laissée garder ce foutu chat, gémit-il. Elle ne se serait jamais enfuie.

— Oh, Paul… Paul…

Consternée, Léonie passa un bras autour de ses épaules et le serra contre elle. La voiture plongée dans la pénombre leur faisait comme un cocon isolé du reste du monde.

— Vous pouvez encore lui permettre de garder Lavande, vous savez, reprit Léonie.

Un coup de tonnerre retentit.

Léonie regarda en direction du Dom éclairé qui se dressait haut dans le ciel. La lumière crue d'une enseigne lumineuse fixée au bâtiment de la gare se mit à clignoter de façon saccadée. Puis les premières gouttes vinrent tambouriner sur le toit de la voiture.

Il pleuvait… enfin !

— Ce serait peut-être chouette qu'Emma ait un animal dont s'occuper. Elle ne se sentirait plus aussi seule quand vous devez travailler tard. Vous pourrez bientôt en discuter avec elle, dès qu'elle sera revenue…

— Si elle revient, précisa vivement Paul Felmy, le visage déformé par la douleur.

Il se passa la main dans les cheveux, luttant pour se reprendre.

— Désolé… Je suis tellement désespéré ! Marie a raison, je suis un mauvais père.

— N'écoutez pas ces sornettes ! Ne laissez pas votre ex-femme vous en convaincre, Paul. Vous êtes un bon père. Et si Emma n'a pas encore tout à fait digéré votre rupture, ce n'est certainement pas de votre faute. Ça aussi, ça finira par s'apaiser avec le temps, croyez-moi. Les enfants s'adaptent souvent mieux aux nouvelles situations que les adultes. Emma est une petite fille vraiment gentille ; réservée, d'accord, mais sur la bonne voie. Il faut penser positif, vous voyez ?

— Moui, enfin je suppose, commenta Paul Felmy avant de prendre une profonde inspiration, fixant la pluie qui battait le pare-brise. Espérons que tout se termine bien…

Il mit le contact et les essuie-glaces commencèrent leur ballet frénétique.

— Merci de m'avoir accompagné, Léonie… Je peux vous appeler Léonie, au moins ?

— Oui, bien sûr, sourit la jeune femme. C'est tout naturel que je vous apporte mon soutien.

— Non, ça ne l'est pas, contesta-t-il avant de démarrer. Bon, je vais vous raccompagner chez vous…

Ils roulèrent en silence, sous la pluie qui se déversait à torrents. La visibilité était mauvaise et ils progressaient très lentement.

Léonie sentit une grande lassitude l'envahir et ferma les yeux. Aussitôt, le visage en forme de cœur d'Emma surgit derrière ses paupières closes. Elle revit la petite fille jouant avec Lavande dans le salon de thé, entendit son rire argentin. S'amuser avec le chaton lui faisait du bien. En plus de cela, tout allait beaucoup mieux depuis qu'Emma s'était liée d'amitié avec Maja, une élève populaire de sa classe, à qui elle avait offert son portrait façon « Fifi Brindacier ». Emma évoluait avec bonheur dans le sillage de Maja, s'en détachant parfois pour faire ses petites choses bien à elle. Et Léonie se remémora ce jour où Emma avait réalisé ce portrait dans la vieille cabane après la bagarre dans la cour de l'école ; la fillette s'était réfugiée dans l'arbre pour peindre, comme si le monde extérieur ne pouvait pas l'y atteindre.

Léonie écarquilla les yeux, brusquement tirée de sa torpeur.

— Paul ! s'écria-t-elle avec excitation en regardant l'homme qui dirigeait de son mieux sa voiture sous les trombes d'eau, pâle et perdu dans ses pensées. Je pense que je sais où est Emma !

Le trajet jusqu'à l'école (à la périphérie d'Ehrenfeld) n'était pas long mais Léonie, qui connaissait le quartier comme sa poche, guida Paul Felmy de rue étroite en rue étroite, l'eau éclaboussant la voiture chaque fois qu'ils traversaient de profondes flaques d'eau.

— Voilà !

Ils s'arrêtèrent devant l'établissement scolaire, au pied d'un lampadaire. Quelques secondes plus tard, ils couraient jusqu'à l'entrée principale sous la pluie battante.

Léonie était si nerveuse qu'elle lâcha ses clés. Paul Felmy se pencha en même temps qu'elle pour les ramasser, et ils faillirent se cogner la tête. L'espace de quelques secondes, son visage fut très proche de celui de Léonie. Ils échangèrent un regard et la jeune femme sentit son cœur s'arrêter un instant devant les doux yeux sombres de Paul Felmy qui la sondaient. Puis, rapidement, elle attrapa le trousseau et se redressa pour déverrouiller la porte.

Ils traversèrent la cour de l'école. Léonie, qui marchait devant et ne voyait pas grand-chose, jura à mi-voix en mettant le pied dans une flaque d'eau. Elle désigna enfin l'énorme arbre qui s'élevait au bout de la cour et se mit à courir, suivie de Felmy.

Lorsqu'ils atteignirent le mur de pierre, Léonie fit signe à Paul Felmy d'attendre et de se taire en plaçant l'index sur ses lèvres. Debout l'un à côté de l'autre sous les larges branches du vieux châtaignier dont le feuillage laissait passer des gouttes de pluie, ils tendirent l'oreille.

Ils perçurent alors au-dessus de leurs têtes un léger miaulement, et une voix enfantine murmurant quelques mots.

— Emma ! s'écria Paul Felmy.

Il y eut du mouvement dans la cabane. Une branche fut écartée, puis le petit visage d'Emma apparut entre les feuilles. Serrant Lavande contre elle, elle regarda en bas.

— Papa ? fit la fillette avant de se mettre à sangloter. Papa…

Paul Felmy escalada avec agilité les marches glissantes de l'échelle en bois fixée au tronc du châtaignier. Léonie le vit entrer dans la cabane, serrer sa fille contre lui.

— Oh, Emma ! dit-il simplement, et ces deux petits mots recelaient tout son amour pour elle.

Puis tous deux ne dirent plus rien pendant un long moment, tandis que la pluie s'abattait sur le feuillage de l'arbre. Même Lavande avait arrêté de miauler.

— Tout va bien là-haut ? demanda Léonie rompant ainsi le silence.

Sa robe lui collait au corps, ses sandales à lanières étaient trempées. Mais cela n'avait aucune importance.

— Madame Beaumarchais ! s'exclama Emma, stupéfaite, en apercevant son institutrice. Vous êtes là, vous aussi ?

Un énorme coup de tonnerre retentit et Léonie sursauta.

— Montez vite, madame Beaumarchais, vous allez être toute mouillée !

— Je suis déjà toute mouillée, répondit Léonie avant de retirer ses sandales et de grimper à l'échelle, pieds nus.

Il faisait sombre dans la cabane, comme dans une grotte, et étonnamment sec. Léonie s'installa en tailleur sur les planches de bois grossièrement assemblées et ils restèrent ainsi côte à côte, Paul, Emma tenant Lavande sur ses genoux et elle-même ; l'orage faisait rage au-dessus de leurs têtes mais ils ne s'en souciaient pas, heureux et soulagés que le cauchemar ait pris fin.

L'orage finit par s'éloigner et une immense quiétude régna dans leur cachette, au cœur du vieux châtaignier. Ils écoutaient le bruit de la pluie qui s'atténuait, réunis par une intimité aussi forte que s'ils se connaissaient depuis des années.

C'est drôlement agréable une cabane comme ça! constata Léonie avec surprise. Pas étonnant qu'Emma en ait fait son endroit préféré…

Elle regarda la fillette qui ne se lassait pas de caresser Lavande, et lui demanda :

— Dis, Emma… Tu nous as fait une sacrée frousse en fuguant comme ça, tu t'en rends compte ?

Emma baissa la tête.

— Je ne savais pas quoi faire, expliqua-t-elle d'une toute petite voix. Je voulais ramener Lavande, mais je n'y arrivais pas.

Ses yeux se remplirent à nouveau de larmes, et elle poursuivit :

— Alors j'ai utilisé mon argent de poche pour lui acheter de la nourriture à l'animalerie de la rue de Subbelrather Straße, et un sac pour la transporter, et après je suis revenue ici pour réfléchir. Mais l'orage est arrivé, et j'ai eu peur.

— Tout va bien maintenant, Emma, assura son père en l'attirant contre lui pour lui caresser tendrement les cheveux. Mais j'étais mort d'inquiétude. Tu dois me promettre de ne plus jamais t'enfuir, d'accord ? On rencontre parfois des problèmes dans la vie, c'est tout à fait normal. Mais il existe une solution pour chaque problème. Par contre, fuir n'est jamais une solution, tu comprends ?

Emma acquiesça et se blottit contre son père.

— Tu es toujours en colère contre moi ? demanda-t-elle à voix basse.

— Oh, Emma, bien sûr que non ! Je t'aime infiniment. Et même si on se dispute de temps en temps, je t'aime. Je t'aimerai toujours. Toujours. Toujours. Toujours.

— Moi aussi je t'aimerai toujours, toujours, toujours, papa.

Lavande miaula et la fillette serra le chaton contre elle.

— J'aime aussi Lavande... Je ne peux vraiment pas la garder ?

Paul Felmy lâcha un soupir vaincu en regardant Léonie, et ils échangèrent un sourire complice.

— Très bien, espèce de petite chipie ! conclut Felmy. Si Maxie n'y voit pas d'inconvénient, moi non plus. Mais pour l'instant, on doit aller dire à maman qu'on t'a retrouvée. Elle nous attend à la maison.

Paul Felmy appela son ex-femme, puis ils se mirent en route. Emma s'assit à l'arrière de la Saab, avec Lavande dans son sac de transport. La jeune fugueuse aurait dû être morte de fatigue, mais elle bavardait sans arrêt, ravie qu'on lui permette de garder le chaton et que sa maman soit rentrée d'Afrique. Léonie était heureuse elle aussi, et comment ! Mais après que Paul Felmy l'eut déposée devant chez elle et remerciée une fois de plus, elle s'attarda sur le trottoir, un peu perdue, regardant la voiture bleu foncé s'éloigner en direction d'Ehrenfeld.

La grande aventure se concluait par un happy end, mais elle éprouvait une sensation bizarre à l'idée que l'avocat aux doux yeux sombres partait retrouver, avec sa fille, la femme rousse qui les attendait.

Léonie se sentait… exclue, même s'il n'y avait aucune raison valable à cela.

Paul Felmy était le père de son élève. Rien de plus… Elle avait passé très peu de temps avec lui. Et qu'il aille maintenant rejoindre la mère de sa fille était parfaitement normal.

Pourtant, Léonie avait l'impression que quelque chose clochait.

Toutes ces heures inquiètes, intenses et émouvantes qu'ils avaient partagées depuis le premier coup de fil angoissé de Felmy – la recherche dans les parcs derrière la place, l'attente anxieuse au salon de thé, le trajet à toute allure, le désespoir au commissariat, la proximité électrique avec Felmy lorsqu'elle avait laissé tomber ses clés, la course sous l'averse jusqu'au châtaignier, le cœur battant, et ce moment de retrouvailles dans la cabane où ils étaient ensemble, épuisés et heureux, dans l'intimité de la nuit, tandis qu'une pluie tropicale tambourinait sur les feuilles –, tout cela lui avait donné le sentiment de s'être énormément rapprochée de Paul Felmy.

En règle générale, il faut un certain temps pour connaître véritablement quelqu'un. Cela peut parfois prendre des années. Les traits de caractère, les préférences, les craintes et les désirs se révèlent progressivement. Mais dans des circonstances particulières, dans les moments existentiels d'une vie, quand les murs de protection dont chacun s'entoure si soigneusement sont ébranlés, que des fissures s'ouvrent et qu'à travers on aperçoit soudain l'âme d'une personne, on découvre sa nature profonde, dans toute sa vulnérabilité et son authenticité… et là, l'ensemble des lois du rapprochement humain sont suspendues. Et l'on peut toucher du doigt le cœur de l'autre, s'en approcher à la vitesse de la lumière.

— À plus tard, je vous appelle, lui avait dit Paul Felmy à voix basse en se tournant vers elle, dans la pénombre de la voiture. Je ne sais pas ce que j'aurais fait sans vous, Léonie. Vous êtes mon ange !

Il la regardait et avait pris sa main, un peu trop longuement pour que le geste soit dépourvu de signification.

En restant dans la rue déserte, Léonie gardait contact avec tous les événements de la soirée. Les lumières étaient éteintes depuis longtemps chez Pane e Cioccolata. Toute la moiteur avait disparu avec l'orage. L'atmosphère était agréable et

Léonie prit une grande respiration en admirant le ciel d'encre.

Quoi qu'il arrive, elle savait qu'elle avait partagé un moment existentiel avec le père d'Emma. Et qu'elle n'oublierait jamais cette nuit.

Paul Felmy pourrait bien être le type d'homme à qui ouvrir sa porte, finalement, comme l'avait prédit avec justesse Mme Siebenschön lors de leur rencontre impromptue au restaurant italien. Mais Léonie n'était pas sûre de la place que tenait la rousse Marie dans la vie du père d'Emma…

18

Susann Siebenschön n'avait pas la moindre idée de ce qui se passait en Allemagne. Elle n'était pas au courant du désarroi qui avait saisi le cœur de sa charmante *cat-sitter* – laquelle avait cessé de l'être –, ni du fait que Mimi était devenue la mère de cinq chatons, dont l'un s'appelait Lavande, et que la petite troupe était désormais l'attraction d'un salon de thé place de Lenauplatz. Susann savait seulement qu'elle partageait des journées délicieuses en compagnie de Giorgio Pasini.

Ils avaient fait une excursion le long de la côte amalfitaine, dans l'un de ces bateaux à vapeur démodés, et débarquant à Positano, ils s'étaient perdus de la plus belle des manières dans le dédale des ruelles étroites montant en pente raide. Susann avait acheté une de ces robes en lin blanc ornées de broderie anglaise, à la mode à Positano depuis des décennies. Lorsqu'elle était sortie avec hésitation de la cabine d'essayage, séparée du reste de la boutique bondée par un simple lé de tissu clair, Giorgio l'avait regardée avec tant d'admiration que ses doutes s'étaient aussitôt envolés : oui, une femme de son âge pouvait porter une robe de ce genre. Pendant ces vacances, tout semblait possible !

En fin d'après-midi, ils s'étaient installés à la terrasse du Sirenuse, un élégant hôtel datant des années cinquante quand Positano était encore un village de pêcheurs, isolé du monde et sans route d'accès digne de ce nom ; un eldorado pour les artistes et les bohèmes, avec des criques désertes et des endroits retirés. Ils y avaient bu un Spritz avec des glaçons, appréciant la vue imprenable sur la mer, et avaient complètement oublié l'heure. Giorgio avait fini par rejoindre le bord de la terrasse. Regardant le port en contrebas, où un bateau d'excursion blanc venait de lever l'ancre, il avait dit :

— *Mamma mia*, j'ai bien peur que ce soit notre bateau !

— Oh mon Dieu ! s'était exclamée Susann.

D'un bond, elle s'était approchée de Giorgio, retenant sa capeline de paille à deux mains pour l'empêcher de s'envoler.

— Mais qu'est-ce qu'on va faire ?

— On va rester ici.

Giorgio avait réussi à leur trouver une chambre au Sirenuse. Une minuscule chambre pour deux avec vue sur mer. Le lit remplissait presque toute la pièce et le prix de la nuitée (que Giorgio avait essayé sans succès de lui cacher) avait coupé le souffle à Susann, mais leur court séjour le méritait. Jusqu'au dernier cent.

Cette nuit-là, s'approchant doucement de la fenêtre pour ne pas réveiller Giorgio, elle avait longuement contemplé la baie, le massif rocheux où des centaines de lumières éclairaient les maisonnettes accrochées à la pente, baignant tout d'un halo doré... et elle s'était dit que jamais de sa vie elle n'avait rien vu d'aussi beau. Elle songeait qu'elle n'avait pas connu des semaines aussi insouciantes depuis sa lune de miel avec Bertold. Peu importe ce qui se passerait ensuite, comment tout cela se terminerait – car cela finirait sans doute un jour, hélas –, elle ne regrettait rien, pas une seule minute. C'était un cadeau que la vie lui offrait, une fois de plus.

Elle n'avait pas eu besoin d'avertir l'Hotel Paradiso de son absence. Pour la bonne raison qu'elle n'y logeait plus. Lorsqu'elle avait voulu prolonger son séjour pour la troisième fois, Massimo avait consulté son ordinateur en fronçant les sourcils, l'air préoccupé.

— Oh, *signora* Siebenschön, j'ai bien peur de ne rien pouvoir faire pour vous.

C'était la haute saison à Ischia et il n'y avait plus la moindre chambre disponible au Paradiso, ou uniquement en contrebas, au Paradiso Garden. Mais c'était là qu'on trouvait les familles et leurs enfants remuants, et pour dîner, il fallait grimper tous les soirs le chemin abrupt qui menait au bâtiment principal. Susann ne voulait pas s'y installer. C'est alors que Giorgio lui avait proposé de passer le reste de ses vacances dans sa maison, située sur une des pentes boisées au-dessus d'Ischia Porto. Susann avait hésité, avant de se sentir un peu stupide. Après tout, c'était pour Giorgio Pasini qu'elle prolongeait encore et encore ses vacances.

— Juste quelques jours, Susana, *amore mio*. Viens chez moi, tu me rendrais si heureux. Je n'habite pas dans un palais, mais il y a une chambre d'amis avec salle de bains privée. Tu y seras tranquille et tu pourras faire comme tu veux. J'irai au magasin le matin, on se verra au moment de la *siesta*, et puis le soir tu me rejoindras à Ischia Ponte, on ira jusqu'au Castello et on admirera Naples. S'il te plaît, dis oui !

Elle avait ri, puis dit oui. Elle n'avait pas eu à le regretter.

Bien sûr, il y avait parfois des malentendus et des petites querelles, comme cela arrivait entre amoureux, mais sachant qu'ils avaient déjà toute une vie derrière eux, ils s'entendaient étonnamment bien. Peut-être parce qu'ils avaient tous les deux gagné en tolérance, qu'ils n'avaient pas l'ambition de « changer » l'autre. En vieillissant, on finissait par prendre conscience qu'on ne pouvait pas réellement changer une personne. Et quand on était intelligent, on se concentrait sur les qualités qu'on appréciait chez son partenaire, et on passait l'éponge sur le reste avec magnanimité.

Le jour de son anniversaire, Giorgio escalada le mont Epomeo avec Susana, et tout là-haut, dans le restaurant où elle avait mangé avec son mari le jour fatidique, il lui prit la main et dit :

— Susana, je ne suis pas Bertold, je suis juste Giorgio, mais je t'aime de tout mon cœur. Soyons heureux ensemble. Reste avec moi à Ischia. Tu ne le regretteras pas.

C'est alors que Susann Siebenschön, pour la première fois, souhaita ne pas être aussi affreusement allemande.

— Giorgio, j'aimerais que ce soit aussi simple, mais il faut bien que je rentre chez moi un jour !

— Mais pourquoi ? Il fait froid en Allemagne, le pays n'est pas accueillant, les gens se tuent à la tâche et il pleut toujours. La *dolce vita* est tellement plus agréable !

Susann ne put s'empêcher de sourire.

— Effectivement, il pleut souvent, surtout à Cologne. Mais tu sais ce qu'on dit de ma ville ? Que c'est la plus belle du monde !

Et Susann revit le Rhin, le long duquel elle se promenait déjà enfant, ainsi que le Dom, cette sublime cathédrale qu'elle mourait d'envie de montrer à Giorgio. Elle songea ensuite à sa chatte blanche, qui ne pouvait plus se promener sur son toit-terrasse de la rue d'Eichendorffstraße depuis bien trop longtemps.

— Et puis il y a Mimi, bien sûr, reprit-elle.

— Mimi ? Qui est Mimi ?

Il semblait avoir oublié cette partie de leur toute première conversation dans sa boutique.

— Eh bien, mon chat, à qui je dois manquer terriblement. Je ne peux pas la laisser plus longtemps avec la jeune femme qui s'occupe d'elle. Je dois rentrer à la mi-juillet au plus tard. Pourquoi ne pas m'accompagner, Giorgio ? Tu peux habiter chez moi. Je n'ai pas de maison, mais mon appartement est assez grand pour nous deux. Pour nous trois ! ajouta-t-elle, sûre que Mimi adopterait immédiatement son adorable Italien.

Mais Giorgio s'assombrit.

— J'ai bien peur que ce soit impossible, *carissima mia*, expliqua-t-il d'un air penaud.

Susann le dévisageait avec étonnement. Y avait-il quelque chose qu'elle ne savait pas ? Y aurait-il une autre femme que Giorgio lui aurait cachée jusqu'à présent ? N'était-il pas veuf? Et son fils, qui travaillait dans un hôtel de Naples, ne vivait-il pas là-bas avec sa fiancée, comme Giorgio l'avait prétendu, mais avec sa mère, qui attendait le retour de son mari lorsque la saison à Ischia serait terminée ? Tous les clichés que l'on associait aux Italiens se bousculèrent dans la tête de Susann.

— Pourquoi est-ce impossible ? Tu tiens ta boutique plus pour le plaisir que pour l'argent, si j'ai bien compris. Tu n'as plus besoin de travailler tout le temps, si ?

Giorgio Pasini se tortillait sur sa chaise, mal à l'aise.

— Non, non, rien à voir avec ma brocante, elle est fermée la moitié de l'année de toute façon.

— Alors, qu'est-ce que c'est ?

À son grand étonnement, Susann vit son compagnon italien devenir cramoisi.

— Je ne peux pas habiter chez toi, Susana… pas tant que Mimi sera là. Je suis navré, mais je suis redoutablement allergique aux chats.

Susann fixait Giorgio sans savoir s'il fallait rire ou pleurer. Ce devait être ce qu'on appelait l'ironie du sort.

Quelques instants plus tard, elle sentit son cœur s'alourdir.

19

Pendant ce temps, la créature responsable du chagrin de Susann Siebenschön se reposait paisiblement sur le canapé en velours de Fräulein Paula ; elle se contenta d'ouvrir brièvement les yeux lorsqu'un nouveau client entra dans le salon de thé.

Henry Brenner, qui devait mener son fameux entretien avec la propriétaire des lieux, était plus que ponctuel – comme toujours quand il avait un rendez-vous. « La ponctualité est la politesse des rois », avait coutume de dire sa grand-mère, cette femme simple et généreuse qui avait vécu toute sa vie à la campagne dans la région de l'Eifel et pour qui un voyage dans la ville au Dom avait été la plus grande des aventures.

À neuf heures moins le quart, Henry avait donc éteint sa cigarette sur la place de Lenauplatz – la première de la journée, il faisait vraiment des progrès en matière d'addiction, il se privait même de sa dose de tabac avec le café du matin…

ce qui le rendait hélas irritable. Le sevrage de la nicotine exigeait son tribut. Brenner se disait qu'il devrait peut-être arrêter d'essayer d'arrêter, continuer de fumer et de mener la belle vie, et puis allez, bouffer les pissenlits par la racine un peu plus tôt que les autres. Ou pas… Il y avait des contre-exemples inspirants comme Winston Churchill ou le chancelier Helmut Schmidt, qui avaient gentiment tiré des taffes jusqu'à un âge avancé. *Pourtant*, le prévenait dans sa tête une voix qui ressemblait à celle de son ancienne petite amie Tabea, *la fin pénible qu'a connue ton père devrait être un avertissement, Henry*. Tabea, qui s'était consacrée corps et âme aux exercices physiques d'un certain « Monsieur Pilates », comme elle disait toujours, n'avait aucune sympathie pour la cigarette. Elle possédait désormais son propre studio de Pilates dans l'arrondissement de Rodenkirchen et traînait avec ses nouveaux amis dans ces bistrots sains et chics qui poussaient comme des champignons, mangeant des hamburgers végétariens ou un curry de tofu avec des tonnes de gingembre et de coriandre.

Brenner détestait le gingembre, et il détestait aussi la coriandre. C'est un truc de bonnes femmes, pensait-il. Il suffisait qu'il y ait du gingembre et elles se roulaient par terre de plaisir. Sans lui ! Quant à la coriandre… autant se fourrer un morceau de savon dans la bouche. Henry Brenner avait alors entrepris de préparer mentalement son plaidoyer : *imaginait-on, ne serait-ce qu'imaginer, que des êtres d'importance, comme Sartre ou Camus par exemple, abandonnent leurs cigarettes au profit du gingembre et de la coriandre ? La bonne blague. Et que dire d'Hemingway, grand amateur de cigares ? Papa aurait juste ri d'une idée pareille et serait parti à la pêche, ou monté en haut de sa vigie dans sa propriété de San Francisco de Paula pour écrire un nouveau roman digne du Nobel.*

Une cigarette était juste une cigarette, comme une rose était une rose était une rose… *Hahaha ! Tu es vraiment drôle ce matin, Henry.* Mais cela ne lui serait d'aucune utilité – il devait aller voir cette femme aux chats qu'il n'avait pas du tout envie de rencontrer. Il aurait nettement préféré rédiger une chronique hebdomadaire sur le thème « Ma dernière cigarette ». Ça, ce serait intéressant… Et s'il réunissait suffisamment de chroniques, il pourrait même en faire un livre. C'était ainsi que procédaient les journalistes de nos jours. Seulement, cet idiot de Burger n'en démordait pas de son bar à chats. Brenner, lassé par avance, traversa tranquillement la place au-dessus de laquelle s'étendait un ciel d'un bleu tendre. Il leva la main pour répondre au salut du kiosquier en train d'arranger ses présentoirs, puis regarda sa montre : neuf heures moins cinq. *Showtime*, pensait Brenner en s'approchant, la démarche résolue, du petit salon de thé qui l'attendait au début de la rue de Chamissostraße. *Finissons-en*.

Il jeta un coup d'œil par la vitrine. Sur le rebord était allongé un chaton tigré, si immobile qu'il crut un instant qu'il était empaillé. Enfin, il poussa la porte.

Il remarqua tout d'abord un gros chat blanc affalé sur un canapé démodé ; l'animal ouvrit paresseusement les yeux lorsqu'il entra, avant de les refermer. Bien que Fräulein Paula ne soit normalement pas ouvert avant dix heures, deux tables étaient déjà occupées. Il y avait là un homme âgé absorbé par la lecture de son journal – un autre chaton tigré reposant sur son ventre –, ainsi qu'un type au chignon branché qui s'affairait sur son MacBook, installé à une petite table ronde dans un coin, des écouteurs sans fil aux oreilles. Devant lui, un chaï latte. Un jeune homme aux cheveux d'un roux flamboyant tournait le dos à la porte, nettoyant la machine à espresso derrière le comptoir. Un autre chaton dormait sur une des étagères le long du mur ; sa patte pendait au-dessus d'une vieille édition de poche vert tilleul des *Œuvres complètes* de Goethe. « 1 euro » annonçait une étiquette fixée de travers sur la tablette. À côté, on notait d'autres étiquettes indiquant « 2 euros » ou « 3 euros ».

Brenner haussa les sourcils. C'était le rayon de livres d'occasion le plus bizarre qu'il ait jamais vu ! Curieux, il se dirigea vers les étagères rangées selon des critères hasardeux. Il y avait des livres « Pour les amoureux désespérés », des livres « Avec happy end », d'autres « Pour les jours de pluie » – c'est là que, allez savoir pourquoi, on avait attribué à Johann Wolfgang von Goethe sa dernière demeure, en compagnie de romans comme *La Grande Pluie* et *La pluie, avant qu'elle tombe*. Sur l'étagère accueillant les « Livres pour les mains vertes », parmi les guides sur la culture des solanacées et des fleurs des champs, on trouvait *Le Jardin des Finzi-Contini* de Bassani et une vieille édition du roman de Rodoreda, *Rue des Camélias*. Et puis, il y avait la section des livres pour « Les amateurs de chauves-souris »…

Les amateurs de chauves-souris ? Les commissures de Henry Brenner tressaillirent d'amusement. Il fit un pas en arrière, et le chaton lettré se mit à le dévisager en clignant de ses yeux ensommeillés. Dans quel genre de zoo était-il tombé ? Brenner sourit, un peu railleur, puis renifla avec méfiance. Mais au lieu de l'odeur d'ammoniaque attendue, des parfums de pâtisserie et de cannelle se répandaient dans l'air.

La porte de la cuisine venait d'être poussée, et une blonde apparition à la masse de cheveux nouée en un chignon lâche fit son entrée dans la salle avec un plateau de roulés à la cannelle sortant du four. Henry en eut l'eau à la bouche. Des roulés à la cannelle ! C'était sa pâtisserie préférée quand il était enfant, et l'odeur familière le transporta dans la cuisine de sa grand-mère, lui procurant un instant de bonheur rare. Il regarda avec sympathie la jolie pâtissière qui posait à présent le plateau sur le comptoir. Peut-être que ce reportage s'avérerait plus agréable qu'il le croyait ? En tout cas, il dégusterait un de ces tentants escargots à la cannelle que la jeune femme disposait dans la vitrine… Celle-ci leva les yeux, et Henry Brenner fut comme frappé par la foudre. Il se souvenait parfaitement de ce regard bleu clair qui le fixait avec irritation.

La jeune femme fronça les sourcils. Puis elle vint se planter devant le comptoir et croisa les bras sur sa poitrine.

— Pas croyable, le gros égocentrique du parc ! Vous pouvez repartir tout de suite : ce n'est pas un endroit pour les gens comme vous.

Brenner hoqueta d'indignation, attrapa la bandoulière de sa sacoche pour se donner une contenance et déclara :

— Eh bien, ce n'est pas à vous d'en décider, heureusement.

— Ah non ? fit-elle avec un rictus légèrement perfide. Et comment que je peux ! Vous êtes chez moi ici.

— Comment ça… Vous êtes… *Fräu… Fräulein* Paula ? bégaya Henry Brenner, pâlissant.

Quoi, c'est elle la folle aux chats ?

— Je suis Maxie Sommer, et vous ?

— Henry Brenner, du *Kölner Stadt-Anzeiger*. Je suis juste venu faire mon boulot.

Ce fut au tour de la propriétaire du salon de thé de changer de couleur : ses joues prirent une teinte rose tendre.

— Vous me faites une blague, hein ? lança-t-elle.

Maxie Sommer était campée devant Brenner, les bras croisés, l'air hostile ; sans doute repensait-elle comme lui au fâcheux incident du parc.

Mince, songeait Henry Brenner, *je l'ai salement tournée en dérision et plantée là, alors qu'elle venait de tomber par terre…*

Il s'était trouvé assez spirituel sur le coup, mais dans son énervement, il avait peut-être dépassé les bornes. Il se rappelait précisément ses propres paroles. Mais bon, cette nouille avait surgi des buissons et failli percuter son Peugeot vintage ! En plus elle s'était crue obligée de l'insulter comme du poisson pourri. Enfin, peu importe ! Brenner secoua la tête et décida de traiter l'affaire avec professionnalisme.

— Ça n'a rien d'une plaisanterie, madame Sommer, nous avons rendez-vous pour un entretien ce matin, vous et moi.

Ignorant son sourire de réconciliation, elle haussa les sourcils.

— Pour que je vous accorde une interview, il faudrait que Pâques et Noël tombent le même jour. Je n'ai jamais pu supporter l'arrogance !

OK, cette nana voulait lui montrer de quel bois elle se chauffait. Mais il avait l'habitude des interlocuteurs difficiles. Il ne se laisserait pas provoquer.

— Écoutez, madame Sommer… Vous faites de la bonne pâtisserie, j'écris de bons articles. Et nous sommes tous les deux capables de séparer vies professionnelle et privée, n'est-ce pas ?

Elle continua de le fixer sans mot dire pendant quelques instants.

— Très bien, finit-elle par répondre avec froideur. Mais d'abord, j'attends des excuses de votre part. C'est la moindre des choses.

Ses yeux bleus brillaient comme deux blocs de glace au pôle Nord.

Cette femme est complètement dingue, de toute évidence…

— Je ne vois pas la situation sous cet angle, déclara Brenner. C'était clairement de votre faute. Je n'y peux rien si vous ne regardez pas devant vous quand vous courez !

Il se disait qu'il avait peut-être jugé un peu hâtivement ce bar à chats, il le concédait volontiers : le lieu lui semblait très accueillant, il ne voyait pas non plus de vieille femme entourée de chats errants et lisant dans le marc de café. Mais si cette demoiselle persistait dans son entêtement, tant pis pour elle ! Après tout, rien ne l'obligeait à écrire un article sur Fräulein Paula. C'était elle qui voyait… Brenner remonta résolument son sac à appareil photo sur son épaule. Il n'empêche, ces roulés à la cannelle sentaient divinement bon. Et celle qui les avait préparés était sacrément jolie, même en colère. Si seulement elle ne se montrait pas aussi autoritaire et suffisante…

— C'est vraiment in-cro-yable ! s'emportait justement ladite jeune femme. Pour qui vous prenez-vous, monsieur Brenner ?

Le jeune homme roux derrière le comptoir, qui s'activait toujours autour de la machine à espresso, ne pouvait ignorer l'électricité dans l'air. Il n'avait évidemment aucune idée de ce qui énervait autant sa patronne, mais contrairement à elle, il avait compris qu'un article dans le quotidien leur ferait une publicité fantastique.

— Monsieur Brenner, bonjour ! s'exclama-t-il avec jovialité, et Henry reconnut son accent anglais. Nous avons discuté au téléphone l'autre jour, vous vous souvenez ? C'est moi, Anthony.

Sur son tee-shirt rouge figurait la formule de Shakespeare : *All's well that ends well.*

Brenner était toujours indécis. Partir, ou rester ?

— Pourquoi ne pas vous asseoir maintenant que vous êtes là ? proposa Anthony avec empressement. Un café, peut-être ? Et un petit *cinnamon roll* ? Tout chaud sorti du four ?

Sans attendre de réponse, il déposa l'escargot parfumé sur une assiette qu'il tendit au journaliste. Voilà au moins quelqu'un qui savait comment traiter les acteurs culturels…

Henry prit l'assiette, magnanime.

— Non, monsieur Brenner ne veut pas s'asseoir, intervint Maxie.

Elle arracha l'assiette des mains de Brenner, le regard étincelant de colère.

— Vous ne croyez quand même pas que je vais vous offrir une pâtisserie en échange de votre mépris ?

Henry Brenner en avait plus qu'assez.

— Vous savez quoi ? Allez vous faire voir ! hurla-t-il, et du coin de l'œil il remarqua que le blond au MacBook retirait ses écouteurs tandis que le vieux monsieur près de la fenêtre baissait son journal avec étonnement. Je ne suis pas obligé de faire un sujet sur votre salon de thé, OK ? Il y a plein d'autres établissements dans cette ville qui mourraient d'envie d'avoir un article dans notre journal.

— Alors écrivez-le, ce fichu article ! Je ne vous ai pas demandé de venir ! On peut très bien se passer de vos gribouillages.

Elle se dressait toujours devant lui, ses yeux lançant des éclairs.

— Mes gribouillages ? Pour qui vous prenez-vous ? La reine de Saba ? C'est du grand n'importe quoi, ici. Vous, vos roulés à la cannelle et cet endroit à la noix ! Et puis d'abord ça veut dire quoi, cette histoire de bar à chats ? C'est la chose la plus stupide dont j'aie jamais entendu parler. Et puisqu'on entre dans le vif du sujet, ces étagères… Quelle foutaise ! Quel idiot a classé les livres comme ça ? Ou plutôt… quelle idiote ?

Il se dirigea vers la porte et se retourna une dernière fois, comme l'impayable inspecteur Columbo.

— Oh, une ultime question… Vous croyez vraiment que *Le Jardin des Finzi-Contini* est un manuel de jardinage ? Vous le savez, au moins, que ce roman de Bassani constitue l'une des œuvres les plus remarquables de la littérature italienne ?

Brenner remarqua avec une certaine satisfaction que le visage de la jeune propriétaire devenait écarlate. Elle le fixait, sans voix. *Touché !*

— Mais de quoi je me mêle hein ? Je suis sûr que les chats s'en fichent, lâcha Henry Brenner en haussant les épaules avec nonchalance, avant d'asséner le coup de grâce. À ce propos… Je me demande depuis le début où ces bestioles peuvent bien pisser ?

Et il adressa un sourire faussement ingénu à Maxie.

— Dehors ! vociféra celle-ci.

20

Susann Siebenschön aurait certainement qualifié ce jour-là de « mauvaise journée ». Mais Maxie ne connaissait pas Mme Siebenschön, et elle résuma donc avec son propre vocabulaire les événements de ce mardi ayant débuté de façon si funeste :

— Mais quelle journée merdique !

Elle était assise derrière sa vieille table de cuisine, dans son appartement ; il se faisait tard, Léonie était rentrée chez elle. Devant la jeune femme, deux verres vides et une bouteille de vin.

— Courage, Maxie… Tu vas t'épargner beaucoup de nœuds au cerveau, crois-moi. Il vaut mieux tirer un trait là-dessus, lui avait conseillé son amie en partant.

Maxie se servit la fin du Portada Reserva que Léonie avait apporté. Le vin rouge portugais lui faisait l'effet d'un velours sur la langue.

Épuisée, elle s'adossa contre sa chaise en osier. La vie n'était pas toujours synonyme de réjouissances… Elle vous gratifiait de deux ou trois faveurs, vous commenciez à vous dire que vous aviez le vent en poupe, et vlan ! La roue tournait, et dans le mauvais sens. Comme si des créatures jalouses, là-haut, ne supportaient pas votre bonheur.

Maxie ne put s'empêcher de repenser aux dieux de l'Antiquité, sur lesquels elle avait suivi un séminaire pendant ses études d'histoire. À l'époque, elle avait été impressionnée par l'idée de cette grande famille dysfonctionnelle vivant sur le mont Olympe. Des gens plutôt dérangés, immortels, mais loin d'être aussi bienveillants et préoccupés du bien-être de l'humanité que le « bon Dieu » que Maxie aimait prier enfant. Les dieux grecs ressemblaient aux humains, sauf que leurs actes produisaient nettement plus d'impact et qu'ils pouvaient prédire l'avenir pour certains. Comme Cassandre, qui voyait toujours les malheurs à venir, mais que personne ne croyait jamais. Les dieux de l'Olympe se montraient souvent querelleurs, assez rancuniers, soucieux de leurs profits, extrêmement manipulateurs quand il s'agissait de veiller à leurs intérêts – ainsi, ils n'hésitaient pas à se servir d'un homme pour provoquer des guerres, à faire de lui leur bras armé. Ils tombaient amoureux, se trahissaient ou se trompaient, et à la fin tout n'était plus que vengeance, destruction et yeux arrachés. Les porteurs de mauvaises nouvelles étaient tenus pour responsables de la situation et on leur coupait la tête sans autre forme de procès.

Maxie avait elle aussi perdu son sang-froid lorsque Léonie avait fini par lâcher son scoop, le pompon de ce mardi catastrophique. Elle avait crié sur son amie, qui n'avait rien à se reprocher dans cette histoire. Puis elle lui avait demandé pardon.

Maxie but une autre gorgée de vin. Après tout le stress de cette journée, elle se sentait brutalement vidée.

Tout avait commencé avec ce journaliste arrogant qui avait cherché dès le début à la provoquer. Malheureusement, elle s'était emportée et avait parlé si fort que même M. Franzen, à moitié sourd, avait pu entendre le moindre mot. Après qu'elle eut « jeté » Henry Brenner hors de son salon de thé, le vieil homme s'était approché d'elle pour lui dire : « Mon enfant, il ne faut pas vous énerver autant, c'est très, très mauvais pour la tension. » Puis, l'air un peu perturbé, il avait réglé son café. Flo également trouvait qu'elle avait réagi de manière excessive, que le type du *Stadt-Anzeiger* n'était pas si infect que ça.

— Tu ne sais pas de quoi tu parles ! avait-elle répliqué. Ce type qui n'a rien d'« infect », comme tu dis, m'a presque roulé dessus dans le parc, et puis il s'est barré.

— Il me paraît évident qu'il ne voit pas les choses ainsi, mon ange, avait dit Flo avec sa décontraction habituelle. Il faut toujours entendre les deux sons de cloche.

— Tu es avec qui ? T'es un arbitre à la con ou mon petit ami ? avait-elle contre-attaqué.

Florian remuait son chaï latte avec embarras.

— Ton petit ami, bien sûr.

N'écoutant qu'à moitié, il avait laissé Maxie débiter sa tirade sur les journalistes qui se croyaient toujours mieux que tout le monde avant de s'éclipser, prétextant qu'il devait se remettre sérieusement au travail. Et non sans prendre le soin d'emporter une grosse part de gâteau au citron. Apparemment, il trouvait pénible de devoir composer avec la colère de sa petite amie.

— On se voit plus tard, mon ange. Enfin, demain : je bosse avec un gars de ma classe ce soir, ça risque de se terminer tard, avait-il expliqué avant de déposer un baiser fugace sur la joue de Maxie. Et te fais pas de bile, ce gratte-papier reviendra... C'est un pro, tu vois ? avait-il repris. Il ne va pas laisser une histoire pareille lui filer entre les doigts.

Il avait l'air de penser que l'existence de Maxie dépendait de ce journaliste.

— Il ne reviendra pas, avait regretté Anthony. Dommage, un article aurait profité à la boutique. Tu aurais pu le laisser faire son travail, Maxie. Parfois, tu as vraiment du mal à te contrôler.

— Allô, vous êtes tous devenus dingues ? Fräulein Paula tourne super bien sans ça, avait-elle asséné avant de disparaître dans la cuisine.

Pourquoi tout le monde lui faisait-il sentir qu'elle avait gâché une occasion ? Personne ne voyait que ce Henry Brenner avait tout du mec imbuvable ? Le sang était de nouveau monté aux joues de Maxie lorsqu'elle avait repensé au ton sarcastique de Brenner concernant *Le Jardin des Finzi-Contini* et son ignorance. Sa remarque l'avait presque plus énervée que cette histoire de pisse de chat… Il voulait clairement la provoquer. De toute façon, nul ne pouvait nier qu'elle tenait un salon de thé d'une propreté scrupuleuse, malgré la troupe de chats. Les bacs à litière se trouvaient dans une niche du couloir, derrière une plante d'intérieur, et les écuelles étaient soigneusement rangées à côté de l'arbre à chat qui trônait dans un coin du café. Tous les jours à six heures du matin, la femme de ménage venait non seulement frotter le sol en carrelage ancien, mais aussi nettoyer et désinfecter toutes les autres surfaces et passer à fond l'aspirateur sur les coussins et le canapé. Les chats n'avaient de toute façon pas leur place sur les tables et dans la cuisine.

Maxie avait décidé de préparer un gâteau marbré pour descendre en pression.

Tandis qu'elle mélangeait les œufs et le sucre dans un grand saladier, utilisant son batteur pour les rendre bien mousseux, puis ajoutait des petits morceaux de beurre et un soupçon de lait, elle se disait que c'était vraiment pas de chance que le journaliste avec qui elle avait rendez-vous soit précisément le gros idiot du parc. Sans son casque, elle ne l'avait pas reconnu d'emblée. L'homme à la veste en daim marron appuyé contre l'étagère pour examiner les livres lui avait même paru sympathique.

C'est lorsqu'il avait posé sur elle ses yeux clairs, l'air effaré, que le déclic s'était produit. Et tous ses fusibles avaient sauté. Devant le sourire suffisant de Brenner, la rage l'avait envahie. Aux oubliettes, l'interview ! Anthony avait raison, c'était dommage. Vraiment dommage. Elle savait elle aussi pertinemment qu'un bon article dans le journal était précieux pour le business, elle n'était pas stupide ! Et le *Stadt-Anzeiger* n'avait rien d'un petit quotidien, tout le monde le lisait à Cologne.

En soupirant, Maxie avait versé la farine tamisée dans le saladier.

Les premiers comptes attestaient que le salon de thé était sur la bonne voie, mais on ne pouvait pas encore parler de commerce florissant… Les dépenses pour la nourriture et les boissons ne se révélaient pas énormes, mais quand on ajoutait le bail, le temps partiel d'Anthony, la femme de ménage et la conseillère fiscale, cela commençait à en faire, de l'argent ! En règle générale, il fallait une bonne année pour juger si un petit commerce était rentable, s'il restait quelque chose à se mettre dans la poche à la fin – elle le savait grâce à ses deux semestres de sciences éco. Et avec les vacances d'été sur le point de commencer, beaucoup de clients allaient manquer à l'appel. Il n'y avait pas que les journaux qui connaissaient une baisse de régime à cette période…

Maxie s'était mise à mélanger la moitié de la pâte avec du chocolat noir en poudre, puis elle avait versé les deux préparations l'une après l'autre dans un moule à kouglof avant de passer une fourchette dans le mélange sucré, en la faisant tourner précautionneusement sur elle-même pour créer les marbrures.

Oh, et puis merde ! Les choses ont mal tourné, ce qui est fait est fait, ce Henry Brenner peut aller se brosser. Et elle avait souri avec une certaine satisfaction, repensant à la façon dont elle lui avait arraché des mains le roulé à la cannelle. Brenner avait eu l'air d'un petit garçon à qui on venait de piquer son jouet préféré.

Maxie avait lavé les fouets du batteur et décidé de ne plus penser à l'incident. Elle n'était pas encline aux regrets. Cela ne faisait qu'aggraver les choses…

Un peu plus tard, au moment d'enfourner le gâteau, sa bonne humeur était de nouveau au beau fixe. Elle avait sa boutique, un petit ami séduisant qui lui offrait des nuits épatantes et décrocherait un master en sciences de l'environnement, elle avait aussi une super amie, et Mimi qui lui avait donné des chats tout mignons… sans oublier plein de clients bien agréables.

Écartant une mèche de son visage, elle était retournée dans la salle.

— Tout va bien, patronne ? avait demandé Anthony.

Maxie avait hoché la tête en s'essuyant les mains sur son tablier.

— Tout est rentré dans l'ordre, oui.

Elle ignorait que le stupide dicton affirmant qu'un malheur arrivait rarement seul se vérifierait ce jour-là.

L'après-midi, une ancienne collègue de chez Backfrisch rue de Venloer Straße, Ariane Lindner, était passée au salon. C'était une femme petite et rondelette, avec des cheveux sombres coupés court et une frange qui tombait bas sur son front, accentuant ses yeux globuleux. Contrairement à Maxie, Ariane s'investissait à fond dans son boulot chez Backfrisch. Elle y travaillait déjà lorsque Maxie avait débuté, adorait s'activer et recevoir les clients qui faisaient la queue le matin pour acheter petits pains ou brioches aux raisins. Plus il y avait de monde, mieux c'était ! Ariane réapprovisionnait inlassablement en baguettes et en gâteaux les présentoirs et la vitrine. Elle aimait tout jusqu'au crumble qui, selon Maxie, avait surtout un goût de sucre et de renfermé et séchait au bout de quelques heures.

Ariane avait toujours été un peu jalouse de Maxie, de deux ans sa cadette. Leur patron favorisait clairement l'étudiante blonde et élancée. Et lorsque celle-ci avait commencé à travailler à plein temps dans la boulangerie, il lui avait même fait miroiter la perspective d'un poste de gérante. Les deux femmes prenaient parfois leur pause-déjeuner ensemble, sandwich et café, mais Maxie ne s'était jamais véritablement rapprochée d'Ariane. Sa collègue avait toujours été sympathique et jamais il n'y avait eu de problème entre elles, mais Maxie lisait la désapprobation dans ses yeux sombres chaque fois que leur chef plaisantait avec ses employées. Maxie avait beaucoup plus de repartie qu'Ariane, elle ne se laissait pas faire, refusait les heures supplémentaires, et sa collègue, lui semblait-il, prenait cela de travers.

Cependant, la véritable raison de sa jalousie était d'ordre privé. Ariane avait le béguin pour leur patron, Stefan Kürten, elle était la première à enfourner les petits pains précuits le matin et la dernière à quitter la boulangerie le soir. Elle gazouillait sans fin chaque fois que leur supérieur se montrait, mais Stefan Kürten ne le remarquait pas ou l'ignorait volontairement, préférant miser toutes ses cartes sur l'impertinente Maxie qui, de toute façon, n'avait pas l'intention de rester chez Backfrisch.

Lorsque Maxie avait quitté la franchise après la mort de sa tante pour ouvrir son salon de thé, Ariane avait lâché qu'elle avait peut-être les yeux plus gros que le ventre.

— Tu n'as pas engrangé beaucoup d'expérience. Tu es sûre qu'il n'y a pas déjà des établissements de ce genre dans le quartier ?

Maxie avait perçu une pointe de ressentiment dans ses propos. Pourtant, Ariane Lindner se réjouissait évidemment que cette collègue gênante à force d'attirer les regards parte enfin. Le dernier jour, quand ils étaient allés tous ensemble chez Bier-Esel après le travail pour boire quelques Kölsch, Maxie avait décelé le soulagement dans l'attitude d'Ariane Lindner. Surtout lorsque Stefan Kürten, qui disait beaucoup regretter le départ de Maxie, avait gentiment passé son bras autour des épaules d'Ariane en déclarant (l'heure était tardive) qu'il se félicitait que Mme Lindner au moins lui reste fidèle. Ariane s'était probablement raccrochée à ces mots, mais n'avait jamais obtenu de poste de gérante dans sa propre filiale ; quant à Stefan Kürten, il ne s'intéressait toujours pas à son employée la plus dévouée et tournait désormais autour de nouvelles collaboratrices.

Compte tenu de ce passif, Maxie avait été passablement surprise de voir son ancienne collègue entrer chez Fräulein Paula et tout détailler.

— Alors, comment ça se passe ? avait-elle demandé à Maxie en commandant un cappuccino et un verre d'eau minérale. J'étais dans le quartier, je me suis dit que j'allais passer voir ta boutique.

— Merci, ça va, je ne peux pas me plaindre.

L'atmosphère du salon de thé était très paisible, cet après-midi-là. M. Franzen s'était installé comme à son habitude et trois amies discutaient, assises à la table devant le canapé. Dans un coin avait pris place un homme d'âge moyen, costume et cravate bleu ciel, que Maxie n'avait jamais vu. Il avait regardé autour de lui avec intérêt, et ils avaient échangé quelques paroles amicales lorsqu'elle lui avait apporté une grosse part de gâteau marbré et un café filtre. L'homme avait ensuite entamé une conversation avec M. Franzen, à la table voisine.

Finalement, l'aimable inconnu en costume, remarquant que Maxie tournait la tête dans sa direction sans cesser de parler avec Ariane, lui avait fait signe qu'il voulait payer. Elle avait opiné du chef. Quand on tenait un salon de thé, il était important de garder un œil sur tout pour s'assurer que les clients sentent qu'on se souciait de leur bien-être.

— Dans ce cas, je suppose que tu ne regrettes pas d'avoir quitté Backfrisch ? avait alors demandé Ariane en plissant les yeux.

— Absolument pas. Je me réjouis tous les jours d'avoir cet endroit, avait répondu Maxie sans sourciller. Et toi ? Tu travailles toujours rue de Venloer Straße ?

Ariane avait esquissé un sourire mi-figue mi-raisin.

— Jusqu'à présent, oui. Mais j'espère avoir bientôt ma propre filiale.

— Je l'espère pour toi aussi, avait assuré Maxie, hélas incapable d'empêcher un certain doute de percer dans sa voix.

Ariane l'avait probablement remarqué elle aussi. Fronçant les sourcils, elle avait fouillé les lieux des yeux.

— Et donc tu as un bar à chats maintenant, avait-elle déclaré, d'un ton un peu condescendant.

— Eh bien, c'était un café-librairie à l'origine. Les chats sont arrivés récemment. Longue histoire…

— Aha… Contente pour toi que ça marche aussi bien. Remarque… On dirait qu'il y a plus de chats que de clients en ce moment, non ?

Il fallait qu'elle lui lance une petite pique…

— Oh, ce n'est pas toujours le cas. On a plus de monde, en général. Beaucoup de gens viennent pour les chats d'ailleurs.

— Ah oui ? avait lâché Ariane en levant un sourcil. Eh bien en ce qui me concerne…

Elle avait prudemment écarté avec sa chaussure un des chatons qui passait en frôlant sa chaise.

— En ce qui me concerne, je trouve qu'on devrait toujours séparer la nourriture et les animaux, avait-elle repris. C'est totalement anti-hygiénique, sinon.

— Pas d'inquiétude, on veille au grain, avait expliqué Maxie, réalisant qu'elle n'avait plus du tout envie de poursuivre cette étrange conversation. Tu veux une pâtisserie ? J'ai une délicieuse tarte aux groseilles meringuée.

Ariane Lindner avait acquiescé. Elle ne refusait jamais une pâtisserie.

Maxie avait d'abord encaissé l'affable inconnu en costume, qui avait fait l'éloge de son gâteau avant de lui offrir un généreux pourboire. Le remerciant, elle lui avait précisé que toutes les pâtisseries provenaient du livre de recettes de sa tante préférée, qui s'appelait Paula.

Quelques instants plus tard, l'homme quittait le salon et elle servait Ariane.

Ladite Ariane avait trifouillé dans sa tarte aux groseilles meringuée, et finalement reposé sa fourchette.

— Beurk, mais il y a un poil de chat ! s'était-elle exclamée avec dégoût, et les trois amies s'étaient retournées vers elle.

Maxie s'était aussitôt précipitée à sa table. Il ne manquait plus que ça…

Jetant un coup d'œil à l'assiette, elle avait secoué la tête avec soulagement.

— Mais non, ce n'est pas un poil de chat, avait-elle expliqué avec un sourire.

Elle avait pris la fourchette pour pousser au bord de l'assiette la coupable qui, on le voyait aisément, était en réalité une fibre végétale provenant sans doute d'une tige de groseille.

— Ça vient d'une groseille.

— Non ! avait rétorqué Ariane d'une voix forte, avec un méchant rictus. C'est un poil de chat.

Maxie aurait aimé lui tordre le cou. Pourquoi se donner ainsi en spectacle ? Ariane avait visiblement un gros problème avec le fait que Maxie se débrouille plutôt bien avec son salon de thé.

— Ariane, faut pas déconner, avait-elle dit en prenant l'assiette. Ce n'est pas un poil de chat, et tu le sais. Il vaut mieux que tu t'en ailles, c'est la maison qui offre la pâtisserie.

Ariane Lindner avait attrapé son sac à main ; elle était sortie précipitamment en proférant quelques jurons et en criant que des chats n'avaient rien à faire dans un salon de thé. Maxie l'avait regardée partir en secouant la tête. Des reproches de ce genre pouvaient lui être préjudiciables… Inquiète, elle avait promené son regard sur la salle mais les autres clients avaient repris leurs conversations, comme si rien ne s'était passé.

Après l'agitation de la matinée puis le comportement scandaleux de son ancienne collègue, Maxie avait été heureuse de fermer la boutique ce soir-là. En rangeant, elle avait trouvé un paquet de Gauloises bleues écrasé avec quelques cigarettes dedans. Il devait appartenir à ce Brenner, qui semblait cocher tous les clichés du reporter – veste en cuir, cigarettes, mèche de cheveux qu'il ramenait sans cesse en arrière d'un geste vif. Il buvait probablement des litres de café et tapait sans doute ses articles en se prenant pour Dieu.

Elle avait pris le paquet bleu et l'avait jeté à la poubelle. C'est alors que Léonie avait frappé à la vitre, une bouteille de vin à la main.

— On peut parler ? avait demandé celle-ci avec une certaine gêne alors que Maxie lui ouvrait la porte, étonnée.

— Évidemment. Viens, on monte ! Flo n'est pas là ce soir, on ne sera pas dérangées.

— Alors… avait dit Maxie une fois assises dans la cuisine. Qu'est-ce qui coince ?

Léonie avait baissé les yeux sur ses mains, posées sur la table. Après avoir tourné un peu autour du pot avec des banalités, elle avait pris une profonde inspiration ; Maxie espérait qu'elle n'avait rien de terrible à lui annoncer. Elle avait eu son lot de catastrophes mineures et majeures pour la journée !

— Je… je dois te dire quelque chose, Maxie, avait commencé Léonie, mal à l'aise. Je pense qu'il faut que tu sois au courant.

Elle s'était mordu la lèvre inférieure.

— Je ne sais pas par quel bout prendre le problème. C'est à propos… à propos de…

Elle s'était interrompue, toute pâle.

— Mais enfin, Léonie, qu'est-ce qui t'arrive ? s'était inquiétée Maxie, l'esprit assailli par toutes sortes de choses affreuses. Tu es allée voir le médecin ? Tu as une sale maladie, ou quoi ?

— Non, non, rien à voir avec une maladie. C'est… à propos d'un mec. Oh, Maxie… J'ai réfléchi toute la journée, je me demandais si je devais t'en parler. Mais je pense qu'il faut que tu saches.

De quoi était-il question à la fin ? Un mec ? Maxie avait bien remarqué que Léonie en pinçait pour Paul Felmy. Depuis leur dramatique opération de recherche nocturne, son amie évoquait souvent l'homme réservé qui vivait dans le Quartier belge. Si réservé qu'il n'avait pas recontacté Léonie depuis qu'ils avaient retrouvé Emma dans la cabane. Ou alors il fallait croire que son ex-femme avait remis le grappin sur lui.

Maxie s'était adossée à sa chaise, soulagée. Oui, de toute évidence, Léonie allait parler de Paul Felmy. La situation avait peut-être évolué ?

— C'est à propos de Paul ?

— Euh… non. À propos de Florian.

Maxie avait froncé les sourcils. Comment ça, un problème avec Florian ?

— Qu'est-ce qui ne va pas ? avait-elle repris.

Léonie s'était tortillée sur sa chaise, avant de lâcher le morceau.

La veille, alors que Maxie était encore au salon de thé, Florian l'avait suivie jusque chez le glacier. Léonie venait de s'asseoir en terrasse pour déguster une coupe de fraises lorsqu'il avait surgi ; souriant d'un air assuré, il avait demandé s'il pouvait se joindre à elle. Ne voulant pas se montrer impolie, elle avait accepté. Florian s'était assis à côté d'elle et avait pioché une fraise dans sa coupe. Ensuite… il l'avait clairement draguée.

Entendant ces propos rapportés, Maxie avait éclaté de rire, lançant un regard amusé à son amie qui voyait vraiment le mal partout.

— Oh, Léonie, tu sais comment est Flo ! Il adore faire des compliments. Tu as dû comprendre de travers.

Pourtant, pendant un instant, Maxie avait senti le doute l'effleurer de sa main gluante.

Léonie s'était redressée sur sa chaise.

— Maxie, je n'ai rien compris de travers. Je sais parfaitement faire la différence entre un compliment et une proposition. Florian m'a dit qu'il rêvait de moi depuis qu'il m'avait vue. Qu'il attendait l'occasion d'être seul avec moi depuis des semaines. Et après, il a proposé qu'on passe une chouette petite soirée ensemble.

— Je n'y crois pas ! s'était exclamée Maxie, clouée sur sa chaise.

— J'avais aussi du mal à y croire. Donc je lui ai lancé qu'il débloquait, qu'il était le petit copain de ma meilleure amie, et il a juste répondu que tu étais une gentille fille, mais que… que…

Léonie butait sur la fin de sa phrase.

— Mais que quoi ? s'était impatientée Maxie. Tu vas me dire la suite, oui ?!

— Mais que… tu n'arrivais pas à la cheville d'une femme comme moi. Il a prétendu que j'avais beaucoup plus de classe. Et aussi que l'une n'excluait pas l'autre…

Le souffle de Maxie se bloqua dans sa gorge. Ça ne pouvait pas être vrai !

— Alors ça c'est le pompon ! Le pompon des pompons ! s'était-elle emportée. Je suis cernée de sales cons ou quoi ?

Pour la troisième fois de la journée, l'adrénaline pulsait dans ses veines. À ce rythme, elle allait succomber à une attaque !

— Je suis vraiment désolée, Maxie, avait dit Léonie, très embarrassée. Il ne faut pas faire confiance à ce type. Il est super imbu de lui-même. Mais tu vois, tu peux t'estimer heureuse qu'il ait essayé avec moi et pas avec une autre. Moi au moins, je te dis la vérité…

Maxie avait dévisagé son amie qui, dans sa robe impeccable au délicat motif de roses, venait de tout gâcher d'un claquement de doigts – et possédait en plus, paraît-il, une classe nettement supérieure à la sienne. Son cœur blessé s'était rebellé, et brusquement, elle avait dirigé toute sa colère contre une Léonie stupéfaite.

— Tu veux que je te dise ? Je n'en crois pas un mot ! Tu n'as jamais aimé Florian, tu le critiques depuis le début. Pourquoi ? Je ne sais pas ! Tu dois l'avoir mauvaise parce que tous tes mecs t'ont trompée. Et maintenant tu cherches des prétextes absurdes pour nous séparer, Flo et moi. Je suis la femme de ses rêves, il me l'a encore répété hier, compris? Tu as tout inventé! Je… je te déteste!

Un sanglot lui avait échappé et elle avait laissé tomber sa tête dans ses mains.

— Maxie… Maxie! s'était écriée Léonie en se levant d'un bond pour aller la serrer dans ses bras. S'il te plaît! Ne dis pas ça, je suis ta meilleure amie, non? C'est vrai, je n'ai jamais particulièrement apprécié Florian, mais si tu étais heureuse avec lui, je n'essaierais pas de vous séparer.

Puis elle avait tendu son smartphone à Maxie.

— Tiens! Florian voulait m'inviter à dîner ce soir. Dans son appartement. Je suis terriblement désolée, mais tu voudrais vraiment que je te cache ce genre de chose?

Maxie avait fixé l'écran du portable, aveuglée par les larmes. Et lu: « Ma belle, je te réserve ma soirée et si tu veux, toute la nuit aussi. J'ai préparé de quoi grignoter, le champagne est au frais, viens chez moi, je t'attends, et on verra après où le désir et l'amour nous mèneront… »

— Et lui qui m'avait dit qu'il devait voir un camarade. Mais quel enfoiré! Il va voir de quel bois je me chauffe… S'il remet les pieds ici, je le fous dehors!

— Bien dit.

— Léonie… Désolée de t'avoir crié dessus comme ça. Ma colère ne s'adressait pas du tout à toi, tu sais, avait expliqué Maxie d'un air contrit. Et puis… Tu as bien fait de me le raconter. J'espère que ce sale type se noiera dans son champagne.

— J'en doute… avait répondu Léonie avec un sourire circonspect. Crois-moi, j'aurais préféré t'annoncer plus réjouissant. Ça n'a rien d'agréable d'être porteuse de mauvaises nouvelles.

— Je sais. À une autre époque, on t'aurait décapitée pour ça.

— Alors j'ai de la chance de vivre aujourd'hui, avait ri Léonie.

— Tu peux le dire ! J'ai vraiment eu une journée horrible.

Pour finir, elles avaient débouché le Portada Reserva… il fallait bien qu'une tête saute.

Après le départ de Léonie, Maxie allait rester un bon moment assise à la table de la cuisine devant le dernier verre de vin que la bouteille pouvait encore lui offrir. Elle n'avait aucune envie d'aller au lit, de poser les yeux sur le tee-shirt qu'avait laissé Florian. Elle n'avait aucune envie de se retrouver de nouveau seule.

Finalement, elle descendit au rez-de-chaussée où elle se coucha sur le canapé bleu de tante Paula, assez grand pour qu'elle puisse s'installer confortablement. Alors, une ombre quitta l'obscurité et Mimi s'approcha de Maxie à pattes de velours. Elle la regardait de ses yeux étincelants, comme si elle était au courant de tout. D'un bond souple, elle grimpa sur Maxie, s'allongea, puis lui tapota doucement le menton avec sa patte.

— Ah, Mimi, fit Maxie, émue, en caressant sa fourrure soyeuse. Pourquoi faut-il que les choses soient toujours si compliquées ? On ne pourrait pas juste se sentir heureux, de temps en temps ?

Mimi ronronnait paisiblement. Elle n'avait pas de réponse à ces questions, le bonheur félin étant beaucoup plus simple que celui des hommes.

Maxie restait couchée là, à fixer le plafond. Après que les deux amies, sous l'influence du vin rouge, se furent arrangées à l'amiable en décidant d'oublier tout bonnement un type aussi nul que Florian, Léonie s'était épanchée et avait raconté à Maxie le « moment existentiel » partagé avec Paul Felmy. Depuis ce fameux soir, la jeune femme n'arrivait pas à se sortir de la tête le père d'Emma. Mais Léonie n'était pas le genre de fille à prendre les devants en lui téléphonant. Elle supposait qu'il avait déjà assez de problèmes comme ça. Peut-être trop de problèmes pour une jeune femme qui avait déjà engrangé quelques mauvaises expériences avec des hommes courant deux lièvres à la fois.

Maxie croisa les bras derrière la tête, pensive. Elle ne pouvait pas vraiment prétendre avoir partagé avec Florian un « moment existentiel ». Elle doutait qu'il y ait des moments significatifs dans la vie de cet hypocrite, ce parasite qui jouait de sa belle gueule et profitait depuis des semaines de sa générosité en buvant et mangeant à l'œil au salon de thé. Pour lui, apparemment, tout était interchangeable. Même les petites amies. Pendant un moment, Maxie imagina la dérouillée dont elle allait gratifier le lendemain un Florian sans méfiance, dès qu'il entrerait dans le salon de thé. Puis elle envisagea de l'appeler sans attendre pour exiger des explications. Finalement, elle décida de s'abstenir. Ce mec ne méritait pas qu'elle lui accorde plus de considération. Il se contenterait de lui servir des mensonges et des excuses, essaierait de l'adoucir avec des flatteries et oserait peut-être même insinuer qu'il n'avait jamais pensé qu'elle était coincée à ce point.

Maxie prit son smartphone avec détermination. Elle allait le virer de sa vie sans cérémonie avec un SMS, il ne méritait pas plus. Qu'il aille donc boire au diable ses nombreux cappuccinos et chaï latte ! En tout cas, c'en était fini de son hospitalité.

« Florian Gerber, tu es vraiment le dernier des salauds. Léonie est passée chez moi et m'a tout raconté. Ne compte pas sur elle ce soir ou un autre soir. Ni sur moi, d'ailleurs. Pas la peine non plus de venir au salon de thé, tu en es banni. Si tu te pointes je vous mettrai dehors, ton MacBook à la noix et toi. Oh, encore une chose. Je suis vraiment désolée de ne pas avoir assez de classe, mais tu sais quoi ? Tu n'en as aucune non plus.

Tu n'es qu'un petit insecte minable qui vit aux dépens des autres. Maxie. »

Elle envoya le message sans le relire. Puis elle supprima Florian de ses contacts et bloqua son numéro dans son téléphone portable. *Retour à la case départ*, pensa-t-elle en remontant sur elle le léger plaid en laine qui se trouvait au bout du canapé. La chatte ronronnait doucement à ses côtés et avant d'enfin s'endormir, la jeune femme songea qu'au moins, elle avait Mimi… Sa douce et loyale Mimi. Mais pour combien de temps encore ?

21

Pour Henry Brenner non plus, ce mardi ne s'était pas révélé gratifiant… Après que la furie du salon de thé lui avait refusé non seulement l'interview mais aussi le roulé à la cannelle, il avait marché au hasard des rues. Cette bécasse ne lui avait même pas offert un café ! Pourtant, le jeune sosie du prince Harry était en train de lui en préparer un.

La journée ne démarrait pas sous de bons auspices… L'estomac de Brenner gargouillait ; il s'était acheté à la boulangerie la plus proche un café et un petit pain garni de jambon, qu'il avait ouvert pour en ôter les feuilles de laitue fanées. Il n'avait jamais pigé ce que de la salade venait faire dans un sandwich. C'était probablement censé être sain. Tout devait être sain de nos jours, ils l'avaient compris même chez Backfrisch.

Une vendeuse rondelette avait posé son café sur le comptoir avec un gentil sourire. Brenner avait mordu dans son petit pain mou et bu le café, qui lui au moins était tout à fait passable. Puis il avait poursuivi son chemin en direction du tram, tâtant sa veste à la recherche de ses cigarettes. Où était passé ce fichu paquet ? L'avait-il oublié dans ce bar à chats ?

À midi, il avait eu un accrochage avec le boss. Robert Burger, que Brenner avait failli percuter en se dirigeant d'un pas pressé vers les bureaux de la rédaction, s'était mis en colère parce que Brenner revenait sans le reportage promis.

Brenner avait levé les mains en un geste d'apaisement.

— Écoutez, monsieur Burger, votre implication pour le petit commerce est louable, mais l'endroit mérite au mieux un entrefilet.

— Tiens donc, et pourquoi ? avait demandé son patron en rajustant sa cravate bleu ciel.

— Parce que, croyez-moi, il n'y a rien à en tirer. J'y suis allé ce matin, la propriétaire du salon de thé est une paranoïaque qui hait les hommes. Elle ne voulait pas faire d'interview avec moi, elle est complètement dingue. Elle m'a pris pour un idiot et m'a dit que pour qu'elle m'accorde un entretien, il faudrait que Pâques et Noël tombent le même jour ! Donc je suis reparti.

Concluant sa phrase, Henry Brenner avait pris l'air innocent de l'agneau qui vient de naître. Robert Burger avait haussé un sourcil, avant de regarder sévèrement son journaliste par-dessus la monture dorée de ses lunettes.

— Comment ça, reparti ? Bon sang, Brenner, tu avais rendez-vous avec cette femme, non ? Ton comportement n'est pas très professionnel…

Brenner avait dû se dominer pour ne pas répondre vivement, et expliquer le pourquoi du comment. Mais il devait se montrer prudent. Le boss ne devait pas obligatoirement savoir pourquoi au juste la fille du bar à chats ne voulait pas lui accorder cet entretien…

— Je suis désolé, avait-il lâché. Mais j'ai peur qu'il n'y ait rien à faire. Peut-être que si vous envoyez une femme… Demandez donc à Katja, elle aura sûrement plus de chance !

Malheureusement pour Brenner, et parce que la vie vous réserve parfois les coïncidences les plus insensées, son patron avait rendez-vous chez un généraliste l'après-midi même, près de la place de Lenauplatz. Après avoir quitté le cabinet du médecin (qui lui avait assuré que ses douleurs provenaient d'une alimentation trop riche et n'avaient rien à voir avec son pancréas, aussi fringant que celui d'un nouveau-né), Robert Burger était passé devant chez Fräulein Paula en retournant à sa voiture. Ce fameux salon de thé où régnait, ainsi que l'assurait son journaliste, une féministe militante qui refusait toute interview avec un homme.

Curieux, Burger était entré. Il ne serait pas devenu journaliste s'il n'avait pas possédé une bonne dose de curiosité. Il avait rajusté sa cravate et choisi de s'installer à côté d'un monsieur très âgé qui lisait paisiblement le journal, un chat sur les genoux.

Mais que lui racontait Brenner ? En tout cas, le salon de thé n'était pas réservé aux femmes. Burger s'était assis et quelques secondes plus tard, on l'accueillait. On l'avait aussi servi de la manière la plus aimable qui soit. Le marbré avait juste la bonne quantité de chocolat – Burger n'aimait pas que ce gâteau en ait trop peu – et la jeune femme qui l'avait apporté à sa table avait exactement le même rire chaleureux que sa fille adorée, Friederike. Les chatons étaient mignons et il avait engagé la conversation avec son voisin ; celui-ci lui avait raconté que les travaux de rénovation de son immeuble, qui duraient depuis des semaines, l'épuisaient. Il lui avait aussi parlé de sa solitude. Ce salon de thé, lui avait expliqué le vieux monsieur qui semblait un peu dur d'oreille, lui avait pour ainsi dire sauvé la vie. Il pensait même adopter un des chatons, peut-être Aphrodite qui l'avait en quelque sorte choisi, lui. Et il avait désigné la jolie chatte tigrée en déclarant d'une voix enjouée : « Une petite créature comme ça, ça change vraiment tout. »

Burger avait éprouvé une émotion intense. Qu'il soit damné s'il n'y avait pas là matière à reportage ! Ça débordait d'humanité dans ce petit salon de thé. Il avait adressé un signe à la ravissante propriétaire des lieux qui apparemment faisait tout elle-même, y compris les gâteaux. Une jeune femme manifestement remarquable ! Elle lui avait apporté la note, qu'il avait réglée. Il devait avoir une discussion sérieuse avec Brenner. C'était de l'insubordination caractérisée.

De retour dans les locaux du journal le lendemain, Robert Burger prit son journaliste à partie.

— Je ne sais pas ce qui t'arrive, Brenner. L'endroit offre un sujet fantastique et la propriétaire est tout à fait charmante.

— Mais…

Burger leva la main.

— Non, garde tes excuses pour toi. Je n'ai pas le temps de m'amuser. J'attends que tu me livres un bon papier. Avec quelques photos. Et *pronto* ! Si ce n'est pas trop te demander ? Sinon tu bosseras bientôt pour une feuille de chou, compris ?

La feuille de chou n'étant, bien sûr, pas une option envisageable pour un Egon Erwin Kisch en herbe, Henry Brenner acquiesça sans mot dire et Burger le planta là pour entrer dans son bureau d'un pas martial. Il n'avait pas l'air d'humeur à plaisanter… Parfois, le boss pouvait vraiment s'acharner sur des détails. S'il sentait une résistance, il montait en pression, c'était une histoire de lutte de pouvoir. En réalité, cet article avait l'utilité d'un pansement sur une jambe de bois !

Maussade, Brenner se dirigea vers la fenêtre en se demandant s'il n'y avait pas, tout de même, un moyen d'échapper au pensum. Burger était obsédé par ce stupide salon de thé ! Probablement parce qu'il se laissait toujours embobiner par les jolies blondes, à commencer par Katja. Katja Sieger qui empruntait justement le couloir sur ses talons hauts quand le patron était en train de lui passer un savon, et qui, bien sûr, avait ralenti pour ne pas en rater une miette, gagnant le distributeur de boissons à une allure d'escargot.

Elle était maintenant revenue.

— Des ennuis ? s'enquit-elle avec une mine hypocrite.

— Non, pourquoi ? répondit Brenner, tout aussi hypocritement.

— Ah, j'ai cru que…

Elle ne finit pas sa phrase. Elle portait une minirobe fourreau sans manches à carreaux verts, dévoilant ses bras minces et ses jambes fuselées. Elle tenait à la main un très chic dossier en cuir orange, ses cheveux tombaient en vagues parfaites sur ses épaules.

— Ne sollicitez pas trop votre jolie petite cervelle, commenta-t-il dédaigneusement. On vous paie pour écrire, après tout.

Il fallut à la jeune femme un moment pour comprendre, puis elle poussa un cri indigné et s'en alla. Brenner sourit, il avait l'impression de se retrouver dans une bonne vieille comédie avec Doris Day. Mais en attendant, il n'avait pas résolu son problème. Maxie Sommer n'avait pas la langue dans sa poche, elle avait tout de la dure à cuire même si le boss la jugeait « tout à fait charmante ». Il ne pouvait pas espérer avoir raison de cette Catwoman avec de sages paroles : elle sortirait aussitôt ses griffes. Et si elle s'apercevait qu'il avait besoin d'elle, elle emporterait la bataille.

Blasé, Brenner prit l'ascenseur et descendit. Il allait devoir mettre sa fierté dans sa poche. Devant les locaux du journal, il alluma une cigarette. Tout en expirant la fumée, ce qui le détendit un peu, il se persuada que la chose était assez simple, en fait. Il devait juste changer de stratégie. *Sois gentil et amical, pose tes questions, et ne laisse pas cette mégère te provoquer. Allez, Henry, ce n'est pas grand-chose pour un journaliste chevronné comme toi. Tu es bon dans ce que tu fais ! Très bon, même.*

En début de soirée, lorsqu'il croisa son patron et que celui-ci agita avec humour l'index dans sa direction en s'écriant : « Brenner, je compte sur toi ! », il se contenta de rire et répliqua du même ton badin : « Pas de problème, c'est comme si l'article était écrit ! »

Le lendemain matin, peu avant neuf heures, Henry Brenner se retrouva donc, de nouveau, devant le petit salon de thé de la rue de Chamissostraße. Il avait la sensation d'être dans la peau de Bill Murray dans *Un jour sans fin*… Il regarda par la vitrine. Cette fois, il n'y avait aucun client. Le rouquin œuvrant à la machine à café prit quelque chose sur le comptoir et disparut dans la cuisine.

Aucune trace de Catwoman.

Brenner entra avec prudence. Il fut accueilli par un puissant parfum mêlant vanille, cannelle et levure. Il s'assit à une table dans le coin le plus reculé et se cacha derrière le journal. Il en profita pour parcourir un article qu'il avait écrit sur l'histoire des bains de Neptune. *Pas mal du tout*. Puis il sentit un léger poids sur sa chaussure. Un chaton tigré avait découvert son lacet et jouait avec. Tout était paisible. Pour l'instant…

Quelques minutes plus tard, Maxie Sommer entrait dans la salle avec un plateau recouvert de roulés à la cannelle. Elle le posa avec entrain sur une table et découvrit alors son premier client de la journée.

Ses yeux bleus étincelèrent.

Henry eut comme une impression de déjà-vu. La jeune femme au chignon blond aussi, apparemment. Il se tassa sur sa chaise et la regarda par-dessus le bord de son journal, prenant l'air contrit.

Elle croisa les bras et s'accouda au comptoir.

— Oh, mais qui avons-nous là ?

— Je suis revenu uniquement pour les roulés à la cannelle, affirma Brenner en tentant un sourire.

— Follement intéressant. Autre chose ?

— Je n'aurais pas dû prononcer cette phrase à propos de… la pisse de chat. Je suis venu m'excuser.

— Aha, lâcha-t-elle, impassible.

— Bon, alors… C'est réglé. Auriez-vous le temps pour une interview maintenant ?

— Je crains bien que non.

Brenner leva les yeux au ciel. Intérieurement, bien sûr. La « charmante » jeune femme ne lui facilitait vraiment pas la tâche, comme il s'y attendait. *Contrôle-toi, Henry. Ne cède pas à tes impulsions !*

— Pourquoi pas ? Vous n'avez rien à faire pour l'instant, si ?

— J'ai un tas de choses à faire au contraire, répondit-elle d'un air buté, sans quitter son comptoir.

Brenner remarqua alors les cernes sous ses yeux. Apparemment, cette Maxie Sommer avait mal dormi. Elle ne semblait pas trop dans son assiette, d'ailleurs.

— Des problèmes ? s'enquit-il.

Cela ne faisait pas du tout partie de sa stratégie, la phrase lui avait échappé.

— Pourquoi ? Vous voudriez m'aider peut-être ? Ou c'est simplement la curiosité qui fait partie de votre métier ?

— Ou bien les deux, allez savoir ? Écoutez, je ne suis pas aussi affreux que j'en ai l'air.

Elle le détaillait comme s'il était le méchant loup en personne.

— Vous n'avez pas l'air affreux, monsieur Brenner. Vous l'êtes ! asséna-t-elle avec un sourire impertinent.

— Je sais, répondit-il en souriant à son tour. Ça veut dire que j'ai mon entretien ?

Il la sentit vaciller.

À cet instant précis, l'Anglais sortit de la cuisine. D'un coup d'œil, il saisit la situation.

— Oh, monsieur Brenner ! Vous êtes revenu. *That's wonderful!* s'exclama-t-il avec joie. Alors on va l'avoir ce papier sur notre super bar à chats, finalement ?

Le tee-shirt rose du jeune homme aux cheveux carotte indiquait ce jour-là *I'm a sex bomb*. Les commissures de la bouche de Brenner tressaillirent. Ce garçon avait le sens de l'humour !

— On dirait bien… Enfin, sauf si la patronne me met encore dehors.

— Oh non, bien sûr que non ! déclara Anthony en se tournant vivement vers Maxie.

Il poussa la jeune femme réticente vers la table de Brenner et la força à s'asseoir sur la chaise libre.

— La patronne sera très heureuse de vous accorder un entretien, assura-t-il à Brenner. Voulez-vous un petit café ? Un roulé à la cannelle ?

— Bon, d'accord, confirma Maxie avec des airs de grand seigneur.

Elle croisa les jambes et se mit à balancer le pied avec impatience.

— Quinze minutes, pas plus. Je suis débordée, comme vous le voyez.

Brenner sortit son bloc-notes. Il ne voyait pas en quoi elle pouvait être débordée, mais peu importe… Il avait décidé de se montrer plus cool que cool. Il allait poser ses questions à cette créature revêche, et adieu ! Mais quelques secondes plus tard, lorsqu'Anthony lui mit sous le nez un de ces escargots parfumés tout juste sortis du four, il prit la pâtisserie avec empressement et mordit dedans.

— Ouaouh, c'est divin ! s'exclama-t-il en mâchant, oubliant toute réserve. Ils ont le même goût que les roulés à la cannelle que ma mamie me préparait dans l'Eifel quand j'étais petit.

— Tiens donc, fit Maxie. Votre mamie…

Apparemment, elle était étonnée qu'il puisse avoir une grand-mère, ou éprouver des émotions humaines.

— Oui, ma mamie, affirma-t-il en dégainant son stylo. Vous vous appelez donc Maxie Sommer… diminutif de Maximiliane, je présume ?

Il sourit largement, et elle rougit.

— Eh bien, je présume que vous ne vous appelez pas Henry non plus et que votre passeport indique « Heinrich ».

Henry, qui s'appelait effectivement Heinrich, comme le mari de sa grand-mère, hocha la tête en serrant les lèvres.

— Exactement. Comme Heinrich Böll. Mais ça devrait plutôt être Henri VIII : ma passion secrète est de guetter les jeunes femmes dans les parcs pour les renverser avec mon vélo.

Il la vit étouffer un rire.

— Vous auriez vraiment dû vous montrer plus prudent, monsieur Brenner, lui reprocha-t-elle sévèrement. J'ai encore un énorme bleu aux… aux…

— Aux fesses, conclut-il pour elle. Ne vous inquiétez pas, ça ne figurera pas dans l'article.

Amusé, Brenner se permit la vision d'un ravissant fessier, bleu et vert comme la mer sur la Côte d'Azur.

Maxie Sommer l'observait attentivement. Quelques instants plus tard, comme si elle venait de lire dans ses pensées, elle reprit :

— Hé, ne faites pas trop le malin, d'accord ? J'aurais pu exiger de l'argent en dédommagement. Parce que c'était de votre faute !

L'article ne verrait jamais le jour, à ce rythme-là… Brenner résolut donc de ne pas répliquer. C'était le plus intelligent qui cédait… Au moins pour les petites choses.

— Oui, concéda-t-il, les circonstances de notre première rencontre n'étaient pas très heureuses, je vous l'accorde.

Elle parut radoucie.

— Et maintenant, dites-moi pourquoi votre salon de thé s'appelle Fräulein Paula. C'est un nom plutôt inhabituel, non ?

Une lueur de douceur traversa les yeux de Maxie.

— Paula était ma tante préférée. Elle ne s'est jamais mariée et mettait un point d'honneur à ce qu'on l'appelle « Fräulein », expliqua la jeune femme, souriante. Ça remonte à longtemps, bien sûr. Et pourtant, ma tante était une femme très émancipée à sa manière ! Une personne incroyable… Sans elle, mon salon de thé n'existerait pas.

Elle désigna les étagères, puis précisa :

— Tous ces livres viennent de chez elle, d'ailleurs.

— Je vois, fit Brenner qui écoutait en prenant des notes. Et les chats appartenaient aussi à votre tante ? Ou c'était votre idée ?

— Ni l'un ni l'autre, les chats sont arrivés il y a peu. Ils viennent de mon amie Léonie, ou plutôt de la voisine de mon amie, qui est partie en vacances et n'est pas revenue. Au début, il n'y avait que Mimi… et voilà qu'elle a eu des chatons !

Henry Brenner essayait de suivre.

— Je veux dire… rien de tout ça n'était prévu, vous voyez, mais oui, c'est comme ça que mon salon de thé s'est transformé en bar à chats, conclut Maxie, avant de plaquer la main sur sa bouche. Oh, noooon… Je ne sais même pas si j'ai le droit de vous raconter ça!

Devant l'air effaré de son interlocutrice, il se redressa avec intérêt. Y aurait-il des secrets?

— Madame Sommer, vous pouvez parler librement. On ne publiera rien dont vous ne voudriez pas, d'accord?

— D'accord. Il vaut mieux laisser tomber cette histoire de voisine. Rien n'est encore réglé…

Henry hocha la tête, compréhensif alors même qu'il ne saisissait pas vraiment de quoi il retournait.

Dès lors, l'entretien se déroula paisiblement. Maxie lui raconta qu'elle avait toujours rêvé d'ouvrir son propre établissement et que sa tante, Fräulein Paula Witzel, lui avait laissé en héritage le capital de départ nécessaire. Elle évoqua les difficultés du début. Les recettes de pâtisseries qui lui venaient de sa tante. L'arrivée chez elle de cette chatte blanche nommée Mimi, et le jour où elle avait découvert les chatons dans son armoire à vêtements. Puis elle parla des clients du café, des histoires qui s'y déroulaient. De la recherche désespérée d'une petite fille malheureuse, qui avait fini par garder un chaton nommé Lavande. Ainsi que d'un vieux monsieur solitaire qui venait lire son journal tous les jours et accueillerait bientôt un des chatons chez lui. Sans oublier Anthony, l'étudiant de Manchester qui portait toujours ces amusants tee-shirts à messages, et qu'elle payait à l'heure. Elle raconta également les journées qui commençaient tôt pour qu'elle puisse venir à bout de tout le travail. Et insista sur le bonheur que c'était de tenir ce salon.

— Et vous vous occupez de tout ça seule, donc ? Ça ne laisse pas beaucoup de temps pour la vie privée, fit remarquer Henry, dont le bloc-notes se remplissait à vue d'œil.

Maxie Sommer eut l'air un peu bizarre tout d'un coup, ou était-ce juste une impression ?

— La vie privée attendra, déclara-t-elle avec tant de fermeté qu'il s'abstint d'aller plus loin sur le sujet.

Cela l'aurait pourtant intéressé de savoir si Maxie Sommer avait un petit ami ou un mari. Pure curiosité professionnelle, il va sans dire.

— C'est dommage, dit-il simplement.

— J'ai mon salon de thé. Et Mimi, bien sûr.

Comme si elle avait compris qu'on parlait d'elle, la chatte blanche aux yeux verts s'approcha de leur table et se mit à s'enrouler en ronronnant autour des jambes du journaliste. Ce dernier se pencha pour caresser Mimi, qui le fixa d'un regard si perçant qu'il en fut presque troublé.

— Vous aimez les chats ? s'étonna Maxie en levant les sourcils.

Brenner opina du chef. Avant d'éternuer brusquement.

— Pas quand ils suivent par centaines des vieilles femmes bossues qui lisent dans le marc de café, précisa-t-il taquin. Mais sinon… oui.

— Comment ça, des vieilles femmes bossues ? demanda Maxie tandis que Brenner éternuait de nouveau. Hé, vous ne seriez pas allergique aux chats ?

— En principe, non, croassa Brenner.

— Vous savez, on nettoie et on passe l'aspirateur tous les matins, lui assura-t-elle sur la défensive.

— Est-ce que les chats restent dans le salon de thé jour et nuit ?

— Oui, pourquoi pas ? Ils ont tout ce dont ils ont besoin ici. Même une cour privée.

— Et des toilettes privées, plaisanta-t-il.

— Voilà.

Une heure et demie après être entré dans le salon de thé, Henry Brenner bouclait son entretien. Il prit ensuite le temps de longer les étagères, une fois de plus. À présent, il savait non seulement comment les chats étaient arrivés sur place, mais aussi ce que signifiait cette collection hétéroclite de livres.

— Puis-je en choisir un ?

D'une main assurée, il sortit du rayon « Avec happy end » un mince volume qu'il tendit à Maxie.

Elle prit connaissance du titre avec surprise. Puis le sonda du regard.

— Pourquoi celui-ci en particulier ?

— Je ne sais pas, répondit-il en fixant la couverture à l'illustration vieillotte, qui montrait une jeune femme en robe de bal. *L'Étrange Histoire d'amour de Tipsy*. Ça m'a l'air plutôt… original. Vous ne trouvez pas ?

Il sortait déjà de l'argent de sa poche, mais elle l'arrêta :

— Vous ne me devez rien du tout, monsieur Brenner. Ce livre, je vous l'offre… annonça-t-elle avec un sourire mystérieux. Mais seulement si vous me dites, à l'occasion, s'il vous a plu.

— Je le ferai, promis, déclara-t-il. Je sais où vous vous cachez maintenant.

Maxie n'était pas du genre à croire aux signes. Lorsque ce journaliste avait voulu prendre un livre, elle était sûre qu'il élirait un ouvrage de la catégorie « Pour les grosses têtes ». Or, le choix de Brenner avait été à l'opposé de celui escompté. Et donc, même si elle n'accordait pas un sens particulier aux événements, Maxie fut étonnée qu'il choisisse justement, de tous les livres, l'un des préférés de sa tante.

Paula Witzel avait fini par accepter que sa nièce ne soit pas une grande lectrice. Il lui était cependant arrivé de faire référence à ce livre en disant à Maxie qu'il faudrait qu'elle le lise un jour.

— Ce livre m'a accompagnée toute ma vie, avait-elle expliqué. Je l'ai découvert jeune fille, et je m'y replonge toujours avec plaisir. Il est délicieusement démodé et charmant ; tu aimeras l'héroïne, je le sais. Promets-moi que tu le liras un jour. Après tout, c'est le roman préféré de ta vieille marraine, tu devrais t'y intéresser rien que pour ça !

Maxie le lui avait promis. Et n'avait pas tenu promesse. Elle était toujours si occupée qu'elle ne prenait pas le temps de lire.

Plantée sur le seuil du salon de thé, le regard pensif, Maximiliane Sommer regardait maintenant s'éloigner Henry Brenner, de son vrai nom Heinrich. Elle sourit. Pas si infect que ça, ce type… Peut-être un peu imbu de lui-même. Mais ce qu'il avait raconté sur sa grand-mère et les roulés à la cannelle était sympathique, quelque chose de très touchant avait alors surgi, rompant avec sa désinvolture affichée.

Maxie retourna à l'intérieur et débarrassa son assiette. Brenner avait fini par admettre qu'il était responsable de l'incident du parc. Puis il lui avait parlé, les yeux brillants, de ce vélo Peugeot qu'il essayait pour la première fois, ce matin-là.

— Heureusement que vous ne me l'avez pas bousillé vu la vitesse à laquelle vous êtes sortie des buissons ! avait-il plaisanté.

— Quoi ? s'était-elle exclamée, simulant l'indignation. C'est vous qui m'avez bousillée en m'éjectant par terre.

— Si un jour on sortait ensemble, cette scène au parc aurait beaucoup de succès, non ? Comme dans ces films où un couple raconte comment il s'est rencontré et que chacun a sa propre version de l'histoire.

— Comme dans *Mr. & Mrs. Smith*, vous voulez dire ?

— Tant qu'on n'essaie pas de s'entretuer, hein ? avait-il ajouté en lui adressant un clin d'œil. Faisons la paix, au moins pour l'interview. Vous avez besoin d'une belle pub, et moi… j'ai vraiment besoin d'un autre escargot à la cannelle.

L'entretien s'était bien passé. Agréablement, même. Ce Brenner se révélait amusant, et elle avait apprécié leur joute oratoire. Avant de partir, il avait pris quelques photos supplémentaires. Anthony et elle au comptoir. Le livre de recettes bleu de tante Paula. Mimi et sa progéniture sur le canapé en velours. Konrad Franzen, assis devant une grande part de tarte aux pommes avec de la crème fouettée.

Maxie était impatiente de découvrir ce que Brenner allait écrire.

— Quand le sujet doit-il être publié ?

— Demain, après-demain au plus tard.

Brenner disait avoir l'article en tête, il lui restait juste à le taper. Il avait assuré qu'il chanterait les louanges des roulés à la cannelle de tante Paula. Il avait d'ailleurs pris en photo les pâtisseries en question. Puis Maxie posant devant la grande ardoise près de la fenêtre, sur laquelle elle avait inscrit « Gâteaux du jour », de son écriture élégamment déliée.

Le journaliste du *Stadt-Anzeiger* était reparti de bonne humeur. Maxie conservait néanmoins une certaine méfiance. La remarque de Brenner sur les toilettes privées des chats la perturbait. Elle estimait que l'homme était capable de tout – même de pondre une critique défavorable sur son bar à chats.

22

La semaine suivante, chaque matin, Maxie se rendit au kiosque à journaux pour acheter le *Kölner Stadt-Anzeiger*. Sans même quitter la place de Lenauplatz, elle feuilletait la rubrique locale, à la recherche du reportage de Henry Brenner. En vain.

Ce jour-là encore, elle retourna déçue au salon de thé.

— Toujours rien ? demanda Anthony.

— Non, répondit Maxie en posant le journal sur le comptoir. Je ne comprends pas… Il tenait absolument à faire cet entretien, et maintenant, silence radio !

Anthony prit le quotidien, le parcourut de bout en bout.

— *Strange*. Il semblait sincèrement enthousiasmé par l'atmosphère pourtant…

— Cet homme n'aime pas seulement manger des escargots à la cannelle, c'en est un lui-même quand il s'agit d'écrire un article, ironisa Maxie, amère.

Puis elle se rendit dans la cuisine pour préparer le gâteau aux pommes et aux noix de tante Paula. Et tout en préparant la pâte, avant de couper les pommes en quartiers et d'en inciser plusieurs fois la surface avec un couteau, elle songea que c'était le coup classique. D'abord on vous faisait tout un numéro, on se remplissait le ventre avec vos pâtisseries, et ensuite… adieu la compagnie ! Brenner avait probablement dégoté des sujets plus palpitants. N'empêche, elle aurait bien eu besoin d'un peu de publicité, là tout de suite… Les vacances avaient commencé et dès le week-end, Fräulein Paula avait été nettement moins animé. Maxie trouvait aussi vexant de n'avoir aucune nouvelle du journaliste. Elle avait un mauvais pressentiment concernant la raison de ce silence.

— Ne sois pas si impatiente, lui conseilla Léonie en passant en fin de matinée.

Elle profitait de son premier jour de vacances scolaires et, contrairement à d'habitude, paraissait très détendue.

— Pardon de te le dire, mais ce reportage n'est certainement pas LA nouvelle du jour.

— Je ne réclame pas la une, répondit Maxie, un peu froissée. Et pour ma part, je ne trouve pas les autres sujets de la rubrique locale plus passionnants que ça.

— Et si tu appelais la rédaction du journal pour en avoir le cœur net ?

Maxie tendit un café au lait à son amie par-dessus le comptoir.

— Tu débloques ? Je ne vais pas me mettre à courir après ce mec.

— Non, tu lui cours juste autour dans le parc, gloussa Léonie. Tiens, tu pourrais aller le guetter là-bas demain matin, ton journaliste fou de vitesse… Vous vous croiserez peut-être et tu pourras lui demander directement comment avance son article ?

Que le journaliste et le fameux cycliste du parc soient une seule et même personne avait beaucoup amusé l'amie de Maxie.

— Si ça, c'est pas un signe ! avait-elle dit d'un ton éloquent, en écarquillant les yeux.

— Sauf que je ne crois pas aux signes, avait tranché Maxie.

— Bon sang, Léonie, jouer les espionnes dans le parc ! Tu as déjà été plus drôle, tu sais ? râlait à présent Maxie. Il vaut mieux que j'oublie cet article. C'est une cause perdue, à mon avis.

— *You wait, take tea*, intervint Anthony.

— Il a raison, attendons de voir, fit Léonie.

Maxie jeta un coup d'œil à son amie.

— Et toi, alors ? Tu continues à attendre ? Ou est-ce que monsieur Felmy a eu la bonté de te contacter ?

Léonie remuait pensivement son café.

— Non, malheureusement.

— Et… tu vas l'appeler ?

— Non.

— Non ? Et moi qui pensais que vous aviez partagé « un moment existentiel », s'étonna Maxie en dessinant des guillemets en l'air.

— Et bien, peut-être que je me suis juste imaginé des choses, expliqua Léonie, embarrassée. Et il est probablement trop occupé.

— Trop occupé pour te remercier ? Tu t'es drôlement investie cette nuit-là.

— Oui, mais je l'ai fait parce que je le voulais. Pour Emma. Pas pour qu'on me remercie. En plus…

— En plus ? répéta Maxie.

— En plus, je ne sais pas si un homme séparé, toujours sous la coupe de son ex-femme, est la bonne personne pour moi. J'ai bien réfléchi… Tout ça serait trop compliqué. Et je suis persuadée que Paul Felmy voit les choses comme moi.

Léonie sourit, mais Maxie lut la déception dans les yeux de son amie.

— Ouh là. Tu jettes vite l'éponge, toi ! Qu'est-ce qui te prend, ma chérie ? La vie est compliquée, seule la mort ne l'est pas. Tu ne connais pas les mots du célèbre Alexis Zorba ? *Life is trouble. Only death is not…* On danse ?

Maxie écarta les bras et se mit à claquer des doigts en fredonnant les premières mesures du sirtaki. Léonie ne put s'empêcher de rire.

— Non, on ne danse pas. Arrête, les clients sont déjà en train de nous regarder.

— Et alors ? Je suis sûre qu'ils seraient heureux de danser avec nous, affirma Maxie. C'est un salon de thé joyeux, ici.

Elle baissa les bras et reprit :

— Tu vois, moi je trouve que ce sont les choses compliquées qui rendent l'histoire intéressante… Tout le reste m'ennuie.

Elle fit un signe de la tête à une femme assise à table avec sa petite fille, prête à payer.

— J'arrive ! lança-t-elle.

Elle traversa la salle de son pas dansant, encaissa la femme et prit une commande à une autre table.

— Et comment va Emma ? demanda-t-elle, de retour au comptoir.

— Oh, elle est très heureuse avec son chaton. Elle n'a parlé que de lui les derniers jours d'école. On dirait bien qu'il y a un happy end pour Emma et Lavande.

— Et pour monsieur Franzen et Aphrodite.

— Et pour Florian et son crayon, lâcha Léonie, dont le regard pétillait.

Maxie était à chaque fois surprise de constater que ces grands et doux yeux de biche pouvaient cacher une bonne part d'espièglerie. Bizarrement, penser à Florian ne la faisait pas souffrir. Elle éprouvait juste de la colère à l'idée d'être tombée sur un fourbe pareil.

— Ne me parle plus de lui.

— OK, mais tu as eu des nouvelles ?

— Non, fit Maxie. Visiblement, mon texto d'adieu ne lui a pas plu du tout…

Léonie dodelina de la tête, la mine grave.

— Il faut dire que tu as frappé fort avec le coup du « petit insecte minable » ! commenta-t-elle en finissant son café et en reposant la tasse. Ç'aurait pu être de moi, tiens.

Peu de temps après, Léonie prenait congé, annonçant qu'elle allait faire du shopping dans le Quartier belge. Il y avait une boutique formidable qui proposait des marques françaises.

— Maintenant, j'ai enfin du temps en semaine, se réjouit Léonie. J'ai vraiment besoin de nouvelles chaussures.

— Pas vrai, rétorqua Maxie avec un clin d'œil.

— Si, sérieux ! Tu te souviens sûrement que Mimi avait bousillé mes splendides souliers rouges ? Il est temps de leur trouver des remplaçants.

— Bonne chance alors, lui souhaita Maxie qui portait ses Birkenstock marron, comme d'habitude.

Léonie la remercia d'un signe de tête, avant de fixer ses chaussures.

— Je m'étonnerai toujours que tu ne chopes pas les pieds plats avec ça ! Heureusement c'est le modèle avec la bride dorée. Tu les as dénichées où ? Elles étaient en rupture de stock partout l'année dernière, non ?

— C'est ça… le modèle avec la bride dorée, répéta Maxie, qui ignorait qu'elle avait dégoté la perle rare en achetant des sandales prises au hasard sur l'étagère d'un magasin.

Elles s'embrassèrent et Léonie proposa de se retrouver chez Wackes le soir même pour fêter le début des vacances avec des tartes flambées et un Edelzwicker.

— Six semaines de liberté ! J'ai du mal à le croire !

Puis elle partit pour de bon, sa jupe d'été bleu ciel s'envolant derrière elle comme un petit nuage. Maxie se réjouissait déjà de cette soirée entre copines.

Mais après avoir fermé le salon de thé, lorsqu'elle alla récupérer son courrier, une enveloppe gris clair attendait dans sa boîte aux lettres… et son contenu lui coupa le souffle.

23

L'après-midi de Léonie lui donnait des ailes. Elle avait flâné dans le Quartier belge, acheté une belle robe d'été en batiste de coton chez Simon & Renoldi, bleu pâle avec des petites fleurs couleur coquelicot, le cardigan assorti, ainsi qu'une bougie parfumée pour Maxie. Elle s'était assise à la terrasse du Cafedel, sous des arbres dont le feuillage laissait passer quelques rayons de soleil venant tacheter le trottoir, et elle avait pris un excellent café au lait, fort mais pas amer.

C'était l'été, et la vie lui parut soudain incroyablement légère. Tous les magasins du quartier la mettaient de bonne humeur. Léonie régla et repartit se promener. Sur la place de Brüsseler Platz, quelques jeunes portant de grosses chaînes en or discutaient en écoutant du rap sur leurs enceintes, des chauffeurs de taxi attendaient le client, paresseusement appuyés à leur voiture, et deux jeunes filles en short dégustaient une glace, assises sur les marches de l'église Saint-Michel.

Léonie se détailla dans une vitrine qui reflétait sa silhouette menue, puis admira des fleurs arrangées avec amour sur des étagères aériennes en fil de fer devant une charmante boutique de fleuriste. Elle longea ensuite l'étalage d'un magasin de chaussures dans lequel elle découvrit, pour son plus grand plaisir, une paire de sandales à brides rouge tomate ; le simple fait de les contempler la ravit. Quelques minutes plus tard, elles lui appartenaient.

Le soleil chauffait encore sa nuque lorsque Léonie prit le chemin de chez Wackes. Le restaurant se situait de l'autre côté du « Ring », cette rocade qui séparait les quartiers.

Alors qu'elle marchait le long de la rue de Brabanter Straße avec ses emplettes dans de jolis sacs en papier, elle aperçut quelques mètres devant elle un homme brun élancé en costume. C'était Paul Felmy, qui venait sûrement de quitter son cabinet. De joie, le cœur de Léonie fit un bond. Elle accéléra le pas sans l'avoir décidé, prête à le héler, lorsque Felmy s'arrêta au coin de la rue et qu'une jeune femme rousse vint à sa rencontre, une fillette sautillant derrière elle. Léonie entendit la voix cristalline d'Emma et comprit que les Felmy discutaient, sans malheureusement comprendre ce dont il s'agissait.

C'était peut-être mieux ainsi… Léonie mit ses lunettes de soleil et traversa pour gagner le trottoir d'en face. Elle ne voulait surtout pas déranger. De toute évidence, M. et Mme Felmy avaient encore beaucoup à se dire.

Alors qu'elle traversait le Ring pour remonter la très fréquentée rue d'Ehrenstraße, où s'alignaient boutiques et brasseries, elle dut se ranger à l'avis de son amie Maxie. Paul Felmy aurait vraiment pu la recontacter comme promis. Au moment de se dire au revoir, quand il l'avait regardée longuement et lui avait serré la main, elle avait vraiment eu l'impression qu'il se passait quelque chose. Manifestement, elle s'était trompée.

La vie n'est pas un roman, Léonie.

Peut-être avait-elle tendance à surinterpréter les situations. Heureusement, elle avait résisté à la tentation d'interroger Emma sur son père à l'école. La seule information que la petite fille lui ait livrée (d'elle-même), c'était qu'ils ne partiraient pas en vacances tout de suite car sa mère resterait encore quelques semaines en Allemagne.

Léonie tourna dans la rue de Benesisstraße et se retrouva devant le restaurant alsacien qui portait le nom de son propriétaire, Romain Wack. On y faisait les meilleures tartes flambées de la ville, selon Léonie, et la vinaigrette de pomme de terre, assaisonnant la mâche servie dans des bols rustiques en céramique, était à tomber par terre. Elle jeta un coup d'œil à travers les fenêtres du petit établissement aux nappes à carreaux rouges et blancs ; il était déjà plein, et elle se rendit compte que l'eau lui venait à la bouche.

Maxie l'attendait, assise à l'une des tables contre le mur. Léonie fit signe à son amie, se fraya un chemin jusqu'à elle puis agita ses sacs sous son nez.

— Carton plein ! J'ai même trouvé des chaussures rouges !

— Super, lâcha Maxie sans le moindre enthousiasme.

Alors seulement, Léonie remarqua la mine sombre de son amie.

— Maxie ? Il s'est passé quelque chose ?

— On peut dire ça, fit celle-ci en sortant une enveloppe en papier recyclé qu'elle posa brutalement sur la table.

Léonie fronça les sourcils. Du papier recyclé ? C'était rarement de bon augure… Il s'agissait soit de contraventions, soit d'avis d'imposition ; en tout cas, de courriers officiels désagréables. Elle examina le tampon de la ville de Cologne.

— Qu'est-ce que c'est ? Les impôts ? Tu dois payer un rappel ?

Maxie eut un reniflement de mépris.

— Pire ! Un trouduc m'a dénoncée aux services sanitaires. À cause des chats dans le salon de thé et d'un prétendu manque d'hygiène. Ils vont venir inspecter les lieux. Il faut que je ferme boutique d'ici là. Il ne manquait plus que ça !

— Oh non, c'est pas vrai ! s'exclama Léonie qui prit la lettre de la municipalité et la parcourut, avant de secouer la tête, incrédule. C'est dégueulasse. Qui ferait une chose pareille ?

— Quelqu'un qui me veut du mal, je suppose. Quelle injustice… Mon salon de thé est super propre, on pourrait manger par terre ! tempêta Maxie, cramoisie de colère.

Le patron du restaurant se présenta à leur table, reconnaissant Léonie qui venait régulièrement avec des amis ou des collègues. Une fois, elle avait même fêté son anniversaire à l'un des étages, une soirée inoubliable où ils avaient tous profité du « menu-surprise ».

— Un peu de vin pour commencer, mesdemoiselles ? leur proposa-t-il très aimablement.

Elles commandèrent et, peu de temps après, il leur apportait un pichet d'Edelzwicker.

— Je suis foutue, gémit Maxie. Si des clients entendent parler de cette inspection sanitaire, ça pourrait être très mauvais pour les affaires.

— Sauf que les inspecteurs ne trouveront rien !

— Ils trouvent toujours un truc qui cloche, grogna Maxie. C'est comme les inspecteurs des impôts… Ils ne veulent pas faire le boulot pour rien, alors ils se débrouillent pour dénicher quelque chose.

— N'importe quoi ! Tu gères le salon comme une chef, tu n'as aucun souci à te faire. Bien sûr, c'est très désagréable une accusation de ce genre, mais ça ne repose sur rien de concret. Pour ma part, je n'ai pas encore vu de cafards chez toi !

Elle essayait de faire rire Maxie, mais son amie avait toujours la mine aussi sombre.

— Très drôle.

Léonie resta silencieuse un moment. Puis elle reprit :

— Je n'y comprends rien du tout. Je veux dire… tous tes clients se sentent bien chez Fräulein Paula, ils ne tarissent pas d'éloges sur tes pâtisseries. Même si elles sont un peu trop riches à mon goût. Et puis tu fais des parts beaucoup trop grosses… Tu pourrais gagner deux fois plus.

— C'est à cause des chats, je te dis.

— Mais tout le monde les adore, non ? Ou alors, quelqu'un s'est déjà plaint ?

Maxie réfléchissait à la question tandis que le patron leur servait deux premières tartes flambées au chèvre et un saladier de mâche.

— Bon appétit !

— Merci, répondit Léonie en adressant un sourire ravi à Romain Wack.

Elle avait un jour sérieusement envisagé de suivre un des cours de cuisine qu'il proposait… Avant de décréter qu'il était nettement plus agréable de manger à l'extérieur que de rester coincée devant les fourneaux.

Léonie habitait Cologne depuis peu lorsqu'un jeune psychologue qui la draguait l'avait invitée chez Wackes. Voilà comment elle avait découvert le restaurant qu'abritait l'étroit immeuble, rue de

Benesisstraße. Mais la cuisine alsacienne s'était révélée bien plus intéressante que le psychologue qui avait passé des heures à s'apitoyer sur lui-même et à pleurer sa petite amie perdue.

Léonie découpa un morceau de tarte flambée, souffla dessus puis le mit dans sa bouche d'un geste gracieux.

— Délicieux, comme toujours, déclara-t-elle avant de boire une gorgée du vin frais.

Maxie n'avait pas encore touché à la sienne.

— Allez, mange, ça va refroidir ! C'est moi qui t'invite, j'ai déjà bien fait chauffer ma carte bleue, de toute façon.

Elle déposa de la salade dans le bol de Maxie. Peut-être devrait-elle offrir à sa meilleure amie un cours de cuisine chez Wackes ? Elle pourrait alors lui cuisiner de bons petits plats alsaciens...

Maxie se mit à trifouiller sa tarte flambée, puis elle reposa ses couverts.

— Peut-être que c'est mon ex-collègue, fit-elle pensivement.

— Quelle ex-collègue ?

— Celle de chez Backfrisch. Ariane Lindner, précisa Maxie avant de froncer les sourcils. Je me demandais bien pourquoi elle était venue me voir, l'autre fois. Elle n'a jamais pu me supporter, parce que le patron de Backfrisch me trouvait meilleure qu'elle.

Maxie brandit alors sa fourchette en direction de Léonie, et poursuivit :

— Bref, cette abrutie est passée récemment, elle m'a demandé comment marchaient les affaires. Et plus tard, elle a bruyamment prétendu qu'il y avait un poil de chat dans sa part de gâteau. C'était vraiment désagréable… Mais plus rien ne me lie à Lindner. Je veux dire, elle a le patron pour elle toute seule maintenant.

— Peut-être qu'elle te reproche ton succès, réfléchit tout haut Léonie. La rancune est un mobile très puissant, non ?

— Quel succès ? Le salon de thé ne marche pas au point que je puisse prétendre avoir une mine d'or.

— Je ne suis pas de ton avis. Si l'on considère que tu l'as ouvert depuis peu, il se porte à merveille. C'est un lieu très charmant. Et une fois que le super reportage du *Stadt-Anzeiger* aura été publié…

— Oh, lâche-moi ! On croirait entendre Anthony, bougonna Maxie en piquant sur sa fourchette un morceau de tarte flambée. D'ailleurs, ce journaliste borné n'a manifestement pas réussi à pondre quoi que ce soit sur Fräulein Paula. Je n'aurais pas dû me donner tout ce mal !

— Eh bien… Tu ne t'es pas autant investie que ça, à en juger par ce qu'Anthony raconte.

— Ah ouais ? Et il raconte quoi, Anthony ? Pour un peu, il se serait jeté aux pieds de ce type vaniteux pour les embrasser. « Un café, monsieur Brenner, un roulé à la cannelle peut-être ? Asseyez-vous, je vous en prie. Oui, je vais aller vous chercher le livre de recettes sur l'étagère, tout de suite, mais je vous en prie. » Et puis… *nada*! Mais bon, rien ne dit que j'aurais été satisfaite de son article.

Maxie se mit à donner de furieux coups de fourchette dans sa mâche, et reprit :

— Avec son côté suffisant, il a sûrement trouvé mon salon de thé fantaisiste, au mieux. Il va chez Massonier, tu vois ?

— S'il te plaît, Maxie ! Arrête de maltraiter ta salade, monsieur Wack va se vexer.

— Oh, monsieur Wack, monsieur Wack, marmonna son amie avec irritation.

— Très chère, vous pourriez prendre l'habitude d'avoir un peu plus de tact. Tu es sûre que tu n'as pas balancé à ce journaliste quelque chose qui l'aurait refroidi ?

— Au contraire ! rétorqua Maxie. Il a dégoté un livre d'occasion et il est reparti tout content. Et puis c'est lui qui a manqué de tact, pas moi : il a demandé où pissaient mes chats et s'est moqué des bacs à litière.

Maxie se remit à manger avec une expression maussade, et finit par repousser son assiette. Puis elle se pencha en arrière et frappa soudain la table du plat de la main.

— Bon sang, je savais qu'il y avait un truc louche ! s'écria-t-elle.

Léonie leva les yeux vers elle, surprise.

— Comment ça ?

— Tu ne comprends pas ? C'est Brenner, le coupable. Ce n'est pas un hasard si son article n'a jamais été publié. Il n'en avait pas l'intention. Il voulait juste farfouiller, et après il m'a dénoncée aux services d'hygiène, fit Maxie, sur le point d'exploser. Je vais lui passer un de ces savons !

— Maxie, tu débloques. Ce n'est pas Brenner, jamais de la vie… Un journaliste du *Stadt-Anzeiger* ! Pourquoi ferait-il une chose pareille ?

Léonie jugeait absurde la théorie de son amie. Elle aurait plutôt parié sur l'ex-collègue envieuse. Ou alors, quelqu'un de tout à fait différent.

— Aucune idée. Probablement pour me donner une bonne leçon, grogna Maxie. Ce type ne supporte pas la critique. Peut-être qu'il a voulu se venger du parc. Tout ce qui importait pour lui, c'était qu'il n'arrive rien à son sacro-saint vélo de course. Tu aurais dû l'entendre !

— Mais enfin, Maxie ! Tu ne pourrais pas changer de disque ? Ce truc dans le parc, c'était déjà de l'histoire ancienne quand ce Brenner s'est pointé chez Fräulein Paula. Arrête de te monter la tête, par pitié ! Ce mec te rend vraiment parano, on dirait. Crois-moi, il n'a rien fait. Tu te fourres le doigt dans l'œil.

— Et moi je pense que j'ai raison sur toute la ligne. Sinon, j'aurais déjà eu des nouvelles de lui. Ou son article aurait été publié. Or il n'est toujours pas sorti, tu peux m'expliquer pourquoi ?

Maxie regarda Léonie d'un air de triomphe, tandis que le chef posait sur la table une nouvelle planche en bois avec une tarte flambée dessus.

— Et voilà, fit-il en se frottant les mains avec satisfaction. Cette fois, crème et lanières de lard. Régalez-vous !

— Splendide ! lança Léonie avec un signe de tête reconnaissant, et le patron s'éloigna.

— Alors… dis-moi pourquoi ? s'obstina Maxie.

Léonie haussa les épaules.

— Eh bien… Je ne sais pas. Il peut y avoir un millier de raisons. Ton Brenner a perdu ses notes, ou la publication du reportage a été reportée, ou il est tombé de son vélo et s'est cassé la main.

— Ou les extra-terrestres l'ont enlevé.

24

Henry Brenner tapa avec satisfaction un point final après sa dernière phrase. Il était installé dans la salle de rédaction. Aucun extra-terrestre ne l'avait enlevé. Il n'était pas non plus tombé de son vélo, n'avait pas davantage perdu tout intérêt pour le bar à chats et la patronne des lieux. Certainement pas ! Pourtant, il y avait bien une raison expliquant pourquoi son article n'était pas encore sorti.

Une grippe estivale avait terrassé Brenner juste après son entretien avec la propriétaire de Fräulein Paula. Dans le salon de thé déjà, il n'arrêtait pas d'éternuer. Ce qui aurait dû lui mettre la puce à l'oreille, car il n'avait jamais eu d'allergie. Puis était venue la sensation de grattement dans la gorge. Ses cigarettes n'avaient plus aucun goût, ce n'était pas bon signe.

Le matin suivant, il s'était réveillé avec un mal de tête lancinant, et ses muscles étaient aussi douloureux que si un boucher l'avait attendri comme une escalope. Son crâne était brûlant, le thermomètre indiquait 39,2. Henry ne se souvenait pas quand, pour la dernière fois, il avait eu de la fièvre. Il avait appelé la rédaction et demandé qu'on excuse son absence, puis il était retourné au lit en titubant. Il avait sombré dans une somnolence seulement interrompue par des allers-retours occasionnels à la cuisine, où il se tenait sur des jambes tremblantes le temps de se faire du thé ou de prendre biscottes et bananes. Il avait aussi retrouvé deux bocaux de bouillon de poule. Le bouillon de poule était bon, sa grand-mère de l'Eifel en préparait toujours quand quelqu'un était malade. Dans la salle de bains, il avait trouvé une boîte de pastilles contre le mal de gorge et avalé deux aspirines. Puis il s'était recouché et abandonné à des rêveries fiévreuses dans lesquelles apparaissaient une chatte blanche et une jeune femme blonde. La femme, qui sentait la cannelle et avait de belles mains, avait détaché ses cheveux d'un seul mouvement en lui souriant avec amour. Il avait alors compris que la fièvre le faisait délirer.

Sur sa table de chevet était posé le roman d'Else Hueck-Dehio, *L'Étrange Histoire d'amour de Tipsy*, trois euros. Il ignorait pourquoi ce mince volume avait atterri dans la catégorie de prix la plus élevée de la bibliothèque. Il avait pris maladroitement le livre, lu quelques lignes.

Émouvant, avait-il eu le temps de penser. Puis il s'était rendormi.

Le lendemain, Elena, sa femme de ménage qui avait la clé de l'appartement, était entrée. Elle avait été très surprise de trouver Brenner au lit, entouré de tasses de thé, de biscottes et de bols avec des restes de soupe séchés.

— Oh mon Dieu, monsieur Brenner ! Vous en tenez une bonne, hein ?

Henry avait péniblement acquiescé et remonté la couverture car il avait de nouveau froid. C'était comme ça tout le temps, chaud-froid-chaud-froid, son corps n'arrivait pas à se décider.

Elena avait aéré, secoué les oreillers pour les regonfler et précautionneusement rangé l'espace autour de son lit. Heureusement, elle ne faisait pas partie de ces personnes qui œuvraient dans le vacarme, appuyant chaque geste – soit parce qu'elles ne pouvaient pas s'en empêcher, soit parce qu'elles voulaient prouver qu'elles travaillaient comme des dingues. Étant donné que Henry Brenner n'était généralement pas chez lui lorsque sa femme de ménage venait, il n'avait jamais réfléchi à la façon dont elle nettoyait son appartement. À moitié endormi, il avait observé Elena évoluer dans la pièce avec son plumeau, telle une ballerine. Elle avait ensuite débarrassé délicatement assiettes, tasses et bols, puis placé sur sa table de nuit une bouteille d'eau gazeuse et un verre. Ensuite, elle avait refermé la porte de sa chambre pour s'occuper du reste de l'appartement. Henry s'était assoupi, bercé par les bruits apaisants en provenance de la cuisine. Et juste avant de partir, Elena lui avait apporté une assiette de purée et de la compote de pomme. Il avait avalé quelques cuillerées de la purée, et la compote de pomme avait agréablement rafraîchi sa gorge. Empli de gratitude, il s'était radossé à ses oreillers, et endormi au bout de quelques minutes.

En se rendant dans la cuisine plus tard, il y avait remarqué, sur le buffet, deux boîtes en plastique contenant de la purée et plusieurs pots de compote de pomme. Il s'en était nourri le reste de la semaine. La vie pouvait être si simple…

Une fois le week-end arrivé, il s'était senti mieux. Encore un peu chancelant, mais en même temps étrangement reposé et serein. *Le bénéfice de la maladie*, avait songé Henry, méditatif. De temps en temps, il était agréable d'avoir un peu de tranquillité. Il en avait profité pour lire le roman d'Else Hueck-Dehio, penser à Maximiliane Sommer et rêver de roulés à la cannelle sortis du four. Ou l'inverse.

Il était de retour au journal depuis la veille. Et après s'être frayé un chemin à travers un torrent d'e-mails, il avait finalement rédigé l'article sur Fräulein Paula.

Ce reportage, c'est du lourd! pensait Henry. Son patron, qu'il croisa dans le couloir après le déjeuner, partageait son avis.

— Bon boulot, Brenner! Joliment tourné! On dirait que les choses ne se sont pas trop mal passées avec cette militante détestant les hommes.

Et il lui adressa un clin d'œil derrière ses lunettes à monture dorée.

— Oh, c'était supportable, commenta Henry en haussant les épaules, avec une impassibilité simulée.

— Tiens, tiens, lâcha juste Burger.

Alors que Henry s'asseyait à son bureau, son téléphone sonna.

— Une certaine madame Sommer, annonça la standardiste. Je vous la passe.

Quand on parle du loup! Henry s'adossa à son siège, agréablement surpris.

— Henry Brenner, déclara-t-il en se mettant à dessiner des petits triangles sur son bloc-notes.

— C'est Maxie Sommer. La fille du bar à chats. Vous vous souvenez peut-être de moi?

Sa voix avait l'air un peu… hostile. Bizarre. Mais c'était sûrement un effet de son imagination.

— Bien sûr que je me souviens de vous, répondit Henry avec enjouement. J'étais justem…

Il n'eut pas le temps de finir sa phrase.

— Vous savez quoi, Henry Brenner? Vous êtes vraiment le dernier des salauds! entendit-il rugir à l'autre bout du fil.

— Euh… pardon ?

Henry se redressa, perplexe. Mais quelle mouche la piquait ? Est-ce qu'elle parlait vraiment de lui ?

— Qu'est-ce qui se passe encore ? Vous vous êtes levée du pied gauche ? Mal dormi ?

— Oui, je dors mal en effet.

Elle avait adopté le même ton que s'il était responsable de la situation.

— Et c'est de ma faute ? demanda-t-il en levant les sourcils.

La pâtissière était séduisante mais pas mal dérangée. Une cinglée, quoi… Dommage. Il l'avait trouvée mignonne. Très mignonne, en fait. Pour ne pas dire irrésistible. Mais le moment n'était pas indiqué pour se laisser emporter par l'exaltation.

— Oui, c'est de votre faute, Henry Brenner, ne faites pas l'ignorant, vous aggravez votre cas.

Elle marqua une pause et il revit la reine de Saba dressée devant lui, bras croisés.

— Je vois, dit Henry, qui n'avait aucune idée de ce dont elle parlait. Puis-je savoir de quoi on m'accuse ?

Une pensée à la fois absurde et tentante lui traversa l'esprit. Trop tentante pour ne pas la formuler à voix haute…

— Ne me dites pas que vous n'arrivez pas à dormir parce que vous pensez tout le temps à moi ?

Il entendit qu'elle laissait échapper un grognement indigné.

— C'est vous faire trop d'honneur, monsieur Brenner, trop d'honneur, déclara-t-elle, avant de déverser sur lui un torrent de colère qui lui fit rentrer la tête dans les épaules. Que vous vous moquiez de mon petit salon de thé, admettons. Que votre article à la noix n'ait toujours pas été publié, et ne le soit sans doute jamais, je m'en remettrai. Et pouvait-on attendre autre chose d'un sale type qui ne se préoccupe que de lui-même ? Par contre, je ne vous pardonnerai jamais de m'avoir dénoncée aux services d'hygiène !

Henry demeura sans voix. Ce qui lui arrivait rarement. Cette femme était complètement folle !

— Les services d'hygiène ? bégaya-t-il. Je ne sais absolument pas de quoi vous parlez.

— Oh, allez, monsieur Brenner ! Qui tourne en ridicule depuis le début mes toilettes pour chats ? Qui s'est moqué du classement des livres ? Je ne comprends pas comment on peut se montrer aussi retors, mais c'est probablement une vengeance parce que je vous avais passé un savon, que votre ego de macho n'a pas pu le supporter. Et moi qui pensais, moi qui pensais que…

— Stop ! l'interrompit Henry, se privant ainsi de ce que Maxie Sommer avait pensé d'autre. C'est bon, ça suffit, on arrête. Maintenant je parle, et vous la fermez, très chère ! Je ne sais pas qui vous cherche des poux, mais ce n'est pas moi.

Je le jure. Je le jure sur la tête de ma grand-mère de l'Eifel.

Il avait ajouté cette dernière phrase en y mettant de la vigueur, et l'entendit lâcher un « oh » minuscule.

— D'accord, mais… commença-t-elle.

Elle s'interrompit aussitôt, manifestement perturbée. Jurer sur la tête de sa grand-mère était un argument de poids et il la sentit vaciller.

— Et pourquoi ne pas avoir écrit l'article, alors ? le défia-t-elle en dernier recours.

Henry leva les yeux au ciel. Cette fille le poussait vraiment dans ses derniers retranchements !

— Parce que j'étais au fond de mon lit, peut-être ? La grippe estivale ça vous parle ? s'enquit Henry avant de tousser ostensiblement plusieurs fois, pour souligner ses propos.

— Et je suis censée vous croire sur parole ?

Bon sang, la donzelle était aussi têtue qu'une mule !

— Chère madame Sommer, vous pouvez me croire ou pas, de toute façon vous croyez uniquement ce qui vous chante. Tout ce que je peux dire, c'est que je suis de retour au journal depuis hier seulement. Et que rédiger un reportage sur votre stupide salon de thé a été la première chose que j'aie faite.

— Mon stupide salon de thé ?

— Parfaitement, répondit Henry. Vous n'avez qu'à acheter le journal demain, vous verrez. Et maintenant, si vous voulez bien m'excuser… Je ne sais pas à quoi vous occupez vos journées, mais moi je n'ai pas de temps à consacrer à des discussions aussi absurdes.

— Allez vous faire voir ! cria-t-elle, furieuse.

— Vous de même, lâcha-t-il avant de raccrocher.

Une minute plus tard, il allumait une cigarette et se penchait à la fenêtre. Il était interdit de fumer dans les bureaux de la rédaction… Peu importe. Henry Brenner avait le sang qui bouillonnait comme jamais. Il en regrettait presque d'avoir écrit l'article. Un article beaucoup trop gentil pour une personne aussi déplaisante. Ses yeux bleus, son rire, ses roulés à la cannelle… tout cela lui avait fait tourner la tête, mais la réalité voulait que cette greluche soit une fouteuse de troubles, point barre. Les ennuis surgissaient dès qu'elle se pointait. Depuis le début, il y avait chez elle quelque chose qui provoquait une réaction en lui. Elle avait un flair infaillible pour tirer sur la corde sensible, et il se retrouvait à chaque fois au bord de l'implosion.

Henry prit une profonde bouffée de sa cigarette puis souffla la fumée. Il se calmait, petit à petit. On ne devait jamais s'ennuyer avec une femme pareille… Ce matin-là, le simple fait d'écrire le reportage et de regarder à nouveau les photos l'avait mis de très bonne humeur. Il avait même eu l'intention de retourner rapidement chez Fräulein Paula…

Maxie Sommer, s'était-il dit, serait comblée en lisant l'hymne à son salon de thé qu'il avait pondu ; il ne pouvait en être autrement. Elle l'inviterait à prendre un café et à manger un morceau de gâteau, puis ils parleraient du roman qu'elle lui avait offert – avec un sourire lourd de sens, lui avait-il semblé.

Henry Brenner soupira. Voilà comment il avait imaginé les choses, mais c'était déjà de l'histoire ancienne. Maxie Sommer était furieuse contre lui. De manière totalement injuste. Comme toujours.

Il entendit des pas dans le couloir, jeta sa cigarette dehors et ferma rapidement la fenêtre.

Le boss entra, s'arrêta devant le bureau de Henry et plissa les yeux.

— Tu as fumé ici, Brenner ?

— Non, bien sûr que non ! affirma Henry en affichant son regard d'agneau innocent.

— Ne te fous pas de moi, Brenner.

— Non, vraiment, je pense que ça vient de l'extérieur, s'empressa de lui assurer Henry. J'avais la fenêtre ouverte. Ça sent le brûlé, je l'ai remarqué aussi.

Il regarda dehors en prenant l'air préoccupé, comme si un feu de forêt faisait rage. Puis il se tourna vers Burger.

— En plus, j'essaie d'arrêter la clope… À propos, vous ne m'avez pas encore dit ce que vous pensiez de mon idée d'écrire une chronique sur un homme arrêtant de fumer. On appellerait ça « Ma dernière cigarette ».

Burger secoua la tête et lâcha juste :

— Et combien de dernières cigarettes tu comptes encore fumer ?

— Oh, beaucoup, sinon on ne réunirait pas assez de signes pour en faire un livre au bout du compte ! Vous voyez, je donnerais n'importe quoi pour ce journal. J'y laisserais même ma santé !

Il se remettait à faire le mariole, pourtant il n'était vraiment pas d'humeur à plaisanter.

Burger n'entra pas dans son jeu. Il ne semblait pas très emballé par l'idée d'une rubrique « non-fumeur ».

— Si tu veux te ruiner la santé, c'est ton affaire, Brenner. Mais pas dans nos locaux, je te prie. Et maintenant, trêve de plaisanteries !

Le boss s'installa d'un mouvement élégant sur le bord du bureau, en tirant sur les jambes de son pantalon de costume gris pour se mettre plus à son aise.

— Écoute bien, Brenner, j'ai reçu un tuyau. Dysfonctionnements dans une maison de retraite du quartier de Marienburg. Tu devrais te pencher sur l'affaire.

Et Burger lui expliqua brièvement de quoi il retournait. On avait constaté la présence de salmonelles dans des repas servis aux résidents. Apparemment, la nourriture était avariée. La direction de l'établissement avait réagi beaucoup trop tard et tenté de dissimuler les faits sous le tapis, mais les services d'hygiène étaient à l'œuvre.

Henry Brenner eut soudain une idée en écoutant son patron.

— Dites-moi, monsieur Burger, vous avez de bonnes relations avec les services sanitaires ?

— Bien sûr, j'ai des informateurs fiables partout. À mon niveau, il vaut mieux posséder un excellent réseau. Pourquoi cette question ?

Henry réfléchissait.

— Est-ce que votre… euh… contact pourrait me rendre un service ? Sous couverture, de préférence ?

— On croirait entendre James Bond, Brenner ! C'est quoi cette histoire ? demanda son patron qui le regardait avec attention.

Henry s'assit en souriant intérieurement. Il ignorait qui avait signalé le bar à chats aux services d'hygiène. Mais il était sûr d'une chose : si le boss apprenait que la « charmante jeune femme » qui préparait de si bons gâteaux avait des ennuis, il l'aiderait à se tirer d'affaire.

Une heure plus tard, Henry Brenner connaissait le nom du délateur. Il prit une profonde inspiration, puis décrocha son téléphone et composa le numéro de Fräulein Paula.

On répondit à la troisième sonnerie. C'était le jeune Anglais, qui le salua avec exubérance.

— Oh, *hello*, monsieur Brenner ! Heureux de vous entendre ! Comment allez-vous ? Tout le monde ici attend votre article avec impatience.

— Je sais, répondit Henry. J'ai été malade, mais le reportage paraît demain.

— Oh, merveilleux ! s'exclama Anthony en actionnant la machine à espresso.

— Dites, la patronne est là ? s'enquit Henry. Je dois lui parler d'urgence.

Il perçut un échange de murmures, puis on lui passa Maxie Sommer. Sa voix était empreinte de froideur.

— Vous ne pouvez pas me laisser tranquille, monsieur Brenner ?

Respire, respire profondément, s'ordonna-t-il.

— Rien ne me ferait plus plaisir. Mais je ne peux pas laisser passer une accusation aussi scandaleuse. Je suis profondément affecté que vous puissiez penser une telle chose de moi.

— Arrêtez, vous allez me faire pleurer, lâcha-t-elle, et Brenner eut l'impression qu'une brise glaciale s'échappait du combiné.

Ils restèrent silencieux un moment.

— Oui ? Autre chose à dire ? Ou c'est tout ? demanda-t-elle finalement. Je n'ai pas le temps d'attendre jusqu'à la Saint-Glinglin, monsieur Brenner.

Il ne se laisserait pas provoquer…

— Eh bien non, ce n'est pas tout. Il y a du nouveau dans cette affaire, c'est pourquoi je vous appelle.

— Du nouveau ?

Voilà, il avait maintenant toute son attention.

— Et bien j'ai fait jouer mes excellentes relations avec les services sanitaires et…

D'accord, c'était grâce aux excellentes relations de Burger, mais après tout, c'était lui qui avait eu l'idée de s'en servir.

— … je sais maintenant qui vous a dénoncée à l'hygiène.

— Quoi ? s'exclama-t-elle, incapable de dissimuler sa surprise.

Il marqua une petite pause calculée.

— Ne me faites pas mariner. Qui est-ce ?

— Le nom de Florian Gerber vous évoque quelque chose ?

Maxie Sommer poussa un juron.

— Et comment, que ça m'évoque quelque chose ! Cette espèce de pourri de mes deux ! s'écria-t-elle, révoltée.

— Bien envoyé.

C'était agréable de voir la colère de la belle dirigée contre un autre homme, pour changer.

— Et donc ? demanda-t-il.

— C'est mon ex-petit ami. Quelle ordure ! Je vais le tuer.

— Il ne l'aurait pas volé, mais vous devriez toutefois vous abstenir, conseilla Henry. Mais ce que je voulais savoir, Milady, c'est si j'ai bien agi pour une fois ? Ai-je, de vos remerciements, mérité la grâce ?

— Pas la peine de parler aussi pompeusement, monsieur Brenner. Ces mots ne sont pas de votre cru qui plus est, je me trompe ? s'amusa-t-elle. Mais quoi qu'il en soit, oui : merci ! MERCI ! En lettres capitales.

— Je parodiais Schiller, *Marie Stuart*, expliqua-t-il. Et j'accepte humblement vos remerciements. Au fait… en ce qui concerne les services de l'hygiène, vous n'avez plus rien à craindre. Je m'en suis occupé. Ils me devaient un petit service. Vous savez…

Et Henry fredonna les premières mesures du *Parrain*, avant de reprendre :

— Ça vaut toujours le coup de connaître les bonnes personnes.

Robert Burger s'était « attaqué » avec détermination à l'inspecteur chargé du contrôle, et les services sanitaires avaient renoncé à donner suite à l'affaire.

— Vous êtes un gros frimeur, lui reprocha Maxie Sommer.

Mais sa voix trahissait son soulagement.

— Je ne dirais pas « gros », répondit-il. Mais bon, je passe l'éponge.

Le silence s'installa d'un bout à l'autre de la ligne.

— Je suis vraiment désolée de vous avoir soupçonné. C'était vraiment une idée absurde.

— Bien vu, confirma Henry qui décida aussitôt de tenter sa chance. Et… peut-être avez-vous une idée de la façon dont vous allez vous faire pardonner ?

Elle réfléchit un moment, puis proposa :

— Un petit roulé à la cannelle ?

— Ça me paraît bien.

— Samedi après-midi ?

— Parfait.

25

Le reportage de Henry Brenner ouvrait la rubrique locale.

— « Le bar à chats enchante tous les clients… Chez Fräulein Paula à Neuehrenfeld, on se sent chez soi », cita fièrement Anthony.

Incapable d'attendre, il avait été le premier à acheter le journal au kiosque et en avait rapporté trois exemplaires.

— *Yeah!* Le titre à lui seul est génial!

Anthony s'accouda au comptoir pour lire l'article à haute voix tandis que Maxie rougissait de plaisir et que Léonie, sagement assise à côté de Mimi sur le canapé, buvait les paroles du jeune Anglais.

Il était encore tôt, mais cet article resterait avec certitude l'événement de la journée. Le journaliste s'était surpassé. Son article chantait littéralement les louanges du petit salon de thé situé place de Lenauplatz. Des fabuleux gâteaux faits maison, des chats si mignons, des livres d'occasion classés

« avec une originalité inédite » (où lui-même, Henry Brenner, avait déniché un trésor), des vieux meubles confortables, de tante Paula et de son livre de recettes bleu… Les louanges, aussi et surtout, de la pétillante Maxie Sommer, qui gérait son charmant salon de thé d'une main de fée – une sorte d'héroïne qui avait réalisé son rêve de travailler en indépendante, s'investissait en mettant tout son cœur à l'ouvrage et avait une parole aimable pour chaque client. Suivaient, brièvement esquissées, quelques histoires touchantes qui s'étaient déroulées chez Fräulein Paula. On y évoquait le vieux M. Franzen qui avait retrouvé l'appétit de vivre grâce à un chaton prénommé Aphrodite, ainsi qu'une petite fille qui en avait adopté un autre, Lavande. Mimi avait droit à une mention spéciale. On pouvait ainsi lire que Maxie Sommer avait eu le coup de foudre pour la chatte blanche. Que leur rencontre, fruit du destin, avait porté chance à son établissement, et que lorsque Mimi avait eu des chatons (pour la plus grande surprise de Maxie), le salon de thé s'était transformé en bar à chats exerçant désormais un effet quasiment thérapeutique sur de nombreux clients.

« Fouiner dans les étagères de livres, s'asseoir dans un confortable fauteuil, caresser un chat, boire un excellent café et manger un roulé à la cannelle frais, apporté à votre table par la ravissante propriétaire au sourire chaleureux – même les jours où tout semble aller de travers, c'est un pur bonheur. »

Achevant l'article, Anthony baissa le journal et regarda Maxie, admiratif.

— *Wow!* fit-il. « La ravissante propriétaire au sourire chaleureux », c'est toi! *Good Lord*, ce journaliste a vraiment mis le paquet sur ce coup-là. C'est un super entretien! L'endroit va être pris d'assaut.

— Énorme! ajouta Léonie en lançant à Maxie un sourire à la fois bienveillant et coquin. Vous aviez mis de la drogue dans son café? Ou alors ta tante possédait une recette de gâteau aphrodisiaque qu'on ne connaît pas encore? Je croyais que cet homme était odieux? Or tu as droit à une véritable déclaration d'amour, là…

Maxie ne disait rien. Son cœur battait très vite, et la joie qui la submergeait faisait tourbillonner ses pensées. Elle avait fini par croire Henry Brenner capable de livrer un bon article mais ne s'attendait pas un tel déferlement de superlatifs.

— Les photos sont très réussies, aussi, déclara Anthony. Et… voici la meilleure.

Il s'était replongé dans le journal et pointait du doigt le cliché les montrant, Maxie et lui, devant le comptoir. Il y portait le tee-shirt annonçant *I'm a sex bomb*, avait passé un bras autour de Maxie qu'il dépassait de deux têtes et fixait l'objectif avec un sourire engageant.

Contemplant son portrait avec satisfaction, Anthony reprit :

— Maintenant, tout le monde à Cologne sait qu'un Anglais jeune et séduisant travaille ici. Je portais le bon tee-shirt ce jour-là, quelle chance !

Il eut un large sourire et Léonie rit, avant de se tourner vers son amie qui ne pipait mot.

— Qu'est-ce qui t'arrive, Maxie ? Tu as donné ta langue aux chats ? Un article pareil, vous allez pouvoir l'encadrer et l'accrocher au mur !

Maxie regardait ses deux amis, hébétée.

— Eh bien, je dois dire que je suis complètement dépassée, admit-elle.

J'ai vécu dernièrement de vraies montagnes russes, pensa Maxie tandis qu'elle enfournait une plaque garnie de roulés à la cannelle. La chaleur du four fit tourbillonner quelques mèches de sa chevelure blonde. Maxie les lissa machinalement en arrière. Il y avait du monde au salon de thé ce samedi – comme chaque jour depuis l'article de Brenner paru en début de semaine. Elle avait même engagé une autre extra, Lisa, une bachelière en quête d'un boulot d'été, qui avait déjà l'expérience du service en salle. Le béguin d'Anthony pour sa désormais célèbre patronne s'était reporté sur la jeune fille longiligne à la coupe au bol dès qu'elle s'était présentée au café.

— Elle a un côté très *british*, avait-il murmuré à Maxie, avec un clin d'œil appréciateur.

Il régnait une atmosphère enjouée autour du comptoir. Des mots et des regards s'échangeaient, et Lisa faisait du très bon boulot.

Maxie se redressa en souriant, puis porta la main à ses reins. Elle s'étira avec un soupir. Elle avait vraiment travaillé dur. Mais à présent, la roue paraissait tourner en sa faveur. Maxie prit une lavette humide et essuya pensivement le buffet de la cuisine, couvert de farine. Incroyable, tout ce qui pouvait arriver en une semaine ! D'abord, cet escroc de Florian par qui elle s'était bien fait rouler, puis le choc en recevant le courrier des services d'hygiène, son coup de fil rageur à Brenner, dont elle avait encore honte, son soulagement en apprenant que le contrôle sanitaire était annulé. Sa colère que Florian ait essayé de se venger d'une manière aussi vile. Son appel agité à Léonie pour lui raconter la dernière crasse de « l'homme au crayon ». Et enfin, ce sentiment de bonheur lorsqu'Anthony avait lu l'article. Ce dernier l'avait encadré le jour même et accroché au-dessus du canapé bleu malgré les protestations de Maxie. Mais en fermant le salon ce soir-là, elle était restée un moment devant, emplie d'une immense fierté.

Le premier article sur son salon de thé, voilà qui marquait un véritable tournant. D'accord, on ne pouvait pas comparer le *Kölner Stadt-Anzeiger* au *Guide Michelin*, mais tout de même ! Et Henry Brenner l'avait non seulement sortie de la panade, mais aussi prise de court avec ses louanges. La voyait-il vraiment sous un jour aussi positif ? Ou était-ce juste du blabla typique de journaliste ? Piteusement, elle s'était remémoré ses accusations hâtives, qui s'étaient avérées une grossière erreur. D'un autre côté, cet homme la provoquait depuis le début, ne manquant jamais une occasion de se moquer d'elle. Cela, au moins, n'était pas le fruit de son imagination !

Elle ignorait comment gérer la bienveillance inattendue de ce Brenner. Elle n'appréciait pas d'avoir une sorte de dette envers lui. *Même s'il s'agit juste d'un bête roulé à la cannelle*, avait-elle pensé, butée, avant de railler sa propre attitude. Ce qu'elle pouvait être puérile parfois. Il n'empêche, elle envisageait leur prochaine rencontre avec des sentiments mitigés. Brenner s'attendait probablement à de grandes manifestations de gratitude de sa part, il roulerait peut-être des mécaniques. Ou peut-être pas. La perspective de revoir cet homme, qui pouvait l'exaspérer comme nul autre tout en écrivant sur elle de si gentilles choses, lui procurait des picotements extrêmement agréables.

— On verra bien, mystère, mystère, avait-elle murmuré en verrouillant la porte du salon.

Pour fêter cette journée si spéciale, elle avait proposé à Léonie d'aller au Bagatelle, où l'on pouvait s'asseoir en terrasse pour profiter d'une soirée estivale, de délicieuses tapas et d'un bon vin. Mais ce soir-là leur réservait une autre surprise.

Alors que les deux amies passaient devant le Café Soleil, Léonie s'était soudain arrêtée et avait fait marche arrière.

— Regarde qui nous avons là ! avait-elle lâché en indiquant la grande vitrine du café, où était attablé un seul client.

Maxie l'avait repéré avant de froncer les sourcils.

Un jeune homme blond avec un chignon planté d'un crayon était nonchalamment installé à l'intérieur. Son MacBook argenté ouvert, il draguait manifestement la serveuse avec qui il parlait. La jeune femme, flattée, riait, ramenant sa chevelure en arrière.

Maxie avait pris une profonde inspiration. À la base, elle voulait suivre les conseils de Léonie : laisser les services d'hygiène s'occuper de cette affaire de dénonciation et ne plus perdre d'énergie avec ce type ignoble. Mais ses bonnes intentions s'étaient instantanément évanouies, elle avait eu un rictus mauvais et ses yeux étaient devenus des poignards transperçant l'homme derrière la vitrine, qui continuait à conter fleurette sans se méfier.

— Ça va être ta fête, Florian Gerber, avait-elle prononcé la mâchoire serrée.

— Non, laisse-moi faire s'il te plaît, s'était interposée Léonie en retenant Maxie par le bras.

Elles étaient entrées toutes les deux et avaient marché d'un pas décidé vers la fameuse table. Florian avait levé la tête, puis écarquillé les yeux.

— Eh bien, pour une surprise, c'est une surprise, avait lâché Léonie d'une voix tranchante. Mais oui, voilà notre bon vieux pote Florian ! Ou devrais-je dire : le sale petit rat qui, blessé dans son orgueil, a balancé aux services d'hygiène le fabuleux salon de thé de mon amie ? Ce qui était tout sauf gentil, d'autant plus que le sale petit rat y a mangé et bu à l'œil pendant des semaines et des semaines…

Elle avait marqué une pause, avant de fixer Florian d'un air faussement préoccupé et de reprendre :

— Tu vois, j'ai peur que les choses se présentent très, très mal pour toi. Personne n'aime les délateurs.

Maxie était stupéfaite. Son ami aurait fait honneur au Marquis dans *Certains l'aiment chaud*.

Le regard de la serveuse brune passait avec surprise des deux jeunes femmes hostiles au jeune homme, qui avait brutalement blêmi.

— Mais… avait poursuivi Léonie, mon cher Florian, tu seras heureux d'apprendre que la flèche empoisonnée a manqué sa cible. Les services sanitaires ont décidé qu'un contrôle n'était pas nécessaire. Au lieu de ça, Fräulein Paula a bénéficié d'une tribune de premier choix.

Et Léonie avait sorti de son sac son exemplaire du *Stadt-Anzeiger*, avant de l'ouvrir à la page correspondante et de le poser sur la table de Florian, désormais cramoisi.

— Bonne lecture ! Et… quel dommage, vraiment, que tu ne puisses plus profiter de toutes ces merveilleuses pâtisseries.

Puis Léonie s'était tournée vers la serveuse.

— Ah, au fait : cet homme drague toutes les femmes, mais je suis sûr que vous l'aviez déjà remarqué. Vous voyez, il se croit irrésistible… On a dû le bannir de notre café. On ne pouvait pas faire autrement, les clientes se sentaient harcelées.

— Mais enfin…, avait protesté Florian. C'est, c'est…

— C'est la pure vérité, l'avait interrompu Maxie, prête à en découdre.

— Viens, Maxie, on y va. Tout a été dit.

Léonie avait jeté un dernier coup d'œil à l'étudiant, comme foudroyé sur sa chaise.

— Tu sais ce qui m'a toujours dérangée chez toi, Flo ? Cette coiffure complètement naze. Tu permets ?

D'un geste gracieux, elle avait retiré le crayon des cheveux de Florian pour le casser en deux.

— Tu devrais peut-être penser à en changer…

Trop abasourdi pour réagir, Florian avait passé la main dans sa longue crinière. Léonie avait passé son bras sous celui de Maxie et les deux amies étaient sorties du café, la tête haute.

Dans la rue, elles avaient éclaté de rire.

— T'as vu sa tête ? Il est resté assis là comme un gros abruti !

— *Girl power!* avait crié Maxie en levant le poing.

Ce samedi-là donc, dans la cuisine de son salon de thé, Maxie souriait ironiquement au souvenir de ces retrouvailles avec l'homme au crayon. Florian Gerber, c'était enfin de l'histoire ancienne.

Elle s'étudia ensuite dans le miroir sans cadre accroché à côté de la porte et rattacha une mèche de cheveux. Le « scribouillard » viendrait bientôt réclamer son dû : le roulé à la cannelle de la réconciliation.

Maxie, un peu nerveuse, rajusta la robe à petits pois bouffante qu'elle portait et refit le nœud de son tablier. Et tout d'un coup, elle se trouva aussi ravissante que le journaliste l'avait décrite dans son article.

Henry Brenner vint. Mais il ne repartit pas après avoir dégusté sa pâtisserie préférée et bu son café. Il resta assis dans la cour intérieure, à fumer en suivant du regard Maxie, qui avait fort à faire. Même en début de soirée, il y avait encore tellement de clients qu'ils n'avaient pas pu échanger davantage que quelques civilités.

Le journaliste s'était montré vers seize heures trente. Maxie, derrière le comptoir en train de découper des parts de son gâteau pommes-noix, l'avait tout de suite repéré. Ce qui n'avait rien de surprenant : elle avait passé toute l'après-midi à le guetter, jetant des coups d'œil à travers la grande fenêtre sur le rebord de laquelle Tiramisu se prélassait, léchant ses pattes noires et blanches dans un coin éclaboussé de soleil.

Henry Brenner avait franchi le seuil du salon, et apercevant Maxie, il s'était frayé un chemin dans la salle bondée. Elle lui avait adressé un signe joyeux. Mais se faisant face au comptoir, ils avaient été envahis par l'embarras. Après s'être renvoyés dans les cordes, ce rendez-vous en bonne et due forme ressemblait à l'arrivée sur une planète inconnue, dont l'exploration requérait une certaine prudence.

Brenner avait fourré les mains dans ses poches et souri malicieusement à Maxie.

— Me voilà.

— Vous voilà, avait répété Maxie faute de trouver plus intelligent à dire.

Le regard de Brenner la troublait. Elle l'avait vu hausser les sourcils et fixer avec amusement l'énorme couteau à gâteau qu'elle tenait.

— Bon sang, vous n'allez quand même pas essayer de me tuer, si ? Vous pouvez reposer ça, je viens avec des intentions pacifiques.

— Reposer quoi ? Oh, ça ! avait fait Maxie en mettant le couteau de côté, avant de lisser son tablier avec gêne.

À côté d'elle, Anthony préparait bruyamment deux cafés au lait sous le regard rêveur de Lisa.

— Non, non, pas d'inquiétude, avait assuré Maxie à Henry Brenner. Vous ressortirez d'ici vivant, promis.

— J'en suis terriblement soulagé. Avec vous, on ne sait jamais.

— Seulement, vous ne partirez pas avant d'avoir eu votre roulé à la cannelle. C'était le *deal*.

— Tout à fait, vous avez encore une dette envers moi, avait-il confirmé en lui adressant un clin d'œil. Je déteste l'avouer, mais je suis accro à vos petits escargots…

Maxie avait remarqué que son regard se promenait sur la robe qui dépassait de son tablier.

— Tiens, des petits pois ! Vous êtes en robe aujourd'hui… avait-il commenté avec un sourire appréciateur. Vous êtes très élégante. Oserai-je croire que c'est pour moi ?

— Dans vos rêves ! avait répliqué Maxie, qui sentait ses joues chauffer.

Elle était heureuse et en même temps contrariée que Brenner ait remarqué sa robe.

— N'allez surtout pas vous imaginer des choses, avait-elle ajouté.

Repoussant la mèche de cheveux qui s'obstinait à retomber sur son front, il avait pris un air très innocent, digne d'un petit garçon.

— Je ne ferais pas ça. Vous me connaissez…

— Justement, avait soupiré Maxie, railleuse. Que diriez-vous d'aller vous installer dans la cour ? Une table vient de se libérer.

Assis à une table de bistrot ronde près d'un buisson d'hortensias, Henry Brenner jouait avec un chaton tigré qui ne le quittait plus d'une semelle.

— Comment s'appelle-t-elle ? avait-il demandé alors que Maxie posait un café et son roulé à la cannelle devant lui.

— C'est un mâle, et il s'appelle Neruda.

— Neruda ? Comme Pablo Neruda ? Un nom ambitieux pour un si petit chat… Il écrit des poèmes, lui aussi ?

Maxie avait fait mine de réfléchir.

— Si oui, en secret. Quant au choix du nom, c'est auprès de mon amie Léonie que vous devrez vous plaindre. Je ne suis pas une littéraire, comme vous l'avez déjà souligné de manière si percutante… Moi, je fais juste des gâteaux.

— Vous m'en voulez toujours, alors ?

Maxie avait mis les poings sur les hanches.

— Eh bien oui, qu'est-ce que vous croyez ? Vous m'avez traitée d'ignorante. Mais bon, je peux bien vous pardonner après un si bel article sur mon salon de thé…

Maxie se demandait depuis le début comment faire allusion au reportage sans devoir embrasser de gratitude les pieds du journaliste. Voilà, c'était fait.

Henry Brenner, qui caressait le pelage brillant de Neruda, lui avait jeté un coup d'œil par-dessous sa mèche.

— Content que vous ayez apprécié.

— C'est le cas. Anthony a tout de suite découpé l'article pour l'afficher.

— J'ai vu ça, au-dessus du canapé en entrant.

Cet homme avait vraiment un œil de lynx…

— Moui, apparemment, plus de gens qu'on ne le pense lisent la rubrique locale, avait commenté Maxie l'air de rien. Ça ne désemplit plus. Bon, je dois y retourner ! Si vous voulez autre chose, faites-le moi savoir. On va dire que c'est mon jour de bonté.

Brenner avait hoché la tête, ravi, et pris en main l'escargot à la cannelle.

— Je ne manquerai pas d'en abuser. Et on parlera de l'autre texte plus tard…

— Quel autre texte ?

— Eh bien, le livre que vous m'avez offert, avait-il précisé en tapotant la sacoche en cuir brun posée sur la chaise à côté de lui. *L'Étrange Histoire d'amour de Tipsy*… Je l'ai lue, comme promis. Vous vouliez que je vous dise si ça m'avait plu. Vous avez oublié ?

Maxie le regardait avec étonnement. Bien entendu qu'elle se souvenait du roman préféré de sa tante. Sauf que lui avait tenu promesse ! Elle lui avait lancé un sourire par-dessus son épaule en s'éloignant sur les pavés moussus de la cour, avant de disparaître à l'intérieur du salon de thé.

Plus tard donc, elle lui proposa un verre de vin à la petite table ronde en métal verte dehors. Une fois le dernier client parti, un peu après dix-huit heures, Maxie ôta son tablier, ouvrit une bouteille de Chardonnay, prit deux verres et, dans sa robe estivale, se dirigea d'une démarche dansante vers Henry Brenner, qui la couvait de regards admiratifs.

— Qu'est-ce qu'il y a ? demanda Maxie avec gêne en s'installant. Arrêtez de me fixer comme si j'étais la huitième merveille du monde.

— Pardon, mais vous êtes vraiment ravissante ce soir. Vous devriez porter des robes plus souvent. Si vous me permettez de le dire.

— Bon, bon, fit Maxie en tirant énergiquement sur le bas de sa robe à pois, avant de croiser ses longues jambes bronzées.

Son pied droit, chaussé d'une ballerine bleue, ne cessait de remuer. Cet intérêt la rendait nerveuse.

— Vous n'aimez pas les compliments ?

— Ça dépend.

Et comme chaque fois qu'elle était embarrassée, elle palpa l'arrière de sa tête pour vérifier que le ruban maintenant sa coiffure n'avait pas trop bougé. Les compliments étaient à double tranchant, selon elle. Beaux à entendre, certes, mais ils vous rendaient vulnérable.

Elle remarqua de nouveau son regard sur elle, vit le léger sourire qui soulevait ses lèvres. Elle se redressa sur sa chaise.

— Mais qu'est-ce qui vous arrive aujourd'hui, Henry Brenner ?

— Rien, assura-t-il en passant ses doigts sur sa bouche.

— Rien ? répéta-t-elle.

Il prit l'air de l'innocent agneau.

— Alors à quoi pensiez-vous ?

— À rien.

— Je n'en crois pas un mot. On ne peut pas ne penser à rien. À quoi pensiez-vous à cet instant précis ?

— Eh bien… Je me demandais juste…

— Oui ?

— … je me demandais à quoi vous ressemblez quand vous détachez vos cheveux…

Elle était incapable de dire s'il était sérieux ou s'il la taquinait.

— Monsieur Brenner, on dirait bien que vous avez encore de la fièvre. Détacher mes cheveux ? Vous vous croyez dans quel genre de film ?

— Voudriez-vous défaire vos cheveux s'il vous plaît ? demanda-t-il alors, les yeux pétillants de malice.

— Bien sûr que non, espèce de macho ! s'exclama Maxie avant d'éclater d'un rire nerveux.

— Dommage, lâcha Brenner en s'affaissant sur sa chaise. Enfin, ça valait le coup d'essayer !

Il leva son verre de vin et ils trinquèrent.

— Au bar à chats ! Et à la chance qu'il m'a offerte de rencontrer sa si charmante propriétaire, ajouta galamment Brenner.

— Mais… pas besoin de mon salon de thé pour ça ! rétorqua Maxie. Nous avions déjà eu le plaisir de nous rencontrer.

— Oh, allez… Vous n'allez pas sérieusement recommencer avec ça, hein ? demanda-t-il en joignant les mains comme pour la supplier.

— Non, pas sérieusement, lui accorda Maxie.

Ils sirotèrent leur vin en suivant du regard Mimi, qui évolua gracieusement dans la cour avant de s'installer sous le vieux banc en bois, contre le mur recouvert de lierre. L'air était doux, et le parfum de l'héliotrope les enveloppait.

— Quoi qu'il en soit, je suis heureux que mon article ait contribué à faire parler du lieu, reprit Henry Brenner. Je l'aime vraiment beaucoup.

— Pour ses gâteaux, vous voulez dire ?

— Entre autres, sourit-il.

Maxie entrelaça ses doigts.

— Dites-moi, tout ce que vous avez écrit est vrai ?

— Chaque mot. Mais vous faites référence à quoi en particulier ?

— Eh bien… ce que vous racontez à propos de moi ? Cette phrase qui parle de la ravissante propriétaire et du bonheur pur. Vous le pensez vraiment ?

Il eut un petit rire.

— Je me disais bien que ça vous plairait…

— Mais vous ne l'avez écrit que pour cette raison ? l'interrogea Maxie, piquée par un léger sentiment de déception.

— Alors comme ça, c'est important, ce que je pense de vous ?

Finissant sa phrase, il s'adossa à sa chaise pour contempler le ciel, où flottaient des filets de nuages couleur pêche. Une grande sérénité régnait dans la cour. Un oiseau gazouilla dans le feuillage du bouleau, et Mimi leva les yeux avec intérêt.

— Vraiment douillet, cet endroit. Si ce n'est pas le cadre idéal pour une idylle ! fit-il en retroussant les lèvres.

— Il faut toujours que vous ironisiez, Henry Brenner ?

— Je n'ironise pas. Pas tout le temps.

Il prit une gorgée de vin blanc et la regarda par-dessus son verre, assez longuement, et elle sentit son cœur battre plus vite.

— Suggérez-vous que, dans le tréfonds de votre âme de journaliste endurci, se cache un romantique ?

— Ça se pourrait. Ça vaudrait peut-être le coup d'aller regarder, répondit-il avant de se pencher pour sortir de son sac le livre provenant de l'étagère du salon. En tout cas, ce roman est très émouvant et romantique, et je le dis sans aucune ironie. Il s'accorde à merveille avec votre robe d'ailleurs.

— Ah oui, pourquoi ?

— Parce que l'héroïne s'appelle Tipsy, et qu'en Estonie, où se déroule l'histoire, ce mot veut dire « petit point ».

— Et qui est cette Tipsy ?

— Tipsy est la benjamine d'une fratrie qui ne comptait avant elle que des garçons, elle sait monter à cheval, elle est très impatiente. Un vrai garçon manqué. Par certains aspects, cette Tipsy m'a fait penser à vous. Bien que l'histoire se déroule au tournant du vingtième siècle dans un domaine en Estonie.

— Quoi d'autre ? fit Maxie avec empressement.

Il lui adressa un regard surpris.

— Vous avez l'air de beaucoup vous intéresser au contenu de ce roman…

— C'était le livre préféré de ma tante.

Voilà, elle l'avait dit.

— Et vous ne l'avez pas lu ?! s'étonna Brenner. Un si petit volume ? Je veux dire… Vous savez lire, non ?

— Bien sûr que je sais lire ! rétorqua-t-elle avec irritation, songeant que cet homme avait le don de la faire sortir de ses gonds. Mais je n'ai jamais trouvé le bon moment pour m'y attaquer.

— Vous plaisantez ? Je l'ai dévoré en une heure, en plein délire fébrile.

— C'est bon, on le sait que vous êtes un héros.

— Vous ratez quelque chose…

— OK, OK, tante Paula le disait sans arrêt.

— Votre tante avait raison. Il faut le lire !

Il n'en démordait pas, et Maxie commençait à s'échauffer.

— Bon sang, vous pouvez arrêter de me faire la morale ? Dites-moi plutôt ce qui se passe dedans. En quoi l'histoire d'amour de cette Tipsy est-elle étrange ?

— Non, fit Henry Brenner en secouant la tête.

— Quoi, non ?

— Je ne vais pas vous le dire, mais… attendez ! J'ai une meilleure idée.

Brenner prit le petit livre et l'ouvrit.

— Je vais vous le lire. C'est la soirée parfaite pour ça, et il serait dommage que vous en manquiez ne serait-ce qu'un mot. Et puis je suis sûr que ça plairait à votre vieille tante.

— Laissez donc ma tante en dehors de ça.

Brenner se mit alors à lire : « Tipsy n'était pas un canari. Ce n'était pas non plus un jeune chien de chasse dont le poil long pouvait évoquer la soie quand on le brossait. Ce n'était pas un poulain ou un chaton… »

— Ha ! Tipsy, ça ferait effectivement un meilleur nom pour un chat, l'interrompit Maxie.

Brenner ne se laissa pas décourager. Il reprit et sa voix agréable emmena Maxie très, très loin ; dans une époque magique qui avait tout du conte de fées.

« C'était une jeune fille qui grandissait dans un domaine en Estonie, avant même le début du vingtième siècle… »

Et c'est ainsi que Maxie Sommer découvrit l'histoire de Tipsy, l'héroïne préférée de *Fräulein* Paula Witzel ; une jeune fille victime d'une embarrassante mésaventure lors du mariage de son amie. En effet, lorsque Tipsy s'aperçoit – après le somptueux bal auquel assistait également, à son grand dam, « ce mufle de Bodo », un arrogant comte du voisinage – qu'elle a oublié son journal intime dans un coin reculé du château, elle se lève au beau milieu de la nuit pour aller le chercher. Elle se glisse hors du lit qu'elle partage avec sa tante dans une chambre d'amis, finit par mettre la main sur son journal mais se trompe de porte sur le chemin du retour. Elle se retrouve soudain allongée aux côtés du comte, qui se réveille et que cette visite nocturne ravit.

Il s'avérait bien sûr, à la fin, que l'affreux Bodo n'était pas un monstre, mais l'homme à qui Tipsy offrirait son cœur…

La voix de Brenner se fit plus rauque. À la tombée de la nuit, Maxie avait allumé une lanterne pour qu'il puisse aller au bout du roman. Elle contemplait son profil bien dessiné, aux contours de plus en plus flous, et s'absorbait dans l'histoire qu'il lui lisait. Régulièrement, surgissait le souvenir de sa tante. Maxie se demandait si la *Fräulein* avait vécu une histoire d'amour aussi singulière avec son spécialiste des chauves-souris… Et elle s'était imaginé un congrès d'éthologie où l'on se serait trompé de porte, mais où les cœurs se seraient trouvés.

Après la dernière phrase, Henry Brenner referma le mince volume et regarda Maxie. La nuit était venue, la lumière de la lanterne vacillait et une lune pâle baignait la cour d'une ambiance irréelle.

— C'était merveilleux, dit simplement Maxie, encore dans ses pensées. Je suis très heureuse de connaître cette histoire. Merci de me l'avoir lue…

Ils restèrent silencieux un moment. Ni l'un ni l'autre ne voulaient rompre le charme.

— Curieux tout de même que j'aie choisi dans l'étagère le roman préféré de votre tante.

Maxie hocha la tête, elle avait pensé la même chose ce matin-là. Et durant un instant absurde elle se dit que les signes existaient peut-être, après tout.

— Et comment va se poursuivre notre histoire à nous, Maxie ? demanda doucement Henry en prenant sa main à tâtons.

— Tu veux dire : est-ce que la charmante Maxie et l'arrogant journaliste vont finir par se trouver, comme Tipsy et son comte ? plaisanta-t-elle alors que son cœur battait si fort qu'elle était sûre que Henry pouvait l'entendre.

— Exactement, répondit-il en se penchant vers elle pour ramener, dans un geste tendre, une mèche de cheveux derrière son oreille.

Maxie porta alors la main à sa chevelure qu'elle détacha, sans le quitter du regard, et elle lui sourit tandis qu'un flot de vagues dorées se déversait sur ses épaules. Elle vit les yeux de Henry s'écarquiller. Un océan bleu profond dans lequel Maxie sentit qu'elle devait plonger tête baissée.

— Waouh !

Ce fut le seul mot qu'il parvint à prononcer. Maxie ignorait que Henry Brenner l'avait vue, exactement ainsi, dans les rêves fiévreux provoqués par sa grippe. Elle savait en revanche qu'elle voulait l'embrasser ; à sa manière, impulsive, sauvage et chaleureuse.

Et tandis que Henry l'attirait dans ses bras, de façon si impétueuse que la table en métal oscilla et que le petit livre tomba par terre, Maxie fut traversée par cette pensée : parfois, la vie et la lecture n'étaient pas si éloignées.

26

Susann Siebenschön avait fait ses dernières emplettes avec une certaine mélancolie. Le matin, elle avait pris le bus à Ischia Porto pour Forio, un de ses lieux de prédilection, tandis que Giorgio partait dans la direction opposée pour ouvrir son magasin d'antiquités, à Ischia Ponte. Dans la magnifique boutique de céramique située à la sortie de Forio, elle avait admiré les carreaux, bols et vases peints à la main, et discuté avec le propriétaire. Elle avait flâné dans le magasin, prenant rêveusement tel ou tel objet, puis le redéposant à regret. Elle avait vu beaucoup de choses ravissantes, mais sa valise était suffisamment lourde, et elle reviendrait sans doute. Finalement, elle avait choisi un bol orné d'oiseaux bleus ainsi qu'un carreau sur lequel était peint un chat blanc – elle comptait l'offrir à Léonie, avec le bracelet à breloques acheté dans la boutique de Giorgio et qui attendait dans son écrin.

Susann avait ensuite repris la rue principale puis acquis dans une boutique de souvenirs deux petites bouteilles de limoncello joliment décorées, quatre gros savons au citron et trois sachets de ces savoureux bonbons ronds au citron. À la Pasticceria Calise, qui était à la fois un petit bar et la meilleure pâtisserie de l'île, elle avait bu un café et dégusté une délicieuse glace à la noisette. Et avant de partir, elle avait fait emballer une *torta al limone* qu'elle voulait partager avec ses amies, une fois revenue à Cologne.

Susann poussait de profonds soupirs tout en se dirigeant vers le port où Giorgio devait la rejoindre à quatorze heures. Elle s'installa en terrasse d'un bar, commanda un Aperol Sour et regarda les bateaux qui se balançaient. Elle se rappelait parfaitement la première fois où elle s'était assise là, seule, sans Bertold mais avec tous ces souvenirs qui l'avaient rendue à la fois mélancolique, et heureuse de retrouver l'île après toutes ces années.

Certains endroits possédaient leur magie propre, et une familiarité qui persistait même quand on avait perdu tout repère sur le chemin de sa vie. La mer, les palmiers, les odeurs et les couleurs, les petites maisons blotties dans les douces collines, le mont Epomeo, cette gentillesse qui planait dans l'air… Toute la beauté et le pittoresque de l'île avaient réveillé Susann et son goût de vivre.

Elle prit une gorgée de l'apéritif au goût d'été et d'orange. Elle ne parvenait toujours pas à croire à tout ce qui s'était passé depuis son arrivée, début mai. La véritable raison de son voyage en Italie, qu'elle croyait alors être le dernier, s'était miraculeusement évaporée. Susann s'imaginait souvent le visage stupéfait du docteur Kugelmann lorsqu'elle lui annoncerait que sa hanche ne la faisait plus du tout souffrir ; qu'elle avait même gravi le mont Epomeo. Un exploit qu'elle ne rééditerait pas, car sur les derniers mètres, très raides, elle s'était sentie bien essoufflée. Il ne fallait pas pousser, elle avait tout de même soixante-treize ans… L'Epomeo était très beau, même vu d'en bas. On pouvait, en le contemplant, laisser son esprit s'envoler vers l'azur. Elle était heureuse d'être montée là-haut une fois de plus. Elle y avait dit au revoir à Bertold avec une infinie tendresse, puis Giorgio lui avait déclaré son amour.

Sa rencontre avec Giorgio Pasini avait tout changé. Il s'agissait au début d'un simple flirt, de belles journées d'insouciance aux côtés d'un galant Italien qui la faisait rire et se sentir unique… Mais son vieux cœur avait recommencé à battre plus vite, il s'était mis, de bonheur, à faire des sauts périlleux, à s'échapper dans le ciel. La légèreté était revenue dans sa vie et puis, à petits pas, l'amour. Elle avait pris la main de Giorgio, et su qu'elle ne la lâcherait plus. Seulement il y avait plus de mille kilomètres entre Ischia et

Cologne, chacun d'eux avait son foyer qu'il ne voulait pas abandonner ; Susann avait un chat, et Giorgio était allergique aux chats. La malchance qui compliquait tout… Dans ses rêves, où tout était possible, Susann les imaginait partageant leur existence entre Ischia et Cologne : lorsque la saison à Ischia serait terminée, ils vivraient à Cologne, puis reviendraient sur l'île au printemps. Ou l'inverse, si un jour Giorgio ne voulait plus tenir sa boutique.

Que lui aurait conseillé Lo ? Elle aurait sûrement déclaré : « Franchement, Susann, si je devais choisir entre un homme et un chat, la question serait vite tranchée. » Mais Mimi n'était pas n'importe quel chat. Mimi s'était tenue à ses côtés dans les heures les plus sombres. La vieille dame ne pouvait pas se séparer d'elle d'un claquement de doigts. D'un autre côté, Giorgio n'était pas n'importe quel homme non plus… Il était celui qu'elle aimait, avec qui elle voulait partager sa vie. Une plénitude à laquelle elle ne s'attendait pas sur ses vieux jours.

Susann termina son Aperol. Cela n'avait aucun sens de faire l'autruche. Elle devait trouver une solution. Tous ses espoirs reposaient désormais sur une jeune brunette coiffée d'un béret qui s'était entichée de la chatte blanche aux yeux verts. Léonie était l'unique personne à qui Susann Siebenschön envisageait de donner Mimi.

Mais l'affaire nécessitait d'être discutée, et elle ne voulait pas, avant cela, donner de faux espoirs à Giorgio. Elle devait retourner à Cologne, même si l'imminence de la séparation lui pesait de plus en plus.

Le lendemain, elle prendrait le ferry pour gagner Naples, puis elle monterait dans l'avion qui la ramènerait en Allemagne, dans son appartement de Cologne et auprès de Mimi.

Les billets étaient posés sur la valise quasiment bouclée, que Giorgio contournait avec un regard soucieux chaque fois qu'il entrait dans la chambre.

Il avait essayé jusqu'à la fin de la persuader de rester définitivement à Ischia, ou du moins pour un moment encore, mais dans sa tristesse, Susann avait dû se montrer ferme :

— Non, Giorgio. Je dois rentrer maintenant, je suis partie depuis si longtemps… Je ne peux pas demander à Léonie de continuer à s'occuper de Mimi. Elle est en vacances, et même si elle acceptait de la garder encore, ce serait reculer pour mieux sauter. Je dois réfléchir à la suite : pour Mimi, pour mon appartement, pour tout. On doit trouver une solution à long terme, tu comprends ?

— Mais qu'est-ce que c'est, une solution à long terme ? avait demandé Giorgio, désespéré. Tu parles comme si tu n'allais pas revenir avant une éternité. Je ne le supporterai pas.

— Écoute, fais-moi confiance. On doit régler certaines choses. Mais je trouverai un moyen, avait-elle affirmé avec conviction.

Mais à cet instant, tandis qu'elle voyait la petite voiture rouge de Giorgio rouler le long du front de mer et s'arrêter devant le Villa Marina où ils avaient prévu de se retrouver, elle sentit l'angoisse serrer son cœur.

Dans la soirée, à la demande de Susann, ils se rendirent une fois de plus au Castello Aragonese. Ils montèrent les étroites marches de pierre ocre partant du café auquel on pouvait accéder par l'ascenseur, passant devant les orangers et les oliviers, pour aller s'installer tout en haut, sur la terrasse d'où l'on pouvait voir jusqu'au Vésuve, qui se dressait au loin dans le ciel bleu tendre. Ils commandèrent du vin rouge d'Ischia mais touchèrent à peine à leurs assiettes.

— Je n'arrive pas à croire que tu seras partie demain, Susana, dit Giorgio.

Face à la mer qui scintillait, il essuya furtivement une larme qui perlait au coin de son œil. Susann avait envie de pleurer elle aussi, mais elle voulait se montrer confiante.

— On va se revoir, Giorgio.

— Quand ?

— Bientôt. J'ai besoin de régler certaines choses, comprends-le s'il te plaît…

— Je ne sais pas, Susana… Une fois rentrée chez toi, tu m'oublieras.

— Mais enfin Giorgio, comment pourrais-je t'oublier ? Je t'aime.

Elle avait pris sa main et la serra tendrement.

— Mais l'amour est fragile, insista Giorgio. Surtout à notre âge, quand toutes les choses deviennent pénibles. Tu m'aimes aujourd'hui que tu es à Ischia, mais quand tu seras à *Colonia*, avec tes amis et ta Mimi et ton Rhin et ton Dom, alors ton Giorgio sera loin, il s'éloignera de plus en plus, et pour finir il ne sera plus qu'un pointillé à l'horizon, et notre *amore* un beau souvenir.

— On n'en arrivera jamais là, Giorgio. Tu es mon dernier grand amour, et je ne veux pas seulement de toi comme d'un beau souvenir. J'ai eu suffisamment de souvenirs, déclara Susann en regardant Giorgio dans les yeux. Il se peut que tout devienne plus pesant avec la vieillesse, mais quand on rencontre un bonheur aussi grand que le nôtre, ce serait une folie d'y renoncer. Il y aura des retrouvailles, Giorgio, je te le promets.

En guise de cadeau d'adieu, il lui offrit un foulard Dolce & Gabbana.

— Pour que tu n'attrapes pas froid… L'Allemagne, ce n'est pas l'Italie.

Susann le remercia, touchée, et mit aussitôt autour de ses épaules le précieux tissu aux ravissants motifs de majolique jaunes et bleus.

Lorsque Giorgio l'accompagna au ferry le lendemain matin, il lui glissa dans la main un petit écrin, à la toute dernière seconde, après la toute dernière étreinte.

— Ne m'oublie pas, Susana ! dit-il d'une voix enrouée. Appelle-moi quand tu seras à *Colonia*.

— À bientôt, répondit-elle, puis, les larmes aux yeux, elle se détourna et gagna la passerelle du ferry.

Ils se firent des signes jusqu'à ce que Giorgio ne soit plus qu'une silhouette minuscule devant les petites maisons colorées d'Ischia Porto.

Après s'être installée à l'intérieur près d'une fenêtre, Susann ouvrit l'écrin. Dans un coussin de velours bleu foncé était nichée une bague en or ancienne sertie d'un rubis. Susann la glissa à son doigt. Elle lui allait parfaitement.

27

Ce soir, la mascarade prendrait fin, tout serait dévoilé. Au Pane e Cioccolata, où tout avait commencé…

Léonie détaillait son reflet dans le miroir vénitien autour duquel s'entrelaçaient feuilles et fleurs turquoise, accroché dans son entrée – un cadeau de son père, rapporté de Venise alors qu'ils vivaient encore tous à Paris. Du haut de ses quatorze ans, Léonie avait été très impressionnée par le précieux objet et son délicat filigrane. Ce miroir l'avait toujours accompagnée depuis, d'appartement en appartement.

Elle se mordit la lèvre et se regarda bien droit dans les yeux. Elle avait lu une étude disant que les yeux marron inspiraient davantage confiance… Elle s'était toujours montrée honnête en amour, d'accord, mais que penser de son comportement envers Mme Siebenschön ? Léonie tenta de chasser la petite voix tenace dans sa tête. Le moment de vérité était arrivé. Sous peu, elle devrait expliquer à sa voisine : premièrement, que sa Mimi adorée ne logeait plus avec elle depuis belle lurette ; deuxièmement, qu'elle vivait désormais dans un salon de thé – avec toute une progéniture – ; et troisièmement, que sa meilleure amie pleurait à chaudes larmes à l'idée de devoir se séparer de Mimi.

— S'il te plaît Léonie, il faut que tu obtiennes de ta madame Siebenschön qu'elle me laisse Mimi… Elle pourra venir la voir ici tant qu'elle veut, et elle aura droit à son café gratuit jusqu'à la fin de ses jours. Ça serait un deal équitable, non ?

— Je ne sais pas trop, Maxie… Tu as déjà les chatons, ça ne te suffit pas ?

— Non. Je donnerais les chatons qui restent si j'y étais obligée… sauf Tiramisu, peut-être. Mais pas Mimi ! Je veux que Mimi reste. Je tiens énormément à elle.

Les yeux de Maxie s'étaient mis à briller de manière suspecte. Elle n'allait quand même pas pleurer ?

— Oh, Maxie, n'en faisons pas un drame. C'est un chat !

Léonie avait failli dire : « C'est juste un chat. » Il est vrai que Mimi se montrait tout à fait charmante quand elle n'arrachait pas les stores, ne renversait pas les bouteilles de vin rouge, ne bousillait pas les chaussures et les meubles… Ceci étant, elle n'avait commis ces méfaits que dans son appartement. Avec son amie, Mimi avait été paisible dès le premier instant.

Maxie la regardait d'un air de reproche.

— Les chats, tu n'en as rien à faire. Tu restes insensible devant eux.

— Je ne peux pas te laisser dire ça. J'aime les chats, j'aime aussi Mimi… mais pas trop vivre avec elle dans un deux-pièces sans balcon.

Léonie avait vu l'expression de Maxie s'assombrir de plus en plus.

— D'accord, avait-elle finalement concédé, je vais essayer… Je dois tout avouer à madame Siebenschön de toute façon. Mais n'oublie pas que cette vieille dame est au moins aussi attachée à sa Mimi que toi.

Léonie, toujours devant ce miroir qui lui renvoyait un visage au teint rose et des yeux brillants, repensa à ce fameux jour, une semaine plus tôt, où Susann Siebenschön l'avait contactée de façon si surprenante. Depuis quelque temps, la vieille dame lui envoyait des SMS sporadiques. C'était un samedi soir et Léonie venait de dresser la table. Elle avait préparé un coq au vin selon la recette maternelle – un exploit que Léonie n'accomplissait qu'une fois par an. Le crémant de Limoux attendait au frais, elle avait coupé la baguette en morceaux, et alors qu'elle emportait dans le salon la corbeille de pain croustillant et l'assiette de beurre salé, son portable avait sonné.

Lorsqu'elle avait vu s'afficher le nom de Susann Siebenschön, le téléphone avait failli lui échapper des mains. Le fait que sa voisine appelle (Mme Siebenschön appartenait à cette génération qui évitait comme la peste les appels longue distance, qui coûtaient terriblement cher dans sa jeunesse) n'était pas bon signe. Cela ne pouvait que signifier que sa voisine serait bientôt de retour. Et ce fut le cas : Susann Siebenschön lui avait annoncé qu'elle serait à Cologne le samedi suivant. Elle paraissait surexcitée.

— Pourquoi ne pas nous retrouver au restaurant italien à dix-neuf heures trente ? s'était-elle égosillée dans le téléphone. Nous fêterons nos retrouvailles, après toutes ces semaines ! Comment va Mimi ? Oh, ma chère Léonie, si vous saviez tout ce qui m'est arrivé... Il s'est passé tant de choses, mon Dieu, toute ma vie est chamboulée en ce moment.

La vieille dame s'était interrompue un instant, visiblement essoufflée, mais Léonie, qui sentait son cœur battre jusque dans sa gorge, ne l'écoutait déjà plus que d'une oreille. D'une certaine manière, au cours des dernières semaines, elle avait réussi à refouler la réalité : sa voisine ne prolongerait pas ses vacances éternellement.

— Nous aurons beaucoup de choses à nous dire, avait conclu cette dernière, hors d'haleine.

En effet. Et Léonie se sentait malade rien qu'à l'idée de ces révélations.

— Mimi va super bien, avait-elle déclaré. On se voit samedi prochain. Je me réjouis !

Après ce coup de fil, Léonie s'était laissée tomber sur le canapé, déboussolée. Elle devait se calmer avant l'arrivée de Paul Felmy. Elle ne voulait pas penser à la réaction de Mme Siebenschön, à Mimi et Maxie qui allaient devoir se séparer. Elle refusait de gâcher cette précieuse soirée qui devait n'appartenir qu'à deux personnes : Paul et elle. Elle s'était alors dirigée vers la table pour se servir un verre de vin rouge.

« Il s'est passé tant de choses », avait dit Susann Siebenschön, retombée follement amoureuse sur ses vieux jours, lors de ce qu'elle pensait être son tout dernier voyage. *Et pourquoi pas?* songeait Léonie. Peut-être la béatitude de sa voisine lui offrirait-elle des circonstances atténuantes lorsqu'il s'agirait de juger son « arnaque ». Mimi était en pleine forme, elle ne s'était pas enfuie, et elle se promènerait bientôt de nouveau sur son toit-terrasse favori. Il faudrait bien que Maxie se contente des autres chats.

Oui, il s'était passé beaucoup de choses. Non seulement sur la lointaine Ischia, mais aussi dans une Cologne estivale. La vie de Léonie avait également changé de façon radicale : elle sortait depuis peu avec quelqu'un. Un avocat aux yeux bruns sérieux, un homme gentil qui n'avait pas en tête de la tromper à la première occasion. Cela, elle en était certaine, ferait plaisir à Mme Siebenschön.

Le cœur de Léonie s'était remis à battre plus vite, de joie cette fois, lorsque son regard était tombée sur sa montre-bracelet – retrouvée sous le canapé – au moment même où l'aiguille des minutes avançait. Cette coïncidence signifiait que vous alliez rencontrer l'être aimé. C'était en tout cas ce que répétait la mère de Léonie, accostée par son futur mari sous la vieille horloge sur pied au bout de la Königsallee alors qu'elle attendait un tout autre soupirant en retard.

— J'espère ne pas arriver trop tard, avait justement dit Paul Felmy deux semaines plus tôt à l'heure du déjeuner.

Ce fameux midi où elle l'avait trouvé sur le pas de sa porte avec Emma, porteur d'un bouquet de fleurs si énorme que les joues de Léonie avaient rosi de plaisir.

— Oh… avait-elle soufflé. Quelle surprise! Mais trop tard pour quoi?

— Eh bien… Ça m'a pris un temps impardonnable, mais je voulais vous remercier… pour tout, avait expliqué Paul Felmy, rougissant lui aussi. Si vous êtes d'accord, peut-être aimeriez-vous vous joindre à nous? Emma et moi, nous allons…

Et avant même que Paul Felmy ne finisse sa phrase, Léonie disait oui.

Ils s'étaient rendus dans un bistrot de la rue de Landmannstraße. Emma avait parlé de Lavande, puis de sa mère qui était repartie. Paul Felmy avait alors adressé à Léonie un regard appuyé, comme pour lui signifier qu'ils en reparleraient ensemble, en toute tranquillité.

Emma appréciait d'être au restaurant avec son père et sa madame Beaumarchais qu'elle n'osait toujours pas appeler par son prénom. Elle bavardait sans arrêt et, les joues rougies d'excitation, leur avait parlé de sa semaine d'équitation à venir, dans une ferme à poneys de l'Eifel.

— J'y vais avec Maja, avait-elle déclaré joyeusement, avant de glisser en bas de sa chaise.

— Alors ça, c'est formidable ! l'avait encouragée Léonie.

— Et vous… vous partez en vacances ? avait demandé Paul Felmy une fois Emma partie aux toilettes.

— Je ne sais pas trop pour le moment. Je pourrais aller dans le sud de la France, chez mon père. Il loue chaque année une grande maison à Ramatuelle où il m'invite avec ma mère.

— Ramatuelle… J'y suis allé une fois. C'est superbe.

— Tout à fait. Mais mon père s'est remarié il y a quelques années, il a eu deux autres enfants avec sa nouvelle femme, et… oh, désolée, je ne veux pas vous ennuyer avec ma famille élargie.

— Vous plaisantez ? D'autant que ma propre situation familiale est pour le moins… chaotique.

Il s'était interrompu, puis éclairci la gorge avant de reprendre :

— Comme vous l'avez vous-même remarqué.

— Oui, effectivement, avait enchéri Léonie avec un petit sourire en coin.

Chacun revoyait sans doute une certaine femme rousse se déchaînant dans un bar à chats.

— Vous savez, j'aurais voulu passer vous voir plus tôt, mais il a fallu… J'ai dû mettre certaines choses au clair auparavant. Ce n'est pas toujours facile avec mon ex-femme.

— Oui, je l'imagine très bien. Et avez-vous pu les éclaircir, Paul ?

— Je pense que oui, avait répondu Paul Felmy, hésitant ensuite à poursuivre. Léonie… Le fait que vous soyez restée avec moi toute cette nuit affreuse où nous cherchions Emma, ça… ça compte beaucoup pour moi. Je tiens à vous le dire depuis le début, mais je ne voulais pas le faire avant d'avoir…

— Tiré un trait sur le passé ? avait complété Léonie à voix basse.

Il avait hoché la tête, soulagé de voir qu'elle comprenait, avant d'ajouter :

— Ça va vous paraître bizarre, mais quand on était assis dans cette cabane sous la pluie, avec Emma entre nous, j'ai soudain eu l'impression…

Il n'avait pas pu aller plus loin, car Emma s'approchait de leur table en sautillant.

Mais Léonie pensait savoir ce qu'il s'apprêtait à dire.

— Ce n'est pas bizarre du tout, avait-elle glissé rapidement. Parce que j'ai eu la même impression.

Il l'avait fixée, une lueur dans les yeux.

— Quelle impression? avait demandé Emma, saisissant la dernière phrase.

— Ne sois pas si curieuse, Emma, l'avait réprimandée gentiment Paul Felmy.

— Ton père et moi, on pense qu'il serait temps de se tutoyer, avait dit Léonie en souriant.

— Plus que temps, avait conclu Paul.

Depuis ce déjeuner, ils s'étaient revus à plusieurs reprises. Sans Emma, partie pour son stage d'équitation. Ils s'étaient promenés dans le parc où ils avaient si désespérément cherché la fillette, et en passant devant le terrain de jeux, Paul avait plissé le front.

— Tu te souviens?

— Bien sûr, avait répondu Léonie en s'asseyant sur la balançoire.

Elle s'était mise à se balancer un peu avec insouciance, chose qu'elle n'avait pas faite depuis l'enfance. Elle avait pris de plus en plus d'élan, puis crié, comme avant: « Attention, je vais sauter! »

Elle avait atterri dans le bac à sable, mais basculé en arrière. Paul, en voulant l'aider à se relever, avait perdu l'équilibre et atterri à côté d'elle. Ils s'étaient alors allongés dans le sable en gloussant comme deux gamins, le vaste ciel bleu au-dessus d'eux. Puis Paul s'était tourné vers elle et redressé sur son coude; il l'avait regardée, l'air interrogateur. Elle avait levé les yeux vers lui, lui avait souri. Une seconde plus tard, il l'embrassait.

Ils s'étaient rendus chez Liliana et avaient constaté qu'ils aimaient les mêmes parfums de glace. Paul l'avait aussi invitée à dîner chez Massonier où il s'était extasié sur des vacances qu'il avait passées en France – Léonie avait trouvé son français tout à fait correct. Un autre jour, elle avait gagné le Quartier belge à vélo, était passée le prendre à son cabinet d'avocat et l'avait emmené dans une brasserie située dans un parc de la ville. On y était installé sous de vieux marronniers auxquels étaient suspendues des lampes globe, comme autant de petites lunes. Léonie n'avait pas dit à Paul qu'elle l'avait aperçu dans la rue de Brabanter Straße avec son ex-femme. En revanche, elle lui avait raconté comment Mimi, qui lui avait été confiée, avait atterri chez Maxie. Et comment le salon de thé était devenu un bar à chats.

Paul avait ri aux larmes quand Léonie lui avait raconté tous les mauvais coups de Mimi, qui l'avaient poussée au désespoir. Léonie avait assez rapidement découvert que le paisible Paul avait le sens de l'humour. Elle le taquinait parce que, pour un habitant de Cologne, il ne parlait pas beaucoup. Mais elle aimait ses manières calmes, et quand il disait quelque chose, ce n'était jamais vain. Paul pensait que le plus grand malheur des hommes résidait dans le fait qu'ils se prenaient trop au sérieux et parlaient beaucoup trop. En tant qu'avocat, il en connaissait un rayon sur le sujet.

En raccompagnant Léonie chez elle tard ce soir-là, il était descendu de voiture pour lui ouvrir la portière. Et tandis qu'ils se tenaient là, sous les arbres de sa rue, Léonie avait repensé à cette soirée d'orage où elle avait regardé avec un pincement au cœur sa Saab bleu foncé s'enfoncer dans la nuit.

— À quoi tu penses ? avait-il demandé en l'attirant dans ses bras.

— À rien.

— Je n'en crois pas un mot, avait-il répliqué, ses lèvres effleurant l'oreille de Léonie, et un frisson avait parcouru le dos de la jeune femme.

— Tu veux savoir ce que je pense, moi ?

— Oui, avait-elle chuchoté.

Son cœur bondissait dans sa poitrine parce qu'elle savait qu'elle vivait l'un de ces moments existentiels.

— Que je t'aime.

Elle l'avait pris par la main sans un mot et guidé dans la cage d'escalier de son immeuble jusqu'à son petit appartement bien rangé, puis dans son grand lit.

Le lendemain soir, après le travail, elle l'avait rejoint dans son appartement, qui était deux fois plus grand que le sien et possédait un balcon donnant sur une vaste arrière-cour bordée par les murs en brique d'autres immeubles. Ils s'étaient installés sur un banc aux coussins moelleux, buvant du vin tandis que les lumières des bâtiments en face s'allumaient progressivement ; le monde autour d'eux avait fini par ressembler à un immense aquarium illuminé flottant dans la nuit.

Bien après minuit, ils avaient soudain eu terriblement faim, et Paul avait fait des spaghettis au pesto rouge qu'ils avaient mangés au lit.

Au matin, Léonie avait dit : « Je vais nous préparer quelque chose de bon ce soir. »

Ce qui, même si Paul Felmy ne pouvait pas le savoir – à cause de ses gènes français, il pensait probablement qu'elle était la meilleure cuisinière de tous les temps –, constituait une grande marque d'amour.

Le soir venu, le coq au vin était fin prêt et Léonie avait allumé une bougie sur la table, essayant de chasser de son esprit l'appel de Mme Siebenschön. Paul et elle avaient devant eux tout un week-end avant qu'Emma ne rentre de son séjour dans l'Eifel.

Un peu plus tard, Paul sonnait à la porte, un bouquet de roses à la main. Il avait admiré la table dressée avec sa vaisselle provençale et ses verres colorés, et affirmé que ça sentait divinement bon dès la cage d'escalier. Elle avait pris les roses en le remerciant distraitement, ce qui ne lui avait pas échappé.

— Hé, qu'est-ce qui se passe ? Un problème ?

— Pas pour l'instant. Mais bientôt, j'en ai peur, avait-elle répondu.

— C'est parce qu'Emma revient après-demain ?

— Non, non. Rien à voir avec Emma ! C'est juste que ma vieille voisine vient d'appeler. Elle rentre dans une semaine pour récupérer Mimi. Le pot aux roses va être découvert…

— *In dubio pro reo*, avait dit Paul, sourcils levés, une lueur d'amusement dans les yeux. Je pourrais me proposer en tant qu'avocat de la défense ?

— Merci, mais je crois devoir assumer ça comme une grande.

Léonie se regarda une dernière fois dans le miroir. Il était un peu moins de dix-neuf heures trente. Elle se sentait nerveuse. Peut-être aurait-elle dû accepter l'offre de Paul, après tout…

— Finissons-en ! lança-t-elle à son reflet.

Puis elle prit son sac à main et tira la porte de l'appartement derrière elle avant de parcourir les quelques mètres la séparant de Pane e Cioccolata.

28

Susann Siebenschön était éblouissante. Installée sur la terrasse décorée de loupiotes multicolores, elle discutait avec le serveur. Léonie la repéra malgré la protection en plastique transparent qui entourait les extérieurs du restaurant et brouillait les lumières. Elle s'arrêta un moment à l'entrée, admira la femme brune ressemblant à une artiste avec ses lèvres maquillées de rouge et le magnifique châle imprimé majolique jaune et bleu qu'elle avait drapé autour de ses épaules. Ces couleurs vives s'accordaient à ravir avec sa peau bronzée. Les yeux de Susann Siebenschön brillaient, la lueur fatiguée des jours pluvieux d'avril avait totalement disparu. Et lorsqu'elle se leva pour saluer joyeusement Léonie, celle-ci s'aperçut que sa silhouette s'était également affinée. Léonie était si surprise par cette métamorphose qu'elle oublia un instant la désagréable vérité qu'elle devait lui annoncer.

— Madame Siebenschön, bonjour ! Vous êtes renversante !

Les deux femmes se serrèrent la main, puis s'embrassèrent finalement.

— Bonjour, ma chère Léonie !

Et Susann nota avec plaisir la robe rouge à bretelles spaghetti et les petites boucles d'oreilles en perle que Léonie portait ce soir-là.

— Je peux vous retourner le compliment… Vous êtes véritablement radieuse ! Que s'est-il passé ?

Léonie s'assit.

— Oh, pas mal de choses, déclara-t-elle vaguement en posant son sac à main sur la chaise à côté d'elle. Comment allez-vous ? Vous avez fait bon voyage ? C'est un plaisir de vous revoir !

Mais Susann Siebenschön ne s'y laissa pas tromper. Elle se pencha vers Léonie, la considéra d'un regard scrutateur. Puis elle se radossa à sa chaise et sourit, du haut de ses soixante-treize ans d'expérience de la vie.

— Vous êtes amoureuse, ça se voit.

Léonie rit, un peu gênée, en tripotant sa serviette.

— Et bien, euh… Oui. Vous m'avez démasquée, admit-elle. Figurez-vous que j'ai bel et bien rencontré un homme. Comme vous l'aviez prédit… Un avocat, bientôt divorcé ; il a une petite fille qui se trouve être une de mes élèves.

— Merveilleux, ma chère ! On dirait que c'est du sérieux. Un avocat… Et l'amour vous réussit !

Le serveur vint leur apporter les cartes. Elles choisirent toutes les deux des pâtes, et Mme Siebenschön commanda une bouteille de spumante qu'on leur servit rapidement.

— À l'amour ! déclara-t-elle en brandissant son verre. Et à nous, bien sûr.

— À l'amour ! répéta Léonie, et leurs verres s'entrechoquèrent.

Elle prit une grande gorgée d'alcool. Puis une autre. Histoire de se donner un peu de courage. Mme Siebenschön buvait elle aussi le mousseux frappé comme s'il s'agissait de limonade.

— Mmmh… ça fait du bien. Bertold n'a jamais apprécié ce « bidule effervescent » comme il l'appelait, mais un petit verre de spumante a quelque chose de revigorant, et ça met toujours de bonne humeur, vous ne trouvez pas ?

Léonie acquiesça. Pensant brièvement à Mimi, elle se demanda combien de temps allait durer la bonne humeur de sa voisine. Et décida d'attendre la fin du dîner pour se livrer à sa grande confession. Pas besoin de gâcher l'ambiance tout de suite.

— Bon, par où commencer, poursuivit Mme Siebenschön en baissant un peu la voix. La flèche de Cupidon m'a atteinte, moi aussi… Et il fallait que ce soit à Ischia !

Elle regardait Léonie, bienheureuse, mais il y avait tout de même comme une hésitation dans ses yeux.

— Oui, le pêcheur et son bateau, fit Léonie.

— Quel pêcheur ? s'étonna Susann.

— Oh, mais… Vous m'avez écrit que vous étiez tombée amoureuse d'un pêcheur, non ?

— Non, non, vous avez dû mal comprendre ! rit Susann Siebenschön, plutôt décontenancée. Giorgio a un bateau, mais il n'est pas pêcheur. Il possède un magnifique magasin d'antiquités à Ischia Ponte.

Et comme pour le prouver, elle tendit à Léonie sa main, sur laquelle étincelait une somptueuse bague ornée d'un rubis.

— Oh ! lâcha Léonie, qui se sentait idiote. Elle est splendide.

— Oui… Giorgio me l'a donnée en cadeau d'adieu, ajouta Mme Siebenschön, une ombre traversant son visage.

Léonie gardait le silence, par discrétion. Elle ne voulait pas s'immiscer dans les affaires de cœur de sa voisine, mais voyant que Mme Siebenschön ne disait plus rien, elle osa une question :

— Est-ce que ça veut dire… que vous ne vous reverrez plus ? Ou alors Giorgio viendra bientôt vous rendre visite ?

— Eh bien, ça dépend… répondit Susann Siebenschön avant de boire une autre gorgée de spumante. C'est une chose dont j'aimerais parler avec vous.

— Avec moi ?

Quel rapport avait-elle avec l'amant italien de sa voisine ? Mme Siebenschön voulait peut-être son avis sur la question ? Mais elle ne s'y connaissait pas en Italiens…

— Tout à fait, ma chère, mais plus tard ! s'exclama Susann Siebenschön en clôturant le sujet d'un petit geste de la main.

S'étant ressaisie, elle adressa un sourire radieux à Léonie.

— Je veux d'abord vous remercier. Vous offrir un petit quelque chose pour avoir si bien pris soin de ma Mimi…

Elle fouilla avec enthousiasme dans son vaste sac en tissu et en sortit deux paquets. Un grand et un petit.

— Tenez. J'espère que vous aimerez les deux…

Léonie se tortillait sur sa chaise, mal à l'aise.

— Oh, madame Siebenschön, vous n'auriez pas dû ! déclara-t-elle, débitant la plus vieille de toutes les formules de politesse. Je… je n'ai rien fait du tout.

Une dernière phrase on ne peut plus sincère…

— Ne dites pas ça ! Vous avez gardé Mimi pendant des semaines et des semaines, je ne l'oublierai jamais. Et bien sûr, je vous rembourserai les frais supplémentaires.

Léonie fixait la nappe au comble de l'embarras, ce que Susann Siebenschön devait prendre pour de la fausse modestie.

— Euh… eh bien… Je… balbutia Léonie.

Tu vas lui dire, espèce de lâche!

— Allez-y, ouvrez! fit la vieille dame.

Assaillie par la mauvaise conscience, Léonie ouvrit le plus petit des deux paquets, sur lequel était collée une étiquette dorée portant l'inscription *Antichità Pasini*. Et elle sortit, d'une pochette en velours bleu foncé, un bracelet à breloques en or ancien, auquel pendaient des cœurs ouvragés de différentes tailles. Elle en resta sans voix.

— Il vous plaît?

— Il est magnifique, dit Léonie. Mais je ne peux pas…

— Chhhhh, la fit taire Mme Siebenschön. Bien sûr que vous pouvez! Mettez-le. Attendez, je vais vous aider.

Léonie restait figée, hébétée. La situation empirait de minute en minute. Mme Siebenschön allait être si furieuse. Et à juste titre. La jeune femme regrettait de ne pas lui avoir avoué la vérité d'entrée de jeu.

— Et maintenant, l'autre, ordonna Susann Siebenschön.

Léonie prit le plus gros paquet, qui pesait lourd. Elle défit le joli papier d'emballage et put alors contempler un carreau bleu azur; dessus, peint à la main, était représenté un chat blanc qui se prélassait.

— Oh, c'est charmant, merci! souffla-t-elle, abasourdie.

— Vous ne trouvez pas qu'elle ressemble à Mimi ? Ça ne va sûrement pas être facile pour vous de lui dire au revoir, n'est-ce pas ?

Elle dévisageait Léonie d'une manière étrange, si attentive que cette dernière se demanda si la vieille dame ne savait pas déjà tout.

— Eh… eh bien… bégaya-t-elle, Mimi est une chatte très spéciale, oui.

Elle s'attendait à ce que sa voisine demande des détails, mais bizarrement, elle n'en fit rien.

Les pâtes arrivèrent, et avec elles un répit.

Susann Siebenschön se mit à enrouler ses spaghettis aux fruits de mer autour de sa fourchette, s'extasiant sur Procida, Positano – et bien sûr, Giorgio Pasini.

— Ce n'est pas juste un flirt de vacances, vous comprenez ? Je crois que j'ai trouvé quelqu'un avec qui je veux vieillir… enfin, devenir encore plus vieille ! J'aime ma Mimi, mais un homme, ça n'a rien à voir avec un chat…

Léonie se réjouissait pour Susann Siebenschön, mais son estomac se nouait dès que le nom de Mimi était prononcé. Si bien qu'elle parlait comme un automate, mais Mme Siebenschön ne paraissait pas remarquer quoi que ce soit.

— Oh, vous savez quoi, ma chère Léonie ? Arrêtons avec ce « vous » stupide… et appelle-moi Susann ! Nous sommes amies, non ? D'ailleurs, je n'aurais pas fait la connaissance de mon Giorgio sans ton aide. Et quel dommage ç'aurait été! s'exclama Susann en levant de nouveau son verre. Je bois à la santé de la meilleure gardienne de chats de tout Cologne! Je parie que Mimi ne va plus vouloir te quitter…

Mme Siebenschön sourit, et Léonie eut l'impression qu'il y avait, dans son regard, comme une attente. La jeune femme trinqua et lui rendit un sourire crispé. Sa nouvelle amie allait exploser quand elle saurait la vérité… Mais, soudain déterminée, elle reposa son verre.

— Il faut qu'on parle de Mimi! déclara brusquement Susann à cet instant précis.

— Oui, il faut qu'on parle d'elle, confirma Léonie en serrant son verre si fort qu'il menaçait de se briser.

S'ensuivit une pause embarrassée.

— J'ai quelque chose à te dire! s'écria Léonie.

Susann la fixa, surprise.

— Moi aussi, Léonie… Moi aussi.

Elles furent les dernières clientes à quitter Pane e Cioccolata. Le serveur fit un signe d'adieu aux deux dames pompettes, la *signora* et la *signorina*, qui avaient discuté avec animation toute la soirée et sortaient maintenant du restaurant en titubant, bras dessus, bras dessous.

Comme le craignait Léonie, Susann Siebenschön avait été stupéfaite d'apprendre que Mimi avait quitté son domicile de la rue d'Ottostraße au bout de quelques jours.

— Quoi ? Mimi n'était pas avec toi pendant ces longues semaines ? Mais tous ces textos, toutes ces photos, alors ? Je ne comprends pas…

Léonie lui avait alors raconté comment elle avait procédé. Elle se sentait minable. Mener une vieille dame par le bout du nez, quelle honte !

— Alors tout ça n'était qu'un beau mensonge ?

— Eh bien non, pas tout, avait expliqué Léonie d'une petite voix. Mimi était comme un coq en pâte pendant tout ce temps. Mon amie, qui l'aime à la folie, a pris énormément soin d'elle. Et puis, quand Mimi a eu des petits…

— Mimi a eu des quoi ? s'était écriée Susann qui allait de surprise en surprise.

Léonie lui avait ensuite révélé toute l'histoire : les chatons dans l'armoire à vêtements, le bar à chats, l'article dans le journal et son amie effondrée à l'idée de se séparer de Mimi.

— Je ne voulais pas gâcher tes vacances. C'est pour ça que je n'ai rien dit. Je cherchais une solution. Mais plus tu prolongeais ton séjour, plus il devenait difficile de t'annoncer la vérité. Je voulais t'expliquer les choses en personne, même si ça n'excuse pas tout, bien sûr. Je suis vraiment désolée, Susann.

Cette dernière semblait réfléchir.

— Et ta meilleure amie ? Comment est-elle ? avait-elle voulu savoir.

— Maxie ? Elle a un cœur en or ! Elle aime Mimi. Et Mimi l'aime aussi… Ta chatte est chez elle dans le salon de thé. Elle y est devenue… une sorte de célébrité.

Mme Siebenschön était demeurée silencieuse un certain temps.

— Et où se trouve Mimi en ce moment ? s'était-elle finalement enquise, la mine impassible.

Le cœur de Léonie s'était serré. Elle aurait dû se douter que Susann ne voudrait pas renoncer à Mimi…

— Eh bien chez Maxie. Mais je peux aller la chercher demain matin, à la première heure, et te l'amener rue d'Eichendorffstraße.

Susann Siebenschön avait souri.

— Je crois que j'ai une meilleure idée, avait-elle déclaré. Tu vois, Léonie, moi aussi j'ai quelque chose à t'avouer…

Le dimanche matin, Susann Siebenschön appelait Giorgio Pasini pour lui annoncer qu'elle avait trouvé un nouveau foyer pour Mimi. Et lui dire que son antiquaire adoré devait prendre au plus vite un avion pour Cologne, car il lui manquait terriblement.

Maxie, elle, reçut un coup de fil qui la rendit béate.

— Mimi reste ici, Mimi reste ici ! se réjouit-elle en dansant dans sa chambre où se faufilaient les premiers rayons de soleil. C'est merveilleux, non ?

Elle prit dans ses bras la chatte blanche qui venait d'entrer d'un pas tranquille, et la caressa tendrement.

— Vraiment merveilleux, grommela Henry Brenner, tout ensommeillé. Je vois que je vais avoir une rude concurrence.

Léonie se réveilla avec une sacrée gueule de bois, mais heureuse et soulagée que tout se soit si miraculeusement terminé. Elle passa une belle journée ensoleillée avec Paul et Emma, et lorsque son père l'appela le soir, s'extasiant sur la beauté de Ramatuelle et affirmant qu'elle était la seule qui manque encore à son bonheur, elle lui annonça : « Tu sais quoi, papa ? J'ai changé d'avis. Je vais te rejoindre, en fin de compte. Je peux venir accompagnée ? »

ÉPILOGUE
HAPPY END AU BAR À CHATS

À la fin de l'été, par une belle journée ensoleillée, un petit groupe joyeux s'était rassemblé au salon de thé. Sur la porte de Fräulein Paula était accroché un panneau indiquant « Fermeture exceptionnelle pour fête privée. »

Mimi trônait telle une reine sur le canapé en velours bleu, gardant un œil vigilant sur les habitants de son petit royaume.

À l'une des tables était assise Susann Siebenschön, dont elle se rappelait encore vaguement la voix grave. Elle se souvenait aussi du grand toit-terrasse avec son olivier et ses buissons de mimosa, sur lequel elle avait atterri un soir après un saut extrêmement audacieux du toit de l'immeuble voisin. La vieille dame était venue souvent au salon ces dernières semaines. Elle s'asseyait toujours à côté de Mimi pour la caresser.

Soupirait un peu et lui parlait d'un homme allergique aux poils de chat.

Cette même Susann Siebenschön riait à présent en serrant la main d'un homme âgé, vêtu avec élégance. Installé près d'elle, il se mit à éternuer violemment ; il était incapable de s'arrêter et ses yeux devinrent tout rouges. Finalement, il marmonna « *scusi* » et se dirigea vers la cour intérieure.

Léonie, dont Mimi avait conquis le lit pendant quelques jours et qui sentait toujours si agréablement la rose, était assise sur le rebord de la fenêtre, bras dessus, bras dessous avec un jeune homme brun. À leurs pieds, une petite fille s'amusait avec deux chatons tigrés. Un autre, noir et blanc, dormait sur une des étagères de livres.

La porte de la cuisine s'ouvrit et une Maxie radieuse, véritable cœur battant du salon de thé et amour absolu de Mimi, fit son entrée avec un gâteau au chocolat. Elle découpa puis servit la pâtisserie dans les assiettes, au milieu de nombreux « Aaah » et « Oooh », tandis qu'Anthony ouvrait une nouvelle bouteille de mousseux pour remplir les verres.

Un jeune homme mince aux cheveux blond foncé, la mèche rebelle, enlaça Maxie par-derrière et lui déposa un baiser dans le cou.

— Si je t'épouse un jour, ce sera juste pour tes chats, déclara-t-il avec aplomb.

— Et moi qui pensais que tu m'aimais pour mes roulés à la cannelle, répliqua Maxie.

Tout était agréable et harmonieux, comme le préférait Mimi dans son petit royaume. Elle cligna des yeux et sentit soudain le regard de Léonie sur elle. La jeune femme aux grands yeux marron avait incliné la tête et l'observait attentivement, depuis l'autre bout de la salle.

Léonie n'y connaissait rien aux chats, mais elle eut brusquement une révélation.

— Regardez comme Mimi a l'air majestueuse ! On pourrait croire que la boutique lui appartient.

Tout le monde rit et Mimi se roula en boule avec satisfaction, posant sa tête sur ses pattes. Parce que c'était exactement le cas.

Le salon de thé lui appartenait.

Mais les humains ne comprenaient rien à rien…

À mes lectrices, à mes lecteurs,

J'ai moi-même un chat qui me procure beaucoup de joie, même s'il arrive malheureusement à ouvrir toutes les portes. Lorsque j'ai commencé à écrire ce livre, j'avais pour idée de montrer comment un petit félin peut changer la vie de trois femmes d'âges et d'univers différents.

Bien qu'il existe désormais des bars à chats dans de nombreuses villes, je n'avais aucun modèle en tête. Nous devons plutôt au hasard le fait que le café-librairie de mon héroïne Maxie en soit devenu un – au hasard, ou à ce mâle inconnu avec lequel Mimi eut une aventure au clair de lune.

Il serait bien agréable de pouvoir aller chez Fräulein Paula pour y boire un café, caresser les chats, lire un vieux livre ou déguster les bonnes pâtisseries de tante Paula… Mais ce salon de thé sort de mon imagination, comme tous les personnages de mon roman. Beaucoup de cafés et restaurants mentionnés dans ce livre existent bel et bien en revanche, de même que le *Kölner Stadt-Anzeiger*, qui m'attend chaque matin dans ma boîte aux lettres. J'espère sincèrement qu'aucun M. Burger ou M. Brenner ne travaille à la rédaction du journal – si c'était le cas, ce serait l'une de ces incroyables coïncidences que la vie nous réserve… et croyez bien messieurs que si c'est le cas vous n'êtes nullement visés !

Les recettes de tartes et de gâteaux, elles, sont bien réelles. J'ai recopié les meilleures d'entre elles en annexe de ce livre, pour que vous puissiez vous mettre à la pâtisserie juste après votre lecture si l'envie vous en prend.

Pendant que j'écrivais mon roman, j'ai remarqué qu'il existait effectivement de nombreux petits cafés et salons de thé à Cologne (et certainement ailleurs) dont le nom, à l'image de Fräulein Paula, faisait allusion à une « tante », une « mamie » ou même une « *Fräulein* ». J'aime à penser que ces endroits ont été baptisés ainsi en hommage à des tantes préférées, de merveilleuses grands-mères ou de charmantes Fräuleins de la vieille école. Évoquer les êtres chers, voilà une chose précieuse, tout comme partager des souvenirs.

Ce fut un grand bonheur pour moi d'inventer cette histoire, même si – et peut-être précisément parce que – sa rédaction m'a accompagnée durant une période extrêmement difficile pour nous tous. L'histoire de ces trois femmes et de cette chatte blanche m'a souvent fait rire, rêver à ce pays où abondent les citrons, et m'a rendu la légèreté dont on a besoin pour affronter le quotidien.

En tant qu'auteure j'avais en main toutes les ficelles (contrairement à ce qui se passe dans la vraie vie), si bien que j'ai imaginé pour mes héroïnes ce que chacun de nous espère secrètement sans doute, et que je vous souhaite du fond du cœur : un happy end.

Les plus délicieuses
pâtisseries
du livre de recettes bleu
de tante Paula

Gâteau marbré au beurre

–

200 à 250 g de bon beurre
150 g de sucre
3 à 4 œufs
Une pincée de sel
Un sachet de sucre vanillé
375 g de farine et 125 g de fécule
de maïs (Maïzena)
125 ml de lait
Un sachet de levure chimique

–

Pour la pâte au chocolat :
100 g de sucre
50 g de chocolat noir
Quelques gouttes d'huile d'amande amère
1 à 2 cuillères à soupe de lait

–

Battez dans un saladier le beurre, le sucre et les œufs jusqu'à ce que le mélange devienne mousseux. Ajoutez ensuite la pincée de sel, le sucre vanillé, la farine, la fécule de maïs, la levure chimique et le lait. Mélangez le tout jusqu'à obtenir une pâte fluide.

Versez la moitié de cette pâte dans un autre saladier et ajoutez le sucre, le chocolat noir, l'huile d'amande amère et le lait. Puis mélangez le tout.

Dans un moule à kouglof graissé, versez d'abord la pâte légère, puis celle au chocolat.

Piquez ensuite la pâte avec une fourchette que vous ferez tourner sur elle-même pour créer les marbrures.

Faites cuire le gâteau à 190 °C pendant 50 à 60 minutes.

Laissez refroidir légèrement. Démoulez ensuite sur une assiette et saupoudrez de sucre glace.

Gâteau aux pommes et aux noix

–

125 g de beurre
125 g de sucre
2 œufs
250 g de farine
1 sachet de sucre vanillé
½ sachet de levure chimique
1 kg de pommes acidulées
Des noix pour la garniture
Un peu de rhum

–

Battez dans un saladier le beurre, le sucre et les œufs jusqu'à ce qu'ils deviennent mousseux. Ajoutez la farine, le sucre vanillé, un peu de rhum et la levure chimique. Mélangez le tout pour obtenir une pâte fluide et versez-la dans un moule à charnière graissé.

Épluchez les pommes, puis coupez-les en quartiers dont vous inciserez la surface (dans le sens de la longueur) avec un couteau de cuisine. Disposez ensuite les morceaux de pomme, en appuyant dessus pour les enfoncer un peu dans la pâte. Garnissez ensuite avec les noix, en appuyant plus légèrement.

Faites cuire au four à 200 °C pendant 35 à 45 minutes. Le gâteau est prêt lorsque vous le piquez avec un couteau et que la lame ressort sèche.

Si les noix brunissent avant que le gâteau ne soit cuit, couvrez-le de papier d'aluminium.

Une fois le gâteau refroidi, démoulez-le et saupoudrez-le de sucre en poudre.

Tarte aux mirabelles à la crème pâtissière

–

250 g de farine
150 g de beurre
1 jaune d'œuf
25 g de sucre
2 cuillères à soupe d'eau

–

Pour la garniture :
700 g de mirabelles fraîches dénoyautées
(ou un grand bocal)
4 œufs
20 cl de crème fraîche
75 g de sucre
Le jus d'un demi-citron
2 sachets de sucre vanillé
½ sachet de poudre à pudding vanillée
Un peu de sucre glace

–

Pétrissez la farine, le beurre, le jaune d'œuf, l'eau et le sucre, puis mettez la pâte brisée au réfrigérateur pendant 30 minutes. Chemisez un moule à charnière graissé avec cette pâte. Piquez-en le fond à plusieurs reprises avec une fourchette. Faites précuire à 220 °C pendant 20 minutes. Sortez le fond de tarte du four et répartissez les mirabelles dessus.

Fouettez ensemble la crème fraîche, les œufs, le sucre, le sucre vanillé, la poudre à pudding vanillée et le jus de citron, puis versez le tout sur les mirabelles.

Faites cuire au four à 190 °C pendant 40 minutes environ. La garniture doit avoir figé.

Laissez refroidir la tarte, démoulez-la et saupoudrez-la de sucre glace.

Tarte aux groseilles à maquereau meringuée

–

100 g de beurre
150 g de sucre
Une pincée de sel
200 g de farine
2 cuillères à café de Maïzena
3 cuillères à soupe d'eau froide
3 blancs d'œuf
700 g de groseilles à maquereau

–

Mélangez la farine avec le beurre ramolli, une pincée de sel et trois cuillères à soupe d'eau froide. Pétrissez bien le tout. Faites refroidir cette pâte au réfrigérateur pendant 30 minutes.

Pendant ce temps, lavez et nettoyez les groseilles à maquereau.

Chemisez avec la pâte un moule à charnière graissé. Piquez le fond de la pâte plusieurs fois avec une fourchette. Faites précuire à 220 °C pendant 20 minutes.

Retirez la tarte du four et garnissez-la de groseilles à maquereau. Puis mélangez 100 g de sucre avec la Maïzena et versez le tout sur les groseilles.

Remettez au four et faites cuire pendant 20 minutes supplémentaires.

Battez en neige les blancs d'œuf avec le reste du sucre jusqu'à ce que le mélange soit bien ferme. Répartissez-le sur les groseilles à maquereau. Remettez au four à 250 °C pendant une dizaine de minutes.

Cake au citron et au safran

–

200 g de farine
230 g de sucre
20 cl de crème aigre
120 g de beurre fondu
3 œufs
1 pincée de sel
½ sachet de levure chimique
2 sachets de sucre vanillé
1 gros citron biologique
1 sachet de pistils de safran
2 cuillères à soupe de sucre
De la crème fraîche

–

Préchauffez le four à 180 °C.
Râpez le citron et mélangez le zeste avec le sucre dans un saladier. Ajoutez le jus de citron, le sucre vanillé, la crème aigre et les œufs, puis fouettez le tout.
Dans un autre saladier, mélangez la farine avec la levure, le safran et la pincée de sel. Ajoutez-y ensuite la préparation au citron et mélangez le tout. Incorporez délicatement le beurre fondu et versez la pâte dans un moule à cake chemisé de papier sulfurisé.
Saupoudrez la surface de 2 cuillères à soupe de sucre.
Faites cuire au four à 180 °C pendant 50 à 60 minutes.
Servez le gâteau avec de la crème fouettée fraîche.

Roulés à la cannelle et aux raisins secs

–

500 g de farine
30 g de levure de boulanger
40 g de sucre
1 œuf
1 pincée de sel
125 ml de lait
40 g de beurre
2 cuillères à soupe d'eau tiède

–

Pour la garniture :
100 g de sucre
100 g de beurre fondu
2 cuillères à soupe rases de cannelle
Plus ou moins de raisins secs, selon votre goût

–

Pour le glaçage :
150 g de sucre glace
Le jus d'un citron

–

Formez une pyramide de farine dans un saladier, puis creusez un puits au centre. Versez-y le sucre, la levure (émiettée) et deux cuillères à soupe d'eau tiède, et mélangez ensuite le tout. Répartissez tout autour de l'ensemble des petits morceaux de beurre que vous enfoncerez légèrement.
Une fois que la levure aura agi, pétrissez ce mélange avec l'œuf, le lait et la pincée de sel pour obtenir une pâte. Mettez cette pâte dans un récipient recouvert d'un torchon et placez-la dans un four tiède (50 °C) pendant 20 minutes.
Sortez ensuite la pâte levée, saupoudrez-la de farine et pétrissez-la bien. Puis aplatissez-la en forme de rectangle

sur un plan de travail fariné et badigeonnez-la de beurre fondu. Mélangez le sucre et la cannelle et saupoudrez-en la pâte. Ajoutez autant de raisins secs que vous le souhaitez.
Ensuite, enroulez soigneusement la pâte sur elle-même. Découpez dedans des rondelles de trois doigts de large, que vous coucherez sur une plaque à pâtisserie graissée. Faites cuire au four à 200 °C pendant une vingtaine de minutes. Pendant ce temps, préparez le glaçage en mélangeant le sucre glace avec le jus de citron.
Enfin, badigeonnez de ce glaçage au sucre les « escargots » tout juste sortis du four.

Les lecteurs ont aimé !

« J'ai adoré ce roman ! C'est une lecture détente, sans prise de tête et même gourmande ! J'ai aimé la plume de l'auteur, fluide et agréable. »

Émilie, @livre_bzh

« J'ai aimé suivre les péripéties de Léonie avec Mimi, j'y ai vu ma propre boule de poils avec ses joies et ses côtés capricieux ! J'ai ri à plusieurs reprises et je me suis attachée à ce duo improbable. »

Deborah, @debbyreading

« C'est une lecture particulièrement douce et touchante qui permet de s'attacher à chaque personnage. »

Philys, @delicaterealite

« J'ai trouvé ce roman assez calme avec des personnages très attachants. J'ai beaucoup apprécié suivre les aventures de ces femmes et les différents obstacles qu'elles rencontrent. »

Pauline, @leslecturesdepau

« Ce roman offre une ambiance cosy et gourmande dans laquelle on se sent bien. »

Manon, @manonlitaussi

« Un livre qui parle d'amour avec douceur et bienveillance, une lecture qui vous caresse le cœur avec humilité. »

Lola, @delivrames

PEFC
PEFC/14-38-00277
Promouvoir la gestion
durable de la forêt
www.pefc.es

*Cet ouvrage est composé de matériaux issus
de forêts gérées durablement certifiées PEFC™.
Le Programme de reconnaissance des certifications forestières (PEFC™)
est le plus grand organisme mondial indépendant
de contrôle pour une gestion durable des forêts.
Pour en savoir plus, consultez le site www.pefc-france.org*

Achevé d'imprimer en décembre 2023
par Novoprint
Dépôt légal : février 2024
Imprimé en Slovaquie